学子的呈现

2020年新闻学子重走"中国西北角"新闻作品选

主 编 王 臻 王君玲

编 委 （按拼音排序）

郭翠玲 韩 亮 李晓灵 王晓红

阴雨永 张 春 张 华 周兆瑜

兰州大学出版社
LANZHOU UNIVERSITY PRESS

图书在版编目（ＣＩＰ）数据

学子的呈现 ： 2020年新闻学子重走"中国西北角"
新闻作品选 ／ 王臻，王君玲主编. -- 兰州 ： 兰州大学
出版社，2024.2
ISBN 978-7-311-06630-7

Ⅰ．①学… Ⅱ．①王… ②王… Ⅲ．①新闻－作品集
－中国－当代 Ⅳ．①I253

中国国家版本馆CIP数据核字(2024)第022476号

责任编辑　熊　芳
封面设计　汪如祥

书　　名　学子的呈现
　　　　　——2020年新闻学子重走"中国西北角"新闻作品选
作　　者　王　臻　王君玲　主编
出版发行　兰州大学出版社　（地址:兰州市天水南路222号　730000）
电　　话　0931-8912613(总编办公室)　0931-8617156(营销中心)
网　　址　http://press.lzu.edu.cn
电子信箱　press@lzu.edu.cn
印　　刷　西安日报社印务中心
开　　本　710 mm×1020 mm　1/16
印　　张　18.5
字　　数　330千
版　　次　2024年2月第1版
印　　次　2024年2月第1次印刷
书　　号　ISBN 978-7-311-06630-7
定　　价　56.00元

前 言

　　"新闻学子重走'中国西北角'接力采访"是兰州大学新闻与传播学院的一项品牌教学实践活动。自2010年起，每年暑假，新闻学子从兰州出发，循着著名记者范长江当年西北行的路线，一路采访，一路写作，用"接地气""聚人气"的行走，发掘并弘扬西部优秀文化，讲好中国西部故事；用带着"泥土"和"露珠"的作品，践行"四力"，体现新时代新闻学人的家国情怀与历史担当。

　　这项"知行合一""学以致用"的实践教学活动，是弘扬范长江精神，传承范长江新闻思想，培养勇于担当、志存高远、心系国家和人民的新时代传媒人的有益尝试，也是兰州大学驻守甘肃、心系国家，传播西部好声音的积极探索。多年来，"重走中国西北角"联动新华社甘肃分社、《人民日报》社甘肃分社、中国甘肃网、甘肃广播电视台等主流媒体单位，探访足迹遍布甘肃、陕西、青海、四川、内蒙古、宁夏等省区，关注议题涉及西部地理、文化艺术、生态环保、科学技术、精准扶贫、乡村教育、时代巨变等方方面面。截至2019年，活动参与高校有北京大学、复旦大学、四川大学、香港浸会大学、扬州大学、四川内江师范学院等，参与学生达800余人，参与教师超过80人次，并有四部作品集问世。

　　中国记协曾发文高度评价"重走"活动，认为其闯出了一条在新闻学子中培养"走转改"习惯、树立"走转改"理念的教学与实践相结合的切实可行的成功之路。2018年，由国家互联网信息办公室指导的第三届"五个一百"网络正能量精品评选揭晓，第七届（2017）新闻学子"重走中国西北角"接力采访活动入选"百项网络正能量专题活动"，成为我国新闻学界与业界具有重大影响的第二课堂实践教学品牌活动。

　　2020年7月，第十届新闻学子"重走中国西北角"接力采访活动如期展开。10名兰州大学新闻学院专业课老师带领本科生、研究生近200名，深入甘南、酒泉、张掖、武威，从课堂走向田野，对基层一线的典型人物、典型区域进行调研采访，通过走访基层的点点滴滴，展现中国人民在追梦路上踔厉奋发、笃行不怠的精神风貌；寻访红色文化，在生动丰富的西部文化资源中传承红色基因，厚植家国情怀；聚焦非物质文化遗产保护、传承问题，走近传统手工匠人和艺人、优秀民间文化和民间"绝活"的继承和发扬者，宣传和保护我国的非物质文化遗产；同时还与中国甘肃网联动，进行了"追寻红色足迹　弘扬延安精神——纪念中央红军长征到达甘肃85周年调研采访活动"系列报道，用新闻学子视角走进和触摸历史，同时近距离感受时代脉搏下我国西部地区发生的翻天覆地的变化。

近半月的"重走"活动，共形成包括文字、图片、视频、H5等类型作品200篇，在新华网、每日甘肃网、兰州大学新闻与传播学院官网上陆续发布，对新闻学子进行了高质量的训练，培养他们的家国情怀和使命担当，鼓励广大青年，记录和报道西部地区的社会生活，探寻独特的历史文化。本书收录的是2020年"重走中国西北角"活动评奖中获得一、二、三等奖文字作品，用观察验证思考，用实践检验理论，纪实与思辨并举，温情与诗意同行。

目　录

甘南篇

酒泉篇

武威篇

张掖篇

追寻红色足迹 弘扬延安精神
——纪念中央红军长征到达甘肃85周年调研采访活动

甘南篇

《甘南日报》：过去与现在，你与我有几分像？

刘欢　梁于行

2020年7月15日晚上9点30分，在空无一人的甘南日报社大楼里，李桢办公室的灯亮了。卸下相机包，坐下，启动电脑，屏幕的蓝光映在了她的脸上，手下的键盘哒哒作响。9点，活动刚刚结束，从活动现场快步赶回来的李桢此时已经开始撰写活动的新闻稿了。

这一晚，她又要在办公室忙到午夜。

在甘南口报社，有许多记者曾像李桢这样为新闻工作披星戴月，将自己的年华留在那一期期的铅字上。创刊67年，有人坚守，有人加入，有传统，有新兴。过去与现在，他们会有几分像？

"三四"

2015年，李桢从天水师范学院毕业以后，就参加了报社的招考并留了下来。起先，她在新媒体中心工作，后来被调到采访中心做记者。刚开始学习记者采写时，是报社的马保真带着她参加各种会议和活动的采访。

起初，李桢不太会听重点，也不知道如何记录，当她看到马保真左手速记时，不禁感叹："你左手写得都比我右手快！"

马保真笑道："那不然呢，不快不行呀！"

她看到马保真在会议和活动的采访现场不仅速记很快，而且能将核心记得清清楚楚。"他就很有经验，会分辨哪些要集中听，哪些过去了就不用管它。"虽然现在录音技术很发达，但是马保真告诉李桢，作为记者，速记的能力仍然非常必要，因为录音内容有时候会有些口语化，同时稿件对文字数量又有限制，如果把整个录音听完再整理，会很耗费时间。

在跟随马保真学习的过程中，她看到老记者高效的工作能力与丰富的工作经验，她说："作为第一手的采访记者，你的稿件完稿尤其要快，出来之后文字上的问题要少才行。"对于已从业11年的马保真来说，这些经验不仅仅来源于多年工作的积累，还有曾经带过自己的老记者——采访中心主任毛红勇的倾囊相授。

马保真回忆起曾经，说："那时毛主任写的稿子虽然都非常精炼，但是内容各方面又能体现重点，真实性很强。"

毛红勇1986年就进入甘南日报社工作。那时没有录音设备，毛红勇就带着一支笔、一个本子和一部相机到采访现场。他说："关键的要详写，他们有材料的话自己要现场看看，了解一下情况，然后回来结合自己记的内容写稿子。"那时没有电脑，毛红勇往往在半天内就手写完成稿件，交给编辑部修改，最后一个一个印成报纸的铅字。那时的报纸版面没有现在大，对于稿件的字数有限制，对稿件的要求也很高。"我们这是党报，要求很严格，有什么消息要及时发。"毛红勇说。

从前的新闻媒体对记者的业务能力要求很高，马保真刚入职的时候，毛红勇就告诉他记者要能融到群众的队伍中，走进采访对象的心里，让他们愿意接受采访。他说："记者要做全才，'三步四步'要会跳，三杯四杯要会喝，三篇四篇要会写。既要能深入到群众的生活，和他们互动，然后你也要会写，消息、通讯，等等，都要会。"

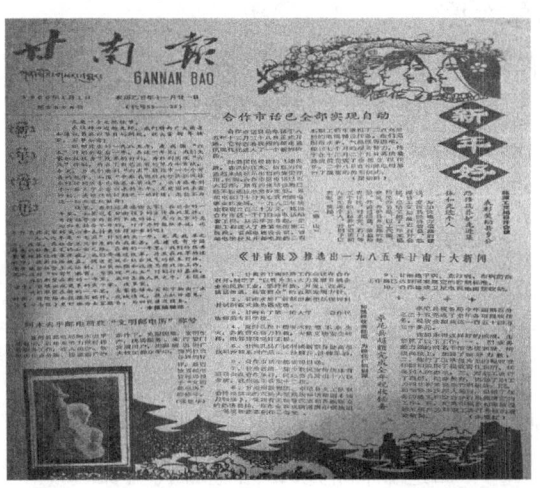

1986年1月1日出版的报纸　　　　马保真 摄

除此以外，毛红勇还说，记者写稿要写出自己的风格。"记者要做到，这篇稿件拿来一看，不要署名，我就知道这是他写的。要活灵活现，读者们才爱看。"

毛红勇把记者的职业要求教给了马保真。如今，马保真又亲自教给李桢。在跟着老记者学习和交流的过程，李桢不禁感叹道："我就觉得，真的，前辈就是前辈。他们这些经验不是白来的。他们经历了很多事，跟着他们真的挺锻炼人的。"

余震

2019年10月28日，夏河发生5.7级地震。凌晨2点左右，李桢在强烈的震感中惊醒，"我当时腿是软的，不自控，想要往楼下跑，震动的声音很大，很可怕。"李桢说。凌晨5点，马保真就接到任务，立刻出发去夏河县受灾最严重的地方。

早上，李桢到单位正常工作，马保真到达夏河县察看灾情。

当时，房屋倾斜，墙体裂开，马保真正在房屋中拍照时，只听一声巨响，地面又开始剧烈地震动，马保真意识到余震来袭，赶紧与其他人一起跑下楼。在合作市工作的李桢此时也与同事感受到余震的震感，火速跑下楼。

等到工作结束，马保真回到办公室投稿，同事们上前询问情况如何时，马保真才随口说："当时我们正在察看情况，结果就震了一下，差点把我们埋了。"回忆起此次经历，他表示，余震发生时自己都能感觉到周围的墙体开始掉渣，回想起来不免后怕，"当时也就那样，后来就想了一下，要是余震稍微人一点的话，可能我们都埋到那个房了里了。"

像这样的情况，马保真已经经历了许多，毛红勇也很相信马保真的工作能力，常常将一些危难险重的采访任务分配给他。地震、洪水、泥石流……从现场回来，马保真往往要么一身泥巴，要么浑身淋透。谈及马保真差点遇险的经历，毛红勇总是难忍情绪，皱起眉头，红了眼睛，连忙摆手说："不提了，不提了。"李桢说，因为毛红勇也曾多次下乡，在外面采访，吃了很多苦，也更能了解记者的经历。"他作为长辈，不仅仅是把我们当成同事，对我们还有一种长辈对晚辈的疼惜。"

而马保真却不觉得工作辛苦，他说："其实没那么辛苦，已经习惯了。这是我的工作，我就要把它干好。"

疫情防控期间，马保真只身前往多个政府会议和医院，跟进疫情防控工作，报道了合作市第一例痊愈的患者。正月初一，他第一时间参加疫情防控会议，跟着领导下乡。与马保真一起下乡的一位记者，曾与一位厨师吃饭，吃过饭不久厨师被确诊为新冠病毒感染者。这位记者带着全家做完核酸检测之后，给马保真打了电话，告知平安后，说："你是我给公安局报的第一个密接者。"

马保真坦言，当时根本没有想过会接触到和新冠患者有联系的人，但仍然觉得自己有责任把政府会议、防控措施报道出来，"当时就想着以工作为主，要把第一个出院的患者的消息发布给大家，这对全市人民来说，能起到提升信心和鼓舞士气的作用。我们的报道也是告诉大家做好防控，疫情是可防可控可治的。"

李桢也常听到记者前辈下乡采访的经历，偶尔物资短缺时，他们要连续半个多月吃泡面。而在前辈带着她学习过一段时间后，她也要开始自己独自外出采访，独立解决问题了。

以老带新，新人，新报

过去，李桢跟着前辈采访时，有前辈负责操心，带着她找资料，找采访对象，准备采访内容，手把手教她速记、采访、撰稿。起先她还不能独立撰稿，便在老师的稿件出来之后，自己拿回去看，将自己在现场时的情况联系起来，研究稿件如何写。

现在到了自己独立采访时，李桢感觉没有人可以依靠了，"第一次去的时候心里也什么底气，但是把你派做单位的一个记者出去了，你就要拿出自己的样子来，思考作为记者我要怎么办。"

于是，李桢学着老记者带着她采访时那样，自己收集材料来了解情况，找到相关负责人进行采访，"老师教了很多东西，这个时候就可以用上了，我就要模仿着去做。"李桢说没有了前辈，自己就要时刻提醒自己，注意一些平时容易忽略的问题，"只能靠自己的时候，瞬间就觉得我长大了。"

临行前，马保真总是叮嘱她和其他记者，记得把关键人物的联系方式留下，做好记录。李桢说："他说过最多的话就是，你们别怕，出去之后有不确定不认识的人，拍下照片，我帮你们看。稿件有问题也不要怕，把联系方式要回来，我们之后随时都可以再核实信息。"

曾在新媒体中心工作过的李桢发现，报纸对文字的要求与新媒体不同，往往非常严格，要做到字斟句酌。马保真也常常强调报纸文字的权威性，"他告诉我说，作为报社的记者，自己写出来的东西必须是权威的，"李桢表示，报纸的稿件不可以为了快而导致文字质量受影响，"这不是你随口说出来的东西，你可以不用负责。报纸是白纸黑字的，你要负责，要对自己负责，对单位负责，对自己的文字负责。"

她常常为了稿件中某个字词拿捏不准而头疼，便去请教马保真。马保真也会审阅她的稿件，向李桢核实一些信息并进行纠正。而后，李桢才能把自己的稿件交给编报室主任王志娴审核。

王志娴在2002年就加入了《甘南日报》，从记者做起，到2007年她才分配到编报室，成了编辑。其实早在读大学时，王志娴就对新闻工作非常感兴趣。她的父亲就是一位老编辑，常常会把排好的报纸版面拿回家给她看，教她如何校对。久而久之，王志娴也逐渐了解了编辑工作。在大学时虽然在中文系读书，但是她还是参加了新闻方面的实习。自2002年进入报社，她已经在这里工作了18年。

2008年之前，报社没有电脑，所有的稿件、读者来信都是纸质的，王志娴的办公桌往往堆了一厚摞的稿件等待她修改。那时的老编辑，就用一根红笔和一根蓝笔，逐字逐句地教她如何在A3大小版样纸上批注文字和划定板块，编排完成之后再交由专门的排版车间人工录入。在学习了一段时间后，老编辑才会放心让她排版。但因为纸质排版工序多，耗时长，那时报纸一星期只出三期，名为《甘南报》。

2008年之后，由于技术设备的更新，报社迎来了无纸化办公时代，所有的撰稿、编排工作都可以在电脑上进行，报社还为此专门安装了报纸采编和排版系统。这样一来，排版效率就提升了，"过去校对、编排等环节要三四个人才能完成，桌子上全是稿件。现在全在这搞定了。"王志娴指着电脑说。

现在，王志娴已从当年的年轻编辑成长为编报室的主任，她不必再用一红一蓝两支笔教其他编辑如何排版。报纸也从《甘南报》变成了一天一期的《甘南日报》。

走在前面

《甘南日报》创刊于1952年，是中共甘南州委机关报。67年间，《甘南日报》经历了白手起家的石印小报到日报的峥嵘岁月。从纸质撰写与编排，到全社无纸化办公，从传统纸媒到现在的"两微一端"，《甘南日报》作为纸媒一直在寻求创新。2015年，报社建立起新媒体中心，对报纸网站"香巴拉在线网"进行全面升级，并推出"甘南日报"微信公众号。后晶晶就是在这一年，负责起微信平台的运营，看着粉丝从零增长起来。

微信公众号刚刚开始运营时，新闻学毕业的她便被调到新媒体中心。当时只有包括她在内的两人开始探索微信平台的运营。

刚刚毕业，后晶晶与同事对微信运营的想法新颖而青涩，"刚开始我们就想，新媒体的话，时政类的内容少发，以贴近生活类的为主，我们想发那种特别吸引人的稿子。"但是，这样的想法与《甘南日报》党媒的要求有了一点分歧，他们就慢慢探索如何将传统纸媒的要求与新媒体相结合，以时政为主，民生为辅，并且利用新媒体的传播技术增强内容的时效性。

2016年8月22日，夏河县发生暴雨泥石流灾害。收到消息后，微信公众号立刻推送了快讯。受限于公众号发布次数，这条快讯只能通过朋友圈分享的形式传播。可即便如此，阅读量也迅速上涨，突破10万，成为"甘南日报"微信公众号第一条"10万+"的推送。那一天，在微信后台，后晶晶见证了这个数字的诞生。

"我们这里采用的技术、形式都是比较早，像一些媒体比如新华网开始有新的形式的时候，我们就开始学着做了。"后晶晶说，《甘南日报》在新媒体技术层面，一直紧跟媒体发展形势。

除了公众号等平台的运营，为了讲好甘南故事，探索新媒体发展，甘南日报社还大胆尝试，自筹资金，自编自导，拍摄甘南首部网络众筹创意大电影《风马的天空》，并于全国上映。此外，在2020年，甘南日报社融媒体中心挂牌成立，全力打造融媒体矩阵，不断提升自身的公信力、影响力和传播力。

甘南日报社不仅在新媒体发展上走在前面，而且要求记者在工作中也要走在行业前列。在媒体融合发展的趋势下，报社要求从业人学习使用新设备、新系统，兼顾采、写、拍、摄等多方面能力，提高新闻的专业性。

报社办公地点　　　　　　　　　　　　刘欢　摄

"我们这是老报纸，在稳定大局和宣传党的政策时，要及时地反应，迅速地反馈，我们一直紧跟着时代走在前列。"毛红勇在谈报纸这么多年的发展时说道。

"很多时候，我代表的不仅仅是我自己，更多的时候是代表《甘南日报》，好多工作必须要做到前头，为行业做一个标杆。"马保真说，在工作中，作为甘南日报社的一员，自己也应该始终走在前列，"我们出去的时候也会给自己施加压力，要跟随前辈的脚步，让别人觉得报社的记者真不错。"

现在，当李桢自己下乡时，会因为是甘南日报社的记者而受到认可，她也会为自己是甘南日报社的一员而自豪。在报社工作四年，李桢逐渐成长起来，代表甘南日报社到采访现场时，她时刻谨记，要把工作做到前头，就像她的前辈那样。

（作者为兰州大学新闻与传播学院本科生；指导老师王君玲、郭翠玲为兰州大学新闻与传播学院教师）

甘南藏医:妙手仁心,接力传承

梁于行　刘欢

在甘南,有这样一群医务工作者,他们对自己的民族文化有着深深的自豪感。有的将做一名"仁心"医者作为自己的目标,有的将传承民族医药文化作为自己的使命。他们,就是藏医。

"但行善事,莫问前程"

下午的甘南藏医药研究院,药物研究所的人格外多。小小的房间里挤满了来看病问诊的患者,两侧的墙上挂满了锦旗。患者们排成一队,坐在塑料方凳上,药物研究所副所长李玉宝正坐在里面给病人进行针灸治疗。

李玉宝穿着白大褂,皮肤黝黑,病人们都叫他"李主任""李医生"。他一边扎针,一边和患者交谈,时不时发出爽朗的笑声。

"这些都是从临夏过来的患者。在这看病要(早上)七点多来排队,平时病人比较多。"李玉宝一边给患者扎针,一边说道,"藏医的治疗见效非常快,有时候扎一次针就彻底好了。我们民族老中医对心理疾病、神经症、心脑血管病、风湿类风湿等的治疗效果尤其显著,对失眠,焦虑症等治疗效果也非常明显。"

李玉宝医生平均每天要接诊六七十个患者,从早上八点半忙到中午十二点半,吃完午饭小憩一下,下午继续忙碌,从两点半开始治疗患者,一直到五点半下班。有时候忙起来，连休息喝水的时间都没有。另一位中年男患者说道："我们的李医生很忙的，早上将近五十个人，下午四十多个。"李玉宝医生的患者来自全国各地，最多的是甘南本地的，还有兰州来的，更远的是从成都和杭州来的。

坐在凳子上的老奶奶穿着藏族的传统服饰，正在等待李玉宝的针灸治疗。老奶奶刚过来的时候病情很严重，关节都是变形的，在李玉宝这里治疗了十天左右，她现在能睡觉了，晚上也不疼了，走路也很轻松。老奶奶一边和李玉宝用藏语交谈，一边笑着竖了一个大拇指。

临夏来的患者马金花，被失眠困扰了十三年，在很多医院住过院，但病情不见好转。原来她还能靠吃安眠药缓解失眠，随着病情的加重，安眠药已经对她不起作用了。最严重的时候，她将近一个月没有好好睡觉，十天没有胃口吃饭。"人就是虚得很，脸就是茄子那个颜色，是发紫的那种颜色，（当时）已经有点不想活了，想跳楼的那种感觉。"她说道。听邻居说，李玉宝医生针灸治疗很有效果，于是她在疫情解封以后就和丈夫来到了药物研究所求医。她一天只需扎两针，扎到第三天，就能睡四个小时了，在扎了四十几天后，她就能睡六个小时了，回家后也能正常吃饭了。马金花的丈夫一直很感激李玉宝，说他是花钱最少，治病最好的医生。治疗一次挂号费七元钱，只配了一些二十几元钱的藏药，就把病治好了。后来她还给李玉宝医生送了一面锦旗，来表达她的感谢。

李玉宝医生很注重和患者的沟通，他在问诊的时候，会反反复复地询问患者的病情，求证一些细节，时间充裕的时候，甚至会问到一个星期前的事情。他认为，和患者的交流是不能含糊的。他经常和患者聊天，患者也很信任他，当他出现在诊疗室的时候，患者都会围过来。

"我作为一个医者，感觉医者的医德是非常重要的。人活着就要给这个社会做点贡献，传递正能量，我给病人看病是很认真细致的，对患者的态度会尽可能做到最好。"李玉宝医生说，"我知道患者是特别不容易的。对病人来说，他身体里的每一

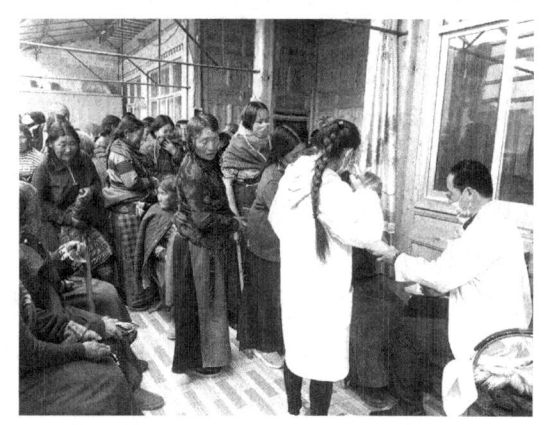

病人在李玉宝医生跟前排起长队

图片来源于李玉宝医生的朋友圈

个不适或者疼痛，都是很难受的，他的那种疼是钻心的疼，身边的家人也是很担心的。所以咱们作为一个医者，要怀着对待病人如同自己子女、父母的那种心态去诊治。"他的朋友圈里经常发的照片就是正在排队治疗的患者，用得最多的两句话就是"但行善事，莫问前程""全心全意为人民服务"。

"必须重视藏医药的传承与保护"

"咱们作为藏医人，肩上的担子比较重，你要把藏医药学传承保护好，口头说传承好保护好，很简单，但是做起来很难。甘南藏医药学的根本就是传承和保护，保护的是自然、资源和人才，还要挖掘人才的潜力。"碌曲县藏医院藏医主任医师才项仁增说道，几十年的"草原曼巴"（曼巴在藏语里指医生）生涯给他留下的最宝贵的感悟就是要传承和发展好藏医药学文化。

碌曲藏医院建于1981年，2008年被评为国家级非物质文化遗产"甘南藏医药"代表性传承单位。院内有一百多名员工，其中有一位国家级非遗传承人，七位省级非遗传承人。才项仁增也是非遗传承人之一，自1988年到现在，他当了32年的"草原曼巴"。在接受采访的前两天，他刚结束国家医疗队甘南地区为期十五天的义诊。

"今天我们医院百分之八十的藏医生都上山采药了。"才项仁增说，"每年的这个时节，是采药最好的时节。有的时候采的是花朵，有的时候采的是果实，有的时候是根部。错过这个季节，你就采不到了。"藏医用的都是野生药材，所以碌曲县藏医院的医生每年都会上山采药。但现在采药的人越来越多，除了医生，也有乡上的人来医院附近采药，有些药材不好找。为了尊重药材的生长周期，减少对生态的破坏，医生们会尽可能地避免连续几年在同一个地方采药。

才项仁增坦言，现在最担心的问题是药材资源越来越匮乏。碌曲县藏医院现在正在建一个大的藏药厂，以后用到的药材数量肯定会增加，目前人工种植的药材药效无法和野生药材相比，如果附近采不到药，藏医们只能去更远的地方采药了。为了保护药材资源和生态环境，医生们在采集药材根部的时候会非常小心，还会保留尚未成熟的药材，让它有足够的时间去生长。

在医院被评为非遗代表性传承单位后，国家每年会下发一定的资金，以用于对后辈传承人的培养。碌曲县藏医院有自己的传承体系，每个老藏医都会带徒弟，除此之外，医院每年还会选派一部分员工到西藏、青海或者四川去培训。才项仁增总共带了六个徒弟，现在三个徒弟已经出师。老藏医给徒弟们布置了各种各样的任务：要写好跟师笔记；要跟着老藏医查房、炮制藏药和上山采药；还要发表一定数量的论文。

在甘南地区，政府也为藏医药学的传承和发展出台了相应政策。在20世纪80年代，各个县的藏医院陆续建立起来，藏医课程也进了学校。比如甘南卫校就在当时开办了藏医班，还和西藏签订了合同，联合培养五十名藏医本科生，才项仁增就是其中一名。

在才项仁增看来，藏医目前的发展离形成完整成熟的产业链还有很长的路要走。他坦言道，药材的种植和滥挖使生态越来越脆弱，藏医人才队伍建设的缺口还是很大，这两个是目前最主要的问题。人才队伍的培养是支撑藏医建设的基础。而人才的培养需要很长的时间成本和金钱成本，没有足够的资金支撑无法培养人才。才项仁增这一代藏医和上一代藏医之间断档断层将近二十年。不仅仅是人才的断层，还有一方面是藏医世家保护的缺失。才项仁增觉得很可惜："藏医世家的传承过程中有一些好的东西，如果不进行保护和挖掘，就有可能'烂在脚底下了'。"

才项仁增是第十二届人大代表。当了五年人大代表，才项仁增为藏医藏药的发展提出了很多的建议。他一直呼吁藏医藏药走出甘南，希望甘肃省内的一些综合医院和民族医院能够把藏医藏药推广开来。他的建议被省人大采纳。省上也积极地鼓励民族医院和综合医院推广藏医。后来兰大的一院、二院开了藏医门诊，碌曲藏医院在白银开设了藏医药浴室。经过培训，白银的医护人员也可以做药浴了。看到自己的提议落到实处，才项仁增的心里很欣慰。

除了藏医的宣传推广，才项仁增一直担心的另一个问题是藏医药市场的混乱。"现在的市场是鱼目混珠，真假药混杂，有些人提出说是去造藏医藏药，其实他下面搞的不是藏医藏药，这样造假，把藏医藏药的名声弄坏，那就完了。"才项仁增建议在中医管理局等相关的管理机构建立藏医科，把市场监管起来。他觉得如果将藏医藏药这样的文化和产品投入市场却不能监管到位，只为牟利，这对市场的发展只会起到负面的作用。

工作日的藏医院和药物研究所里，慕名而来的患者排着长队，藏医们为了治病救人而努力，也用自己的手接过前辈的接力棒，将藏医一代代地传承发展下去。

（作者为兰州大学新闻与传播学院本科生；指导老师王君玲、郭翠玲为兰州大学新闻与传播学院教师）

燎原乳业："老字号"新担当，凝心聚力助脱贫

陈诗仪　陈璐

甘肃燎原乳业集团始建于1953年，是西北第一家"中华老字号"乳品企业，也是"一五"期间国家轻工业部定点的全国八大乳品企业之一。燎原乳业始终专注于牦牛乳制品领域，秉持着"责任创造价值，品质铸就燎原"的企业精神，在自身发展的同时也不忘发挥重点龙头企业的带头作用，开展扶贫工作，用实际行动帮助当地农牧民脱贫增收。

坚守品质，不忘初心

甘南藏族自治州燎原乳业有限责任公司

陈诗仪　摄

燎原的第一款产品"全脂加糖奶粉"与燎原乳业一样，已经有67年的历史。目前，这款全脂加糖奶粉仍然在生产，并且一直保持平价销售，出厂价是24.5元，销售价是26元。甘南藏区的草原是燎原发展的资源优势，这些天然牧场为燎原提供了优良的奶源。一款普通的奶粉坚持生产67年，燎原

正在用实际行动践行回馈藏区的初心。

2003年国有企业改制后，燎原对企业发展有了更清晰的定位，砍掉了沙棘汁、白糖、冰激凌等产品的生产线，明确了只做奶粉这个方向，集中精力把婴幼儿配方奶粉做好、做精。2008年，我国出现了"三聚氰胺"风波，燎原乳业成为全国87家未检出三聚氰胺的乳制品企业之一，重新点燃大家对国产婴幼儿奶粉品质的信心。

燎原乳业产品的品质保障源于优质的奶源。燎原乳业目前有1个临夏丰源奶牛养殖公司和4个奶站。临夏养殖基地采用以色列—阿菲金牧场管理系统，对奶牛进行全程高科技化、机械化、规范化的养殖。甘南州设立了4个奶站，每个站都有一套严格的初步检验流程，要对牧民送来的鲜奶进行检验，从抗生素、塑化剂、苯甲酸、亚硝酸盐、酸度到脂肪、蛋白质等指标都要层层把关，只要有一项不合格都会拒收。合格的鲜奶直接上秤进行登记，登记后牧民才可以拿到用于结账的奶卡。由于牧民们家里的鲜奶储存条件差，苯甲酸很容易超标，为了保证鲜奶的质量，今年奶站收奶的时间从去年的凌晨五点半调整到现在的上午九点半。

燎原乳业非常重视奶源基地的建设，据燎原甘南生产基地副总经理朱小龙介绍，燎原预计将投资3.5亿元在甘南州建设"万头牦牛养殖基地"，改变传统粗放的饲养方式，从根本上解决鲜奶质量难以保证、饲养技术不高、畜种改良、卫生防疫等问题。集团还投资1000多万元建立了电子追溯系统，确保所有产品的奶源、生产到销售等数据都有源可溯，做到让消费者放心。朱小龙告诉我们，"正是消费者和牧民们的信任和支持，才让老字号走过这六十七年风雨路，所以我们不会放弃对品质的坚守。"

机遇与挑战并存

近年来，随着人口出生率的下降和老龄化的加速，我国婴幼儿奶粉市场规模实际上在收缩，中老年人对健康越来越重视，对此燎原乳业做出了一些战略调整，推出了一系列中老年配方牦牛奶粉产品。2018年，在分析了酸奶市场趋势，不断改进配方和包装后，燎原决定正式进军液态奶产品市场，引进杭州中亚酸奶成套生产设备，建立了高端的巴氏奶瓶装生产线和桶装生产线，这也是燎原乳业的一次重大突破。

燎原乳业不仅紧盯国内市场，而且把目光投向了国外市场。巴基斯坦的奶业发展规模很大，水牛奶源丰富，但是加工业并不发达。同时，巴基斯坦的地理位置有助于开拓西亚市场。所以，为响应"一带一路"倡议，燎原乳业于2018年12月与南亚国际签订了合作协议，对燎原来说，这是一个互利共赢，开拓国际市场的机遇。

2020年突如其来的新冠疫情让我国的奶粉企业认识到，奶粉原料依赖进口是存在一定风险的。各国的边境管控导致进口原料的空运和航运基本停滞，原料进不来，成本在上涨，这对很多企业来说是很大的挑战。燎原决定今后将加大对牦牛乳奶酪的开发及乳清蛋白生产线建设的投入力度，减少自身对进口原料的依赖，加速新技术、新工艺的转化，填补国内对于牦牛乳精细加工的空白。

朱小龙说："2月份疫情最严重的时候，我们的婴幼儿配方奶粉的原材料还有线下母婴专卖店的销售受到的冲击还是很大的，3月份情况才逐步恢复正常。"燎原婴幼儿配方奶粉的原料比如乳糖、乳清蛋白、脱盐乳清粉都依赖进口，澳大利亚、美国是这些原料的主要产出国。在国外疫情逐步恶化的情况下，上游供应商需要现款采购原料，燎原也遇到了现金流的难题。但是，燎原依靠微信商城、京东、天猫、京喜等电商平台的线上订单，以及新希望、伊利等大厂的代加工奶粉的一些新订单，加上疫情防控期间属于牦牛产奶的淡季，疫情对燎原乳业的影响也随着复工复产得到缓解。

同时，燎原乳业也成立了新的媒体推广部，进行线上推广工作，还尝试了在抖音平台进行直播带货的销售模式，通过互动答疑等形式，帮助消费者了解燎原乳制品的特点，选择到合适的产品。在物流配送上，顺丰快递一直是燎原乳业合作的主要物流公司，疫情期间的线上订单都由顺丰进行直达配送。面对线上订单需求的增加，燎原加快订单发货速度，及时对运输车辆及工作人员进行消毒。

1月29日，集团首次捐赠价值24.2万元的燎原牦牛奶粉作为抗疫物资，帮助一线医护人员提高免疫力。之后，又陆续向甘南州、临夏州和兰州市等一线抗疫工作者累计捐赠价值1200多万元的牦牛酸奶等乳制品，还有消毒液、医用口罩，等物资。在这个特殊时期，燎原乳业也以捐款捐物的方式参与到新冠疫情的抗击工作中，结合抗疫所需，精准助力。仅仅在一个月的时间里，甘肃燎原乳业集团就向社会各界进行了六次捐赠。

助力脱贫攻坚

疫情防控的当下，没有人是局外人，每个人都面临着挑战。对于企业来说，推动全面复工复产既要面临生产困难的压力，也受疫情反复等不确定性因素的影响，如何与员工同舟共济也是一个不小的难题。

"在这场突如其来的疫情危机中，我们没有解雇任何一个人，反而在招聘，在扩增人员。虽然前端的销售制约了生产，我们面临着很大的经营压力，但是我们坚持开启新的岗位，扩大招聘力度促就业。"朱小龙说道。疫情防控期间，燎原乳业采用线上招聘形式（报名、面试，全程均在线上进行），一共招了16人，其中，10人负责酸奶生产车间，2人负责全厂设备维护，4人负责产品质量检验。

严峻的疫情形势并未阻挡燎原乳业的帮扶路。2020年7月，甘南州再次蝉联"中国牦牛乳都"的荣誉称号。以牦牛为主的高原特色生态畜牧业是甘南州产业扶贫的主导产业。近年来，甘南州利用牦牛乳资源优势，培育牦牛乳龙头企业，带动更多农牧民脱贫致富。

燎原乳业作为国家重点龙头企业，积极响应政府扶贫号召，与1085户建档立卡贫困户签订了入股协议，每年年底有固定分红，吸纳当地贫困户就业，与建档立卡户签订就业合同。同时，奶源基地直接带动建档立卡户460户，有效地带动了当地的养殖业发展。

同时，燎原乳业的奶源主要依靠藏区牧民交售的鲜奶，所以对鲜奶的收购采用"公司+基地+农户"或"公司+合作社+农户"的产业化经营方式，以此来对当地牧民进行帮扶。利用奶站基本可以带动当地的牧户近13000户，牦牛奶的收购价格从最初的每斤1.4元，提高到了每斤3.5元，如果牧户的牦牛奶质好量多，光凭交奶，一年最低能有十万的收入，所以，他们也很乐意把牦牛奶直接交给奶站。燎原乳业奶源部主任丁梅花介绍说："我们从创建之初就一直坚持收购当地牧民的鲜奶，奶源靠的就是牧民的牦牛奶和多年的相互信任，企业也应为带动牧民脱贫致富出一份力。"

48岁的昂格才让是合作市通钦南街高走自然村的牧民，在燎原乳业的奶站卖了17年的奶。每年的5月—11月是他最忙碌的时候，每天凌晨两点就要起来挤第一次奶。他说，合作市里收购鲜奶的私人作坊是每斤三块钱，而燎原奶站的价格是每斤三块五，所以周边的牧户都愿意来奶站卖奶。"有了奶站这个固定销路，不用担心生活来源了，活少，挣的钱变多了。我家牦牛不算多，一年能有三四万的收入，在这个奶站，牦牛最多的牧民，每年能有近十万的收入。"昂格才让笑着，用不太流利的汉语说。

（作者为兰州大学新闻与传播学院本科生；指导教师王君玲、郭翠玲为兰州大学新闻与传播学院）

"守"艺人李月龙：刀锋流转 匠心永恒

周芷涵

"你们看，这是我正在刻的一台砚，上面的图案叫作'品茶论砚'。"一个穿着白色工作服的中年男子面带笑容地介绍着工作台上摆放着的精美作品。他就是洮砚雕刻艺术家——李月龙。

李月龙出生于卓尼县洮砚乡峡地新村。洮砚乡，隶属于甘肃省甘南藏族自治州卓尼县东部，这里山顶风光秀美，山下是碧绿的洮河，蜿蜒如巨龙，隐藏在深山峻岭中。1995年，洮砚乡被文化部命名为"中国民间艺术（民间雕刻）之乡"，这里的村民多数以刻洮砚为生存活计。

2008年，洮砚制作工艺被列入国务院公布的第一批国家级非物质文化遗产名录。多年来，李月龙随父坚守在这里，传承洮砚这一宝贵的中华传统文化，佳作连连，精品不断。

"石料的选择是雕刻的第一步"

个头不高，面颊褐红，一口夹带着甘肃方言的普通话，44岁的李月龙给人的第一印象就是质朴、腼腆。自21岁起，李月龙就和父亲的其他徒弟一起在家中学习洮砚技艺，如今，拥有着20多年制砚经验的他，不论是对石料的选择、制砚技法还是制砚内容，都有着自己深刻又独到的理解。

正所谓"巧妇难为无米之炊"，选料是制砚的第一步，也是甚为关键的一步。"最好的石料就是'老坑石',出自喇嘛崖和水泉湾一带。"说到石料的选择,内向的李月龙开始变得健谈起来。

石料要根据砚台的不同用途去选择,如果只用来研墨写字,就要考虑其实用性,要选择水纹淡一点的,当然,石料差一点也没关系,但是如果太硬,研墨就会受到干扰。如果要雕刻为收藏品,就要选择好的石料。除此之外,"选料的时候还是要选润一点的,刻起来舒服,如果石料太硬,刻出来效果也不好。"

"现在我用的石料一般都是从水泉湾采石人的手里买来的,老坑现在石料比较少,而且石头都比较小。像我雕刻的石头,不管石头上面有什么东西或者纹路,我都不会计较,会把它拿回来,然后雕刻成好东西。"李月龙用手抚摸着工作台上的半成品砚台,自信地说道。

几段朴实的话语中,流露出的是李月龙对工艺的看法,工艺不受石料限制,也不受题材限制。从花草虫鱼到山水人物,不论什么样的石头,他都能一刀一刃雕刻出想要的效果。

"只要设计好了,每一块石头都能利用好"

在李月龙的眼里,制作洮砚的几道工序中,设计永远是排在第一位的,这也是判断一个作品是否成功的关键。

"不管石头形状大小,最后还是要看设计,因为你的设计中就包含着这台砚的艺术价值、文化内涵和思想灵魂。只要设计的好了,每一块石头都能利用好。""因石造型""因色构图"是他强调最多的两个词。

当然,设计也离不开绘画。初学制砚时,李月龙以练习笔力,积累画工为主。一般要雕刻100个作品后,双手才能娴熟起来,而这个过程就要经历长达三年的磨炼。"刚开始,如果刻出来的效果不好,后面就要慢慢打磨,到我现在这个年纪,雕刻出来的砚台百分之八十都到位着呢,看起来也舒服",李月龙的眼神里多了些许得意。他用一双布满老茧的手拿起了案上的石头,手握刀柄,神情专注,石头粉末清晰可见地"跳入"手部的皮

李月龙正在雕刻洮砚　　　　　周芷涵　摄

肤纹理之中。

现在的李月龙涉猎了多种雕刻样式，并且能够在制作中与砚石"对话"，巧妙利用砚石的特点进行雕刻制作。他说，在所有雕刻图案中，龙砚虽工序繁杂但最易学，相比之下，人物雕刻才是最难的，"因为雕刻人物必须注重他的神态和心境，想要刻什么样的人都要了解清楚他的背景""要画一个人像一个人"，李月龙牢记父亲说过的话，砚雕里的人物是定型的，但还是要让它变得生动活泼起来。

革旧维新，才能更好地把洮砚文化传承发展下去。朴实内向的李月龙，在洮砚雕刻上，却一点也不墨守成规。在日常工作中，除了学习和运用传统雕刻技法，他也注重对雕刻技艺创新升级问题的思考，利用石头天然的纹路、本身的颜色并结合自己多年的设计经验，将其进行打磨、雕刻，"试图达到图案与纹路浑然天成的艺术效果。"

"刻砚这东西，是要学一辈子的"

李月龙说，自己学习洮砚文化的初衷只有两个。其一，是为了传承，希望把父亲的手艺继续传播下去。作为国家级传承人李茂棣亲传的后人，从小对洮砚文化耳濡目染的李月龙早已在心中埋下了一颗想要学习砚雕的种子。在父亲的教导和亲身雕刻的过程中，他逐渐领悟到了砚雕的精髓。如今，他手中的洮砚作品雕刻风格独特，线条的勾勒粗中有细，主次得宜。此外，在用刀方面，李月龙也十分讲究，"我主要以冲刀法进行雕刻，这样的作品看上去质朴简洁，摆脱了精雕细琢的俗气。"其二，是为了生计，李月龙和村子里很多人的想法一样，希望在自己家门口学一门手艺，掌握洮砚的雕刻技艺，从而就有了一个固定的职业，养家糊口，走上致富路。

"父亲一生热心，广纳徒弟。"李月龙介绍道，一直以来，师徒内部相互依赖，多学习、不嫉妒是他们将洮砚文化健康传承下去的原动力。"如果你有一方砚台设计得好了，大家也都会跑来问，互相交流讨论。"

李月龙深知，在洮砚艺术文化传承的这条路上，他依旧任重而道远，因为"刻砚这东西，是要学一辈子的"。不忘初心，坚守匠心。李月龙表示，他感谢这片土地，他要在不断探索以及创新中，总结经验，守住洮砚艺术，守住这一颗非物质文化遗产的"明珠"。

（作者为兰州大学新闻与传播学院研究生；指导教师王君玲、郭翠玲为兰州大学新闻与传播学院教师）

"草原教学"别开生面

——《甘南日报》记者马保真对兰大新闻学子进行实务指导

王冉冉

2020年7月20日，兰州大学新闻与传播学院"重走中国西北角"甘南线队伍到达甘南州合作市，带队老师王君玲、郭翠玲邀请《甘南日报》资深记者马保真对29位新闻学子进行实务指导，为同学们接下来7天的采访活动增加"养料支持"。

晚上八点，西北的夜晚尚未降临，当周生态园附近一番热闹繁荣的景象，甘南香巴拉旅游商品博览会如火如荼地进行，生态园内的游乐设施上满是嬉闹的游客。马老师邀请兰大师生前往当周草原，感受当地壮阔的自然风光，体会别样的风土人情。

一望无垠的草原与层层叠叠的白云相接，牦牛群在山坡上吃草。走在绿意如织的草地上，各个小分队分别与马老师交流了采访计划，就存在的问题进行请教。马老师对同学们的问题——解答，帮助同学们明晰选题角度和采访范围，并提供详尽的指导意见。

刘妍汐是传播学专业的学生，她们小组对唐卡手工艺有着浓厚的兴趣，但对唐卡的具体分布地点了解较少，马老师为同学们详细介绍了唐卡在甘南地区的分布情况，建议将合作市和夏河县作为采访地点，并提供了玛曲县几所中学的手绘唐卡作品。对于同学们的采访计划，他建议不妨站在更宏观的角度，把夏河县的国家级非物质文化遗产串联起来进行系列报道，展示藏族民族特色，弘扬国家优秀文化。

新闻与传播专业的王森也就小组的采访计划与马老师进行了深入探讨，她们的选题是关于迭部县的红色文化和脱贫致富，马老师为同学们提供了这两个方面的典型案例，并结合自己多年的"实战"经验，对迭部县的脱贫情况进行了具体深入的介绍。马老师表示，如果同学们有采访需要，他可以帮忙联系采访对象，解决同学们"人生地不熟"的采访阻碍。

对这次别开生面的"草原教学活动"，王君玲老师给予了充分的肯定，她提到，学院每次重走活动邀请的场外指导老师，基本上都是当地媒体的资深从业者，地域上，这些记者老师了解当地的生态民生，可以为同学们提供最详尽、最鲜活的信息，帮助同学们快速融入当地生活，深入当地场景；专业上，记者老师多年以来奋斗在基层一线，他们熟悉当地的风土人情，做过大量的新闻采访报道，可以为同学们提供针对性的业务指导。

马老师对同学们进行一一指导　　　　摄

王君玲老师也随着马老师的介绍，再次勾勒了甘南地区的大致轮廓，比起几年前到访过的甘南，近些年的甘南地区已然有了很大变化，旅游事业进一步发展，人民生活水平稳步提高。

新闻学的沙新宇谈到此次草原之行时非常激动："马老师不辞辛苦赶来对我们进行业务上的指导，并帮助我们联系采访对象，学院老师为我们提供一切帮助，这次西北角活动我受益匪浅"。和马老师交流之后，她进一步细化了选题方向和采访计划，打开了自己的思路，对接下来的采访活动充满了信心。

（作者为兰州大学新闻与传播学院 2019 级研究生；指导教师王君玲、郭翠玲为兰州大学新闻与传播学院教师）

邮差杨九才：与"任性"山路相伴的22年

王冉冉　王森

夏季多雨，迭部县河坝村的山路经过几天雨水的浸泡，早已变得泥泞不堪，水坑一个接着一个，车辆经过时，稍稍不慎就会陷入松软的泥土里，折腾半天才能驶出来。

2020年7月24日下午，雨势渐大，河坝村的山路越来越难走了，杨九才的摩托车又陷进了泥土里，而他，还有一半的邮件没有送完。雨水噼里啪啦地打在身上，他只能两只脚尖支撑在泥里，费力蹬着地面，勉强向前挪动。在与泥路斗争时，偶有小轿车驶过，车轮蹍过泥水，溅了杨九才一身泥点子。

这样"任性"的山路，杨九才一走，就是22年。

"我还是要坚持下去"

20世纪90年代末，杨九才骑着邮局统一配备的绿色自行车，斜挎着装满报纸的邮差包，行驶在山间崎岖的小路上，开启了自己的邮差生涯。中学毕业后，杨九才成为了老家迭部县阿夏乡的小小邮递员，每天穿梭在乡里的各个村落之间，叮叮当当的车铃声一响，那准是小九才为村民们送来了报纸和书信。

过去，山里交通不便，村民又住得分散，山间崎岖的小路只能勉强一人通过，当自行车无法通行时，就只能徒步送件，对杨九才来说，推着车走山路是常有的事。遇到下雨天，湍急的白龙江分支奔腾而过，本来就难走的山路更加危险，脚下要注意路滑，抬头要警惕落石。过去，深山老林中鲜有人至，在过于荒凉的山路上，还要时刻警惕外出觅食的野兽。

2000年，杨九才在花园邮政所负责邮件的投递。"那是10月份吧，天气已经有点冷了，当时临近中午，我跑了一上午其实已经有些饿了，正在琢磨着送完多儿乡就去吃午饭呢，当时真把我吓坏了。"回忆起那个秋天，杨九才眯着眼，斜斜地望着远处的群山，"我当时骑着自行车，一抬头，远远地看见前面路上有一头马熊（西藏棕熊），我当时整个人都吓蒙了，扔下自行车就滚到了路边的草丛里。"

杨九才笑了笑，"我当时反应挺快，强迫自己冷静下来，之前我听说过马熊害怕更凶狠的野兽，于是我就模仿野兽的吼叫，用尽所有力气拼命吼，闭着眼吼了几分钟，等睁开眼的时候，看见马熊钻到树林里去了。"

"之后等了好久，马熊没有再回来，我才爬出草丛，继续去送件。"讲起"劫后余生"的惊险故事，杨九才的脸上没有丝毫后怕的神情，"我后来问过老人们，他们说，当马熊不带着自己的孩子时，是不会攻击人类的。"这个质朴的藏族汉子有着与年龄不符的沧桑，说这话时，他黝黑的脸上挂着憨厚的笑意。

被问及事后有没有换一行的想法，杨九才摇了摇头："我爸爸在世时经常教育我，做事不能半途而废，所以我还是要坚持下去。"

2002年，杨九才被迭部县邮政局聘为代古寺邮政所的乡邮递员，负责水泊沟林场、洛大乡、腊子乡、桑坝乡及周边邻近村落的邮递服务。周一、周三、周五，他要去往腊子乡和桑坝乡投递邮件，周二、周四、周六，他要负责洛大乡和水泊沟林场的邮件投送。从早上八点上班就开始奔波在路上，一直到晚上六点结束，每天至少一百多公里的路程，邮件多的时候，能达到两百多公里。

这些年里，杨九才投送了400多万份报刊，20万件其他类型的邮件，骑坏了4辆自行车、3辆摩托车，近百万公里的山路，脚下的鞋已经不知道换了多少双。

"这一片我都混熟了"

只要不是极恶劣的天气，杨九才都会亲自把邮件送到收件人手中，冬天山里冰封数公里，骑车不安全，他便扛着邮件徒步送邮。遇到实在不能进山的情况，他会把邮件送到每个村的村邮站，等天气转晴之后，村民自己去拿。

洛大乡河坝村村邮站的老板刘明伟是杨九才的老熟人，自村邮站站点设立起，就一直和杨明才打交道。"他是一个认真负责的人。"谈起杨九才，刘明伟竖起了大拇指。

迭部县地形复杂，山大沟深，山里的天气多变，有时早上阳光明媚，中午就下起了瓢泼大雨。"夏天一身泥，冬天一身灰"是对邮政人形象的写照，遇上大雨淋湿衣服，也只能等着下班回家之后再换，不过等到了下班时间，衣服基本上已经干了，"没办法，这么多村民等着我呢!"杨九才对此习以为常。

有一年，在给山上的村民送件时，他的自行车轮胎被扎破了，"得亏邮件送完了，我扛着自行车走了好几公里找修车点。"二十多年的送件路上，这样的事情偶有发生，不过现在，杨九才已经可以很淡然地面对这样的情况，"村子里哪家会修车我都知道，这一片我都混熟了!"

邮递工作不可避免地会遇见派送过程中的"死件"，对此，杨九才也非常头疼。有些邮件的收件人电话号码错误，有些收件地址错误，有些电话一直打不通，邮件无人认领，每次遇上这样的"死件"，杨九才只能一遍遍联系收件人，反复确认收件地址，实在联系不上，就只能联系寄件人，想办法为这些"死件"找到自己的主人。

刘黎臻是中国邮政集团有限公司甘肃省迭部县分公司的总经理，提及杨九才，刘黎臻很是肯定："干我们这一行，需要极强的责任心，毫无疑问，在这一方面，杨九才是非常合格的。"

"现在都是好日子"

22年来的"送件到家"服务，让杨九才对几个乡的地形和住户情况了如指掌，哪个村哪几户喜欢网购，哪几户经常寄信，哪几户会往城里寄土特产，时间久了，他甚至不用看地址，也能把邮件准确送达。

2018年，迭部县几个乡里的村子基本上已经完成了道路建设，除了下雨天道路难行，其他时间基本上实现了通过摩托送件到家。"这几年来邮件越来越多，大多是村民们网购的用品，早些年还会遇到不识字的老人让帮忙读信，现在手机一普及，基本上没有信件了。"杨九才的摩托上，前前后后都摆满了纸箱子，大多是从购物网站购买的商品。2007年前后，邮件不算多，每到"双十一"那天，所里的邮件也才九十多件，而现在，派送的邮件基本上每天都能超过一百件。

奔波在山间小路上的杨九才，每天都动力满满，"以前更艰苦的条件都挺过来了，现在都是好日子。"

这些年，他不仅是村民的邮递员，还是各个村的"代购员"。村里的老人行动不便，或者村民没有时间去县里，都会列个"购物清单"，把需要购买的东西详细列出来，等到杨九才去县里的时候一起买回来。

"附近的村民都蛮喜欢我的，每次他们说谢谢的时候，我感觉浑身的疲惫都消除了。"杨九才挠了挠头，害羞的神情衬得整个人格外生动。

这些年来，他唯一的遗憾，就是对家人的亏欠。杨九才的家人都在阿

临近下班杨九才需派送的网购货品　　王森　摄

夏乡，距离他所在的代古寺邮政所大约四十五公里，平日里工作忙，有时候一个月都不能回家一次，"不管是男人的活，还是女人的活，都是我妈和老婆在做。"提起在兰州上学的儿子，杨九才低着头，盯着签收单上的客户信息出神，"我儿子今年大一，我也没好好陪过他，他倒是挺理解我工作辛苦，但我对孩子还是很愧疚。"

生活中的大半时间都在与投递工作打交道，陪伴他多年的邮递事业已然成了生命中不可分割的一部分。"我对这份工作的感情很深，我喜欢这份工作。"这成了他数十年如一日的最大动力。

傍晚，下了几个小时的雨终于停了，杨九才数了数还没派送的邮件，高兴地挥了挥手，"六点之前就能结束了！"说着他拍了拍身上的泥，骑上车向下一个村落驶去。

（作者为兰州大学新闻与传播学院研究生；指导老师王君玲、郭翠玲为兰州大学新闻与传播学院教师）

养殖辟出脱贫路：
索南木仁欠和他的"南锣牧场"

陈璐　陈诗仪

2020年，盛夏七月，正是甘南风景如画的好时候。在去往克莫村白云奶牛养殖农民合作社的路上，碧草环抱，一望无际，清风掀起的草浪中，时不时地闪现出一道欢快的银灰色的影子——那是索南木仁欠的小轿车。

在被问及是什么时候买的车时，他微微放缓了车速，想了想后答道："2017年吧，好起来之后买的。"

2017年，这正是索南木仁欠的合作社与北京南锣鼓巷商会结为帮扶对象的第二年。彼时的合作社，因为有商会的帮扶而得以快速发展，前景大好。

但在那之前的合作社，呈现出的却是一番截然不同的光景。

贩马郎"下线"，合作社"上线"

早在2012年时，索南木仁欠还是一个贩马郎。"当时主要是租车把马从内蒙古拉到青海、四川那边的牧场里卖。"他回忆道。

那为什么突然想要成立合作社了呢？

"因为卖马的时候看到他们那边的人在搞这个。"索南木仁欠笑了笑，"搞得还不错，那我就想着自己也办一个。"

说做就做，回到家乡的索南木仁欠立刻去找了村民们商量。最终，有4

户人家赞成了这个想法，大伙凑在一起成立了合作社。

贩马郎带头成立了合作社，但这个合作社不贩马，而是专做养殖。"政府给帮忙建了4个牛棚，我们就在那里面开始养牛。"他说道。

然而现实总是比理想残酷。因为缺乏经验，合作社的生意并不好，大家还是选择了出去打工赚钱，克莫贡才奶牛养殖农民专业合作社名存实亡。"直接就搁置了2年。"索南木仁欠说道，"然后都没信心了，就散了。"

索南木仁欠第一次合作社的尝试以失败收场。虽然信心受挫，但他想靠合作社脱贫致富的念头并没有被完全打消。

在那之后，他花了7.5万元从先前的4户人家那里买下了政府建的牛棚。2014年8月8日，他与另外5户人家一起成立的克莫白云奶牛养殖农民合作社正式注册。

新的合作社成立之初，大家热情高涨，一心致力于农畜产品的生产，但这次的成果并不比上次好多少。因为急于求成，大量产品滞销，资金短缺，成员退出的情况再次出现。

索南木仁欠坚信靠原生态农畜产品能够在市场中博得一席之地。他去周边已经形成规模的合作社学习养殖和经营经验，并把这些经验传授给剩下的社员。就这样，他们在逆境中支撑了下来。

真正迎来转机是在2016年。

2016年底，甘南州商务局牵线搭桥，使克莫村与南锣鼓巷商会结成帮扶对象。双方签订了《北京南锣鼓巷商会与甘南藏族自治州克莫村精准扶贫结对帮扶意向协议书》。"那时候村里面做得最好的就是我们（合作社），所以就来这里考察。"索南木仁欠说道，"政府牵线，我们没有犹豫就答应下来了。"

2018年，南锣鼓巷商会与合作社签订了帮扶协议，向社内投入了70头犏母牛，帮助合作社养殖繁育奶牛并确保其产品销路。"南锣牧场"品牌就此创立。

北上"取经"，门店诞生

帮扶协议签订后，索南木仁欠曾去过一次北京。

"我们在北京开了家店。"他喝了口牛奶后继续说道，"卖我们手工做的酸奶，店就开在商会的那条街上。"地方是商会帮忙找的，店面也是商会帮忙盘下来的，索南木仁欠只需要专注做好产品。

销售并没有想象中那么困难，藏族传统的手工酸奶一经面世，就因为口味独特吸引了不少顾客。"生意可好了！他们爱喝那个。"索南木仁欠笑了起来。

但那家店没能长久地开下去。由于没有生产许可证，在北京的门店被迫关门了。

回到家的索南木仁欠从这次北京之行中吸取了经验。2018年，他一口气在合作市开了三家门店。"也就是我们现在的这三家店，颐和广场那里有一家，西三路和东五路也各有一家，都是直营店。"他介绍道。

门店开了，索南木仁欠决定在里面卖点甘的土特产。牦牛肉干、羊肚菌、人参果干等产品应有尽有，全部都由工厂统一加工后送至门店售卖。对于可以称得上是"镇店之宝"的犏雌牛奶，他也想到了妥帖的处理办法，那就是由自家牧场供奶，牛奶送到门店后现做成奶制品。

"你们来之前应该看到了，我们店里面也在卖鲜奶，卖剩下的奶我们就在店里打成酥油，或者做成酸奶、曲拉什么的。"索南木仁欠说道。

曲拉是藏语的音译文，就是打酥油时把油捞出后剩下的奶渣。这种别具风味的食物只产自吃酥油的少数民族，因此对于外地人来说，曲拉显然是个"稀罕物"。接下来果然如索南木仁欠所料，由于南锣牧场门店销售的曲拉品质优良，这一产品在本地居民和外地游客中都非常受欢迎。

门店经营得十分红火，可就在这时，发生了一件让他意想不到的事。

"我们合作社内部闹了些矛盾。"索南木仁欠低声道，"有两家想退出去么，但他们还想经营店铺。我当时也顾不过来三家店了，我们就商量了下，让他们（每家）每年掏个一万五加盟。"

就这样，在2019年的时候，西三路和颐和广场的两家门店变成了加盟店。现在，这两家店除了牦牛肉干、羊肚菌之类的产品还从工厂统一进货外，剩下的奶制品已经不靠牧场供奶了。"我们自己都有固定的人供奶。"经营西三路店的卓女士说道，"店里的奶制品都是自己做的，所以每家店做出来的味道都不一样。"

致富之路，越走越宽

犏雌牛养殖初具规模后，牛奶销售的路子也越来越宽。

据索南木仁欠介绍，牧场产的奶现在大多数供给东五路的直营店，剩下的部分则卖给华羚乳业或是产成曲拉卖给其他前来收购的企业。"我们和

（华羚）那边签了合同的，也会卖奶过去。"在谈到销路变广这件事时，他语气轻快了起来，"今年就连天津、上海那边的企业也来过，来收购我们的曲拉。"

当被问到是否会考虑做电商时，索南木仁欠表示自己正在做尝试，但由于疫情的影响和奶制品运输方面的问题，做线上销售面临的挑战并不小。"政府送了个大学生过来帮我们做这个，我们也在商量这一块的事。"他这样说道。据悉，南锣牧场现已建立了微店，可在市区内提供免费送货上门的服务，已初步构建起线上线下联合销售的新模式。

"我以前一年也就（赚）两三万吧，现在的话一年下来能有个九万块钱。"索南木仁欠以前也是贫困户，但现在，他已经摘掉了自己的"穷帽子"。

挣的钱多了，慕名而来想要合伙的人也多了。索南木仁欠当然来者不拒，这与他办合作社的初衷也是一样的——自己要富，大家也要一起富。"去年的时候入股了14户。"他回想了一下，"今年又加了2户，哦，前几天还加了1户。"

与此同时，政府也向合作社发放了40万元的扶贫补贴，其中14万元被用作14户贫困户的入股资金，每户入股1万元。现在，合作社入股的农牧户已从原有的5户增加到19户35人，其中16户为建档立卡贫困户。"我们每年都给他们分红。"索南木仁欠说道，"算上没有入股只是过来投工投劳的那些，我们光靠分红就能带动35户（脱贫）。当然了，那19户入了股的还有年底的额外分红。"

虽然养殖和销售做得风生水起，但索南木仁欠还不满足于这些。2020年7月15日，他正式申报了扶贫车间，到接受采访的时候，车间已经挂上了牌子。据索南木仁欠介绍，扶贫车间现有员工12人，每个人都有固定的工资，从1800元到2500元不等。

在聊到对未来的规划时，索南木仁欠笑了笑："现在就是希望把电商那里和扶贫车间做好么，以后我再争取在兰州那边多开几家（门店）！"

（作者为兰州大学新闻与传播学院本科生；指导老师郭翠玲、王君玲为兰州大学新闻与传播学院教师）

"最美村支书"王国良：
"一两个人富起来不算富"

周蓉　唐郝　刘妍汐　周芷涵

今年（2020年）53岁的王国良身材高大挺拔，皮肤晒得黝黑，浑身透着不怒自威的气场，整个人看起来干劲十足。他是博峪村村支书，也是第二届"最美卓尼人"评选获选人之一。

"我不爱宣传自己，对着镜头，我就不会说话了"

王国良是力赛村（博峪村的自然村）人，力赛村近几年的快速发展可离不了他。

盛夏时节的力赛村，依山傍水，蜿蜒的洮河绕村而过，徐徐山风吹来清冽宜人。自生态文明小康村建设以来，依托丰富的旅游资源，力赛村摇身一变，由落后的藏族传统小村寨，成了木耳镇乡村旅游示范村，这个华丽转身绕不开的人，就是村支书王国良。

"最美村主任"王国良　　　　　唐郝 摄

王国良是一个土生土长的农民，不会说普通话的他，面对镜头有些拘谨，时刻紧绷着脸，手里一直把玩着打火机，"我不爱宣传自己，对着镜头，我就不会说话了。"

2019年，王国良被评为第二届"最美卓尼人"，领奖前一天，他大半夜还在背获奖感言，"当时紧张得完全睡不着觉，那天结结巴巴说了啥，我现在是一点都记不得了。"说起去年领奖的事，王国良还有点不好意思。

但是别看王支书面对镜头有些腼腆，村里的工作上他却是雷厉风行。

从对力赛村57户农牧户住房进行特色化风貌改造，到对村内道路进行石板铺装，安装地下水管网，修建停车场，组织全村发展农藏家乐，再到以集体经济为突破口走上致富路，王国良用他的真抓实干一步一个脚印地踏出了力赛村的乡村振兴之路。

"只要能把村里的事情干好，我不怕得罪人"

2016年，卓尼县政府开始大力扶持力赛村的农藏家乐建设，刚开始村民们不愿意，觉得自己开店当老板是不敢想的事。"我也能理解，一是大家手头没那么多钱，二是怕辛辛苦苦赚的打工钱亏了。"聊起自己的工作，王书记才算是打开了话匣子。

为了让村民参与进来，王国良一户一户地跑，做思想工作，给村民讲解政府的政策，同时号召党员带头先把农藏家乐办起来，"村民们看见开农藏家乐赚钱了，自然就开始积极响应政策了。"

最后不少农藏家乐盖起来了，可是基础设施却跟不上。王国良又开始带头修村道、埋水管，全面建造水冲厕所。修路势必要征用一部分人的土地，村里一些人坚决不让动自己家的土地，王国良的工作又遇到了瓶颈。

他为了起到表率作用，先带头拆了自己的杂物房和亲兄弟家的菜园，为此兄弟俩还差点闹翻。"我兄弟其实理解着呢，再说了，只要能把村里的事情干好，我也不怕得罪人。"

在王国良的筹划和组织下，力赛村完成了拓宽村道、铺设水管等基础设施建设，为规模性农家乐的建设打下了坚实的基础。目前村里的农藏家乐已经发展到了48家，其中贫困户开办的有18家。

2018年全村不仅靠着农藏家乐脱了贫，更是走上了致富路。

以前村子是"守着好风景，过着穷日子"，年轻人不得不外出谋生计。"村里老人去世了都没人抬，"而现在年轻人都回来了，村子也活起来了。

2018年底，为了确保农藏家乐长足发展，博峪成立了农（藏）家乐协会，王国良又兼任了协会会长，每家的饭菜质量、价格、环境卫生、服务态度等各方面他都时时把关。他时刻督促大家，"对待客人要像对待自己家里的亲戚一样。"

"他更忙了，"儿媳妇说，"照顾孙子的时间都没有，人整天不在家。"

农藏家乐最重要的就是食品供应链，炒土鸡是村里农藏家乐的特色菜。2018年木耳镇党委政府同舟曲县东山镇党委开展"党建联建"活动，引进了藏土鸡。力赛村专门修建了"藏土鸡养殖棚"，"现在我们全村农藏家乐吃的都是自己棚里养的鸡，食品质量都是有保证的。"

"村里一个两个富起来不算富，全部富起来才算富"

"村里一个两个富起来不算富，全部富起来才算富。"这是王国良的口头禅。

为了增加村里集体经济收入，王国良带领村两委领导班子结合村情，依托农村"三变"政策，建设力赛村田园综合体项目，对全村200亩耕地进行整合流转，统一建成花卉观赏区和特色农产品采摘区，将全村可用劳动力210余人进行了整合。

土地流转的补助结合村民实际情况，对已经开了农家乐的村民一亩地补助200元，没开农家乐的一亩地补助260元。"开了农家乐的情况稍微好一点，补助也就少一点，政策是活的嘛。"

集体合作社建起来以后，盘活了村里各类资源。不少村民都成了股民，今年大家就拿到了利润分红，贫困户每户1950元，一般户则是950元。

王国良虽然自己不识字，但是却极为重视教育。集体合作社除了给村民的分红，还剩下一部分钱，王国良打算今年过年将村里3个在读本科的大学生召集到一起，每人发2000元奖学金，"也是为了鼓励娃娃们好好读书，不要像咱一样，吃了没文化的亏。"

目前力赛村的农藏家乐已经形成了一定规模，但是王国良并不满足于此，对未来村子的发展，他有自己的打算，"目前，就是要做好整体规划，打造精品的农家乐，同时，我们还要大力发展旅游休闲、游乐体验等功能于一体的绿色生态服务区。"

"人的心要拿公、摆正"

王国良最开始干的是队里的会计工作，他一上任首先开始普查的是村里的低保户，一查才发现，"真正穷的人没领上，条件好的却拿着低保，这肯定不行。"

他思考了一晚上，第二天便把队里的干部集合起来，大家开会讨论重新评定了低保户，让真正困难的人享受国家的政策。回忆起以前当会计的日子，王国良不由感叹："人的心要拿公、摆正，村里的人才信你。"

后来当了村支书，村里的大事小事更得王国良操心。去年村里一个50多岁的五保户突发脑出血离世，他没别的亲人，当时还在县城办事的王国良听闻消息立即赶回了村里，自己掏腰包为他安排好后事。"他就一个人，作为村里的支书，我有责任让他'入土为安'。"

王国良的付出村民们都看在眼里，"他是个干实事的人。"跟王国良一起共事的袁队长说道。

新冠肺炎疫情防控期间，王国良开着自己的车，每天去县城帮大家统一采购，"只要他们给我在微信群里说了需要啥，我就出去买。"疫情防控期间别人都是居家不出，王国良几乎每天都要往外跑。"他是真的为村里操了心。"康才让藏家乐的老板提起这位支书也是竖起了大拇指。

7月25日，来自舟曲的脱贫攻坚交叉督查小组，就要来力赛村开展督查了，王国良对此一点都不担心。"我都不用说那些场面话，大家吃的好，住的好，挣的也多，领导来了肯定也感受得到。"

现在王国良的生活很规律，早上7点多出门，在村子里转一圈，再去看看蔬菜大棚和花田的情况，然后就一直待在村委会，每天晚上10点多才回家。

兰大学子与王国良书记合影　　　　　唐郝 摄

"我不识字，普通话也不会说，党的政策这么好，我们跟着干就行了。"王国良笑着说道。

（作者为兰州大学新闻与传播学院研究生；指导教师郭翠玲、王君玲为兰州大学新闻与传播学院教师）

留足绿色底牌 打响红色名片

——卓尼县博峪村的华丽转身之路

唐郝　周蓉　姚睿

大暑时节，四方艳阳。在这个全国各地普遍高温的日子里，甘南草原却是绿野苍苍，满目清凉，在洮河渊源绵长的怀抱里，九色卓尼温柔地散发着光芒。

2020年7月22日，兰州大学重走"中国西北角"采访活动甘南路线小队一行来到甘南藏族自治州卓尼县木耳镇博峪村。博峪村位于木耳镇西南部，洮河南岸，卓尼县城东南部，距县城约5公里，是一个以藏族为主的小村寨，共有村民193户834人。村寨虽小，却有大名堂。村内不仅有卓尼土司"博峪衙门"遗址，又是卓尼县县爱国主义教育基地，更是卓尼县实施乡村振兴战略的示范点和着力打造的3个叫响全国的文化旅游标杆村之一。

博峪村2019年被甘肃省文化旅游产业领导小组评为全州仅有的两个"全省乡村旅游示范村"优秀村之一，同年又经地方推荐和专家审

甘肃省卓尼县委副书记、县长韩明生与兰州大学重走"中国西北角"采访活动甘南路线小队一行在博峪村亲切合影留念

唐郝　摄

核，被评为全国260个中国美丽休闲乡村之一。从小村寨到标杆村，这个古老藏寨的"华丽转身"，成果颇丰，却也来之不易。

走进博峪村，一栋栋精美的藏式建筑鳞次栉比地排列在宽阔的鹅卵石村道两旁，房前屋后绿意浓浓，袅袅炊烟里裹挟着草原泥土的芬芳。人们完全不会想到，就在六年前这里还是一幅黄土杂草堆砌、乱搭乱建四处可见的景象。"脏、乱、差"一直是困扰博峪村发展和农牧民生活水平提高的一大难题。

博峪村地处通往国家4A级景区——大峪沟景区的必经之路上，自身也拥有杨土司衙门遗址等历史文化资源，然而在很长时间里，这个被洮河环抱风景如画的村子，村民们过得却并不富裕。

那时的博峪村无疑是古老的，但这充满"古色"的小村寨却给村民们带不来脱贫致富的和煦春风。

2015年，改变甘南州农牧民生产生活方式的生态文明小康村建设工程在广大农牧区铺开，以往"守着好风景，过着穷日子"的博峪村也被列入其中。

"要想富，先修路"，解决村道问题成了博峪村村干部的当务之急。无论村外国道省道修得再好，村道一踩两脚泥，博峪村的好风景还是无人来看。但由于村寨年代久远，村中老旧建筑设计欠缺规划，要想建设出合理宽阔的村道，就不免需要村民将自己的房屋做出调整，这就是博峪村干部面临的第一道难题。

"因为这件事，我和我的亲兄弟拌了嘴。"博峪村村支书兼主任王国良笑着说道。由于自家兄弟的菜园处于村道工程的"整改范围"之内，王国良几次三番做工作，两个亲兄弟甚至红了脸。但他的不懈劝说最终博得了家人的理解和尊重，菜园拆掉了，路也宽了起来。支书亲兄弟的菜园都拆了，博峪村的村民们纷纷响应号召配合整修，村道终于变成了如今宽阔整洁的模样。

"村道工程"仅仅只是博峪村华丽转身长征路的第一步。按照乡村旅游的发展标准，博峪村随后对全村基础设施条件进行完善，组织农牧民群众赴陕西袁家村考察学习，赴定西参加农家乐服务管理经营培训。借助精准扶贫政策的东风，博峪村开始打造以"农家乐""藏家乐"乡村旅游景点、观光休闲营地等为载体的旅游产业。

在打造"农家乐"发展绿色旅游产业的起步阶段，村民们的观望态度随处显见。为了打消群众的顾虑，王永顺作为博峪村离任老支书，充分发挥了一名老党员的先锋模范作用，他于2016年带头开办了博峪村第一家农家乐，成为全村第一个"吃螃蟹的人"，获得可观收益后，他积极带动全村群众搞旅游餐饮，以"传、帮、带"的形式开启了博峪村由种植业和外出务工向生态旅游产业转型的升级之路，博峪村现已开办农家乐60多家。

也是从2016年开始，博峪村以提升生活品质为根本，以村庄生态魅力为出发点，奠定了"红色圣地，绿色博峪"的主基调。

"土司文化"在卓尼有五百多年的历史，其中最为著名的要数曾为中国工农红军做出全面支援的第十九代土司杨积庆，而博峪村便是杨土司的故乡，土司衙门更是不可多得的历史文化遗产和红色旅游资源。

可惜的是，由于年久失修和维护意识欠缺等多种原因，历史上气势非凡的土司衙门只有一道孤墙和几棵松树流传了下来。

但在今天，土司衙门又一次恢复了往日的恢宏气势。博峪村与上级政府以博峪土司文化核心内涵和红色土司文化为主基调，以"百年土司府，回见新博峪"为设计理念，着手筹建土司文化纪念馆，在旧址的基础上最大程度恢复土司衙门原貌，打造甘南州又一大红色旅游景点。

博峪村同时也在修建土司文化广场，该广场以"弘扬民族传统文化，传承红色革命记忆"为主题，以"党建引领、历史发展、革命教育、土司文化"为主要建设内容，不仅给农牧民群众和游客提供了一个驻车观光、休闲娱乐、饭后休憩的场所，更是一个展示博峪村依托红色土司文化，走上致富之路的平台。

短短五年多时间，博峪村逐渐完成了从古色到绿色，再从绿色到红色的华丽转变。留足绿色底牌，打响红色名片。这个位于卓尼县城东南部的小藏寨历经岁月洗礼和沧桑变迁，已成为融现代农牧业、乡土风情、娱乐休闲、红色教育和农牧体验于一体的乡村旅游景点。

漫步于这个美丽的村落，站在河畔观望奔流不息的洮河，感叹这个充满希望的民族村庄所沉淀的红色基因和悠远绵长的历史文化，也沉醉于当地优美的自然风光和它神秘多姿的民族风俗。

博峪村的活力与希望，是新时代发展在中国西北角的一次脉搏跳动，它向西北的未来输送血液，也让西北人民的奋斗充满希望。

（作者为兰州大学新闻与传播学院2019级研究生；指导教师王君玲、郭翠玲为兰州大学新闻与传播学院教师）

酒香里说新生活：玖玛和她的茨日那

李妍

2020年，盛夏。这里比外面的温度高了几度，空气里弥漫着淡淡的酒香。今年的新酒还没开始酿造，去年的酒还在大缸里静静地等待开封。这样的场面出现在茨日那青稞酒厂，一个位于甘肃省甘南藏族自治州迭部县旺藏乡茨日那村的小作坊。

如果了解茨日那，最先想到的一定是这里有红军长征时毛泽东的故居。不过，很少有人知道，就在毛泽东故居前方50米左右，有一家与村子同名的小酒厂，这家小酒厂里，有一个为这片热土守候的姑娘。

玖玛是这家酒厂的主要负责人，玖玛谐音"酒妈"，她也总是笑称名字注定了自己要干酿酒这一行。2007年玖玛研究生毕业后，就从兰州回到了故乡，开起了这家青稞酒厂。从24岁到38岁，她在这个酒厂里，一泡就是14年。

致富："酒妈"和她的青稞酒

"酿酒也要有天时、地利、人和。"玖玛看着自己的酒缸说。

白龙江经过这片土地灌溉出品质上等的青稞，配上玖玛家祖传的秘方，造就了眼前酒香扑鼻的青稞酒。市面上的白酒，多半都是快曲，发酵时间短导致酒的口感辛辣。但青稞酒属于慢曲，必须发酵一整年。从酿造到出售的过程变长了，但玖玛坚持不改酒曲，遵循古法酿酒。"我家的秘方是从祖奶奶那边传下来的，这是好东西。我要把它传承下去。"玖玛说起自家的秘方，笑容都深了几分。

时间赋予了青稞酒醇厚的口感，玖玛的坚持也收获了丰厚的回报。

酒厂的规模不大，但是销量很好，在当地也算是小有名气。可玖玛的目标不止于此。有了一定积累的她开始思考，自己能为这片土地带来什么。"自己富了不算富，大家富了才算富。"玖玛说，希望同大家一起，过上好日子。

于是，玖玛的酒厂迎来了一批新的员工，都是当地的建档立卡贫困户。"村子里有20家贫困户，现在每家都有人在我的酒厂或者牧场里干活。"说起帮助贫困户，玖玛说："扶贫不是给人家钱就行的，要让人家去做事，让他们有挣钱的本事。"

现在，玖玛的青稞酒厂已经吸纳了当地60多个贫困人员在此工作。前段时间，玖玛在腊子口乡又新建了一家分厂，准备优先招聘当地的贫困户。玖玛还打算成立一个合作社，将自家青稞酒的祖传秘方无偿传授给当地村民，之后再制定一个青稞酒的收购标准。到时候，当地村民可以足不出户，在自

工人在酿酒室里工作　　　　　　胡美娅绘

家酿好酒之后等待玖玛上门收购，实现足不出户就能挣到钱的梦想。

酒香也怕巷子深。玖玛的酒厂因为规模还小，出产的青稞酒拿不到上市销售的许可，因此只能在当地批发零售。青稞酒销不出去，成了玖玛最大的遗憾。好在当地的有关部门在了解相关情况后，也在与玖玛接洽，茨日那村驻村干部桑杰卡说："不能让带动致富的人没保障，我们也在尽可能地为玖玛提供帮助。"

目前，相关手续已经在审批之中，玖玛和当地的村民都希望能早日让这里的青稞酒香飘到更远的地方去。

行善：玖玛和她的学生娃

茨日那所属的旺藏乡距离迭部县城也有将近四十公里。地理位置决定了这里的教育水平成了很多当地人的"心结"。

"我们这里很难出大学生，家里条件差一些，人们思想也转不过来。很多娃娃上完初中就回家种地去了。"提起教育，当地村民王由次仁表情非常无奈。

玖玛深知知识的重要性。她希望当地的孩子都能好好读书，"至少要去外面看看，而因为打工出去，和因为上学出去是完全不一样的。"

玖玛初中的时候家里还是靠种地为生，家里的条件不太好，上学的时候拿不出闲钱给她买早饭，于是她经常不吃早餐，导致了上午的听课状态很差，学习效率也低。

玖玛说，自己吃过的苦，不能让现在的孩子再来一遍。于是，玖玛决定免费为村小学的孩子们提供早餐。"对我来说给学生提供早餐可能只是一点钱的事儿，但是对学生来说，就是为他们更好地读书提供了一点力所能及的帮助。既然有这个能力，我就应该去这样做。"

笃信善有善报的玖玛，在帮助贫困学生读书上，尽到了她的所有努力。当地有些家庭，思想观念比较落后，坚持认为让孩子读书就是在白花钱，初中毕业之后就会阻止学生继续念书，针对这样的情况，玖玛会亲自上门与学生家长沟通，并自费资助那些孩子们继续上学。

"孩子们很懂事，在我这儿吃完早餐会自己把餐盘收拾好，不给我们工人添麻烦。我拿他们当我自己的孩子。他们懂得感恩，我就应当继续坚持这么做。"玖玛轻描淡写地形容自己所做的事，"做这些也没想着要什么回报，就是一边酿酒，一边行善嘛。"

除此之外，玖玛还在自己开的客栈里为由于家远而不能回家的学生们留了几间空房，让他们在不方便回家的时候来这里暂住。玖玛说，少挣几间客房钱没什么大不

学生在玖玛提供的食堂里吃早饭　　　　　胡美娅绘

学子的呈现——2020年新闻学子重走『中国西北角』新闻作品选

了的，但自己不能挣小孩子的钱。

传承：玖玛和她的红军驿站

1935年，红军长征沿着达拉河一路北上，毛泽东、周恩来等中央领导，曾住在茨日那村指挥中国历史上著名的腊子口战役。如今的茨日那，已成为"全国少数民族特色村寨"，与高吉村俄界会议旧址、腊子口战役纪念地一道，一并成为国家AAA级旅游景区，也是国家重点建设的百个红色旅游景点之一。

"毛主席也喝过我们这儿的青稞酒，他当时对我们这个酒赞不绝口。红色文化是当年红军长征给我们最大的财富。"家里的老人从小就给玖玛讲红军长征的故事，虽然那段历史玖玛并没有亲身经历过，但她每次说起来，都显得十分激动。

对于红军长征的故事，玖玛想要用另一种方式将它保留下去。于是，她在酒厂旁建起了非物质文化民俗博物馆和藏家乐——红军驿站。驿站距离毛泽东故居只有几十米，客房里悬挂的照片都是红军长征时走过的路。晚上，站在驿站的楼顶向东看，就能看到毛泽东故居的二层小楼。

"我父亲小时候就跟我说，这段历史是要被所有人铭记的。现在有很多年轻人已经不怎么了解长征了，他们只是知道有过长征，但是长征的过程和意义，就一问三不知了。"玖玛说，"来过我这的人，我都希望他们能真的了解这段历史。"

近几年，在国家政策的大力支持下，红色线路逐渐成为旅游的热门选择，到茨

红军驿站大门　　　　　　　　胡美娅绘

日那来的游客也愈来愈多。许多游客都会选择在玖玛的红军驿站里住一天，参观民俗博物馆和毛泽东故居后，买上一点青稞酒，在暮色四合的时候，坐在旁边的小广场，面对着描绘红军在茨日那的雕像和远处奔腾而过的白龙江喝酒聊天。

茨日那在藏语里的意思是长寿，玖玛说红军驿站的建造不仅是为了挣

钱，也是为了让长征的精神能长久的流传下去。她盯着驿站的大门说："有些东西，是不能忘的。"

（作者为兰州大学新闻与传播学院研究生；指导教师郭翠玲、王君玲为兰州大学新闻与传播学院教师）

佐盖曼玛镇草原"牧蜂"记

张金萍　石丹丹

2020年7月22日，甘肃省甘南藏族自治州合作市佐盖曼玛镇的草原上，有几处零零星星的"养蜂使者"在此安营扎寨。远远望去，辽阔的草原衬得帐篷有些孤单。

孟胜利："养蜂是我的副业"

"每年我基本养两个月的蜂，也算是换一种生活方式。"来自临夏回族自治州的孟胜利今年49岁，妻子平时打零工，儿子也已成家。对于孟胜利来说，养蜂并不是一种谋生手段，而是爱好。从2017年开始，每年的6月中旬至8月是他工作的空档期，在这段时间，孟胜利会选择一处适宜人和蜜蜂"居住"的地方搭建新"家"，带上妻子一同开启"牧蜂"生活。

今年孟胜利将"新家"选在了佐盖曼玛镇的草原上，这里不仅有大片的油菜花可以吸引蜜蜂，而且风景十分优美，适合居住。孟胜利新建的帐篷，简陋中透着温馨，粉红色的床单格外有家的感觉。

2017年，儿子大学毕业考上了当地的公务员，孟胜利和妻子决定开始"牧蜂"生活。他告诉我们，自从儿子出生以后，他和妻子便一直奔忙于家庭和工作之间，缺少自我支配的时间。46岁的他，在孩子有了稳定的工作，开始独立生活之后，决定为"自我"活一次，他和妻子放下家里的柴米油盐，向年轻人学习，来了一场说走就走的"旅行"——这种流浪式的"牧蜂"生活能让他暂时放下生活和工作的压力，带着妻子一起与蜜蜂为伴，近距离感受草原生活的无限魅力。

"换一种生活方式，换一种心情，人也会活得轻松。"这是孟胜利"牧蜂"的初心，也是他对生活的态度。

马玛乃："我养了20年蜜蜂了"

"我今年83岁，来这个地方9年了！"临夏回族自治州和政县三十里铺乡的老人马玛乃也是佐盖曼玛镇草原上的一位"牧蜂"人。为什么养蜂呢？用马玛乃老人的话说，这是老天爷赏给他的一口"饭"，老天爷要是不高兴多下几场暴雨，根本就没有养蜂这回事了。

马玛乃老人原来的家中共有3口人，儿子成家后居住于兰州市。年轻时马玛乃是一位木工，一直在外地做零工，2000年，由于年龄和身体的原因，老人放弃了原来的工作。那时刚临近夏天，他偶然看到了暂时"定居"在他家附近的外地养蜂人，很想试一试。于是他就和老伴开始流动性养蜂，哪里有花期，就去哪里安家。

马玛乃老人的"牧蜂"之旅并非十分顺利。在老人看来，自己年纪大了干不了体力活，"牧蜂"相对自由，是谋生养老的一份好差事，也不用给儿子增添负担。但马玛乃老人的儿子却认为老两口出门流动养蜂，一是安全问题无法得到保障，二是家人常年无法团聚，因此，在老人养蜂工作准备就绪时，遭到了儿子的反对。但老人十分倔强，赌气带着老伴马阿英胜前往第一站养蜂地点——四川省。这一走，就是十一年，十一年中，老人

马玛乃与妻子马阿英胜　　　　　　石丹丹　摄

带着老伴还去了新疆，西安、天水等地。直到2011年，马玛乃老人觉得自己和老伴年纪大了，认为人总要落叶归根，想要离家更近一些，老两口商量之后来到了比较适合"牧蜂"的地方——佐盖曼玛镇草原。

老两口养蜂的收入并不丰厚，日子过得十分节俭。

掀开老两口的帐篷，一眼看到的只有一张床和一张桌子，帐篷的一角堆放着一些杂物，旁边的凳子上放着米、面、油等生活必需品。

老人"扎寨"的地方，距离市区约二十公里，而且没有公共交通工具，老两口的生活用品全靠过路车。

炎炎夏日，68岁的马阿英胜此时正在门口晒韭菜花，晒干之后撒盐封存进行储藏，等到冬天，这便是老两口的下饭菜。

邓群英："我们两代人都是养蜂人"

7月，草原上迎来了热闹的花期，大片的油菜花露出黄油油的花苞，引来一群群小蜜蜂"相拥亲吻"，邓群英的"新家"门口已摆放着几桶新鲜的油菜蜜。邓群英和丈夫罗长辉都是四川省广元市人，常年以养蜂为生，从三月柴花蜜的四川广元到四月槐花蜜的陕西，从五月槐花蜜的甘肃天水到七月菜花蜜的甘南合作，他们每年行走近万公里。

罗长辉的父亲是老一辈的养蜂人。1997年，罗长辉就跟着父亲一块养蜂，邓群英在家中照顾刚出生的孩子。2004年，罗长辉的父亲罹患癌症去世，邓群英踏上了与丈夫一起养蜂的"旅途"。这一干，就是十几年。

"往年天气好的时候，我们的收入还不错，一年下来能赚个六七万，今年不行啊！"邓群英说。原来，邓群英夫妇的"牧蜂"规模算是当地比较大的，蜂蜜基本都是外销于日本，有专门的供销商，但今年由于新冠疫情的影响，蜜蜂出口销售也被耽误了，只能通过丈夫骑摩托车联系散户进行批发与零售。在疫情最严重的时候，大量的蜂蜜存在滞销的问题。

疫情确实影响了蜂蜜的销量，但并没有挫伤夫妻二人养蜂的积极性，对他们而言，疫情是始料未及的天灾，但本质上跟老天爷多下了几场雨是一样的。蜂农是靠天吃饭的，他们不会因一时的困难就放弃，因为他们依靠养蜂"吃饭"。

"我的儿子在2019年年底结了婚，儿媳是人民教师呢！"邓群英骄傲地说道。在邓群英看来，她和丈夫常年在外，陪

邓群英与丈夫　　　　　　　受访者本人提供

在孩子身边的时间少之又少，很多时候都是隔着屏幕看看孩子胖了瘦了。孩子小的时候，夫妻俩只能通过买礼物、多给一些零花钱的方式弥补内心的亏欠，等孩子慢慢长大了，他俩最大的心愿就是孩子成家立业，生活美满。

这些"牧蜂"人，告别亲人，暂别家庭，带上蜜蜂远走他乡。日复一日，不知赶了多少花期，年复一年，也算统帅了亿万"蜂兵"。生活风雨不减，他们依然在路上。

（作者为兰州大学新闻与传播学院研究生；指导教师王君玲、郭翠玲为兰州大学新闻与传播学院教师）

有"融"乃大，其乐融融

——甘南州融媒体建设进行中

刘欢　梁于行

2020年7月21日下午，在合作市融媒体中心，云平台系统大屏上的新闻信息不断滚动，工作人员在大屏和电脑前忙碌，这个在2019年1月31日刚刚挂牌成立的融媒体中心正在为新闻的生成与制作，热火朝天地工作着。

随着互联网技术发展，信息化时代全面到来。信息无处不在、无所不及、无人不用，信息传播的方式正发生着变化，为新闻行业带来机遇与挑战。2013年8月19日，在全国宣传思想工作会议上的重要讲话中，国家主席习近平就提出要加快传统媒体和新兴媒体融合发展，充分运用新技术新应用创新媒体传播方式。2018年8月21日，习近平在全国宣传思想工作会议上做出重要指示：要扎实抓好县级融媒体中心建设，更好引导群众、服务群众。在这一重要指示下，全国加快了推进县级媒体融合的速度。

媒体融合，确是"正在发生的历史"。在这样的趋势下，媒体、媒体人如何应对变化？

打通"最后一公里"

与甘南州其他县级融媒体中心不同，合作市没有广播电视台，因此融媒体的建设没有电视台作为基础，只能一切从"零"起步。合作市融媒体中心的前身是市委宣传部下属的报道组。从前报道新闻，他们只能通过电视台开设的"合作快讯"栏目，每天播报1~2条新闻。在接到融媒体建设的通知之后，报道组从宣传部中独立，成员进入到融媒体中心进行工作。中心的副主任杨琳认为，融媒体中心的建设十分必要，中心建立起来，传播力要强一些，范围也更广，"现在网络时代，传播速度这么快，合作市也有很多自媒体，如果我们不打造融媒体中心的话，就会站不住舆论的主阵地。这方面还是需要官方的媒体做引导。"

自成立以来，合作市融媒体建立了"微羚城"微信公众号、掌上羚城APP等12个平台，进行新闻的多端发布。文字、图片、视频、H5，新闻报道的形式多了，渠道也多了。这样的变化让新闻的传播力度更强，范围更广。不只形式发生变化，杨琳告诉记者，内容的生产也在进行转型，"我们现在已经融入讲述故事的这种方式了，不是说谁会讲故事，谁就能占领宣传的阵地？我们也是在慢慢地制作一些比较贴近群众的内容。"融媒体中心在建设中，关注度与粉丝数也在不断上涨。目前，光是"微羚城"微信公众号已经有三万五千多名粉丝。

杨琳说，融媒体能拓宽传播渠道，上传下达更加畅通，尤其在疫情防控期间信息的传播更快。当时多地封闭，记者外出采访多有不便，而许多地区较为偏远，融媒体就接收乡镇政府传来的资料，并进行图片、文字的把关，及时发布防控的信息。中心还专门录制一些疫情防护知识的音频，传给一些村子的宣传干事，让他们通过村子的大喇叭传播出去。"当时也是各种想办法，想着第一时间把很多信息传出去。有一种要打通跟群众的'最后一公里'这样的感觉。"

而迭部县融媒体中心在发布内容上也会重视群众感兴趣的话题，并围绕这些话题进行策划。除此以外，中心十分注重新闻报道的时效性，紧跟时政。在7月18日，临夏州州委书记郭鹤立、临夏州人大常委会主任马杰明率临夏州党政考察团来迭部县考察观摩乡村旅游发展等重点工作，参观在下午6点30分左右结束，7点15分，微信公众号"微观迭部"就发布了一条《你好，临夏！我是迭部》的推送，推送内容兼具文字、图片及两分钟的视频。

同时，迭部县融媒体中心还增加了新闻动态的发布次数。中心办公室文秘黄志明说，在"微观迭部"公众号粉丝量不稳定的时候，发布次数是一天一次，后来开会讨论，决定改为一天三次。"这样的话粉丝有充足的时间来看，我们选择的时间段不同，发布的东西也不同，一天的阅读量就会有所增加。"

"一次策划、一次采集、多种生成、多元传播"是现如今媒体融合趋势下新闻宣传新格局,新闻产品的多种形式与多端传播离不开从业者的策划与采集。黄志明说,在报道之前,中心的各部门会一起商量如何从多个角度进行制作,手机直播、电视新闻、微信公众号,策划好后分配记者,一次性采集所有需要的素材,"事实是一次性的,你一次不能采完的话,后续没法制作。"

接到任务,记者就要立即出发赶往现场。合作市融媒体中心的另一位副主任尕藏嘉说,自己每次外出都要带多台设备,"像我的话,脖子上挂的是个相机,手里提着的是摄像机,还要拿着手机。你除了采访,还要拍摄、做视频,这是融媒体发展的要求,因为现在开通的平台多,发布的内容多。"

"我去吧"

媒体融合发展,新闻工作更加细化,任务量与压力也随之增加。为了保证时效性,手机、相机、摄像机要与记者一同,24小时待命,一有任务,即刻出发。

"夏天怕下雨,冬天怕着火。"黄志明说,迭部雨季时容易出现山体滑坡等灾害,冬天山林容易着火,"他们要第一时间往现场赶,像冬天一着火,半夜就得背着东西爬山。长时间扛比较重的一些设备,颈椎、肩膀的疾病比较严重。"除此以外,迭部融媒体中心日前仅有的两位在岗的新媒体工作人员,在运营平台时往往要工作十几个小时,疫情防控期间也没有落下工作。

迭部县融媒体中心现在共有24名工作人员,其中实际在编在岗的有20人。工作重,人员少是单位现在面临的问题之一。这样的问题也出现在合作市融媒体中心。

在5月份招收新人之前,合作市融媒体中心只有12人。也是这12人,撑起了疫情防控期间的宣传工作。"那时候我们真的是发挥'洪荒之力',记者特别少,分成两拨工作。当时也是'疯狂'。"

为了及时报道疫情情况,记者需要去往医院、疾控中心等多个地方。面对疫情,没有一个人向后退步。"从来没有一个人说'这个事我干不了,我不去',有的时候还是'我去,我去吧'。我们单位特殊,那时候女记者多,男记者少,但工作的时候没有一个人拖后腿,都是争着抢着上。"杨琳说。

疫情防控期间，中心的记者丁晓梅一天最多要去五个地方。工作繁忙，她就将自己还在上三年级的孩子送到外婆家，自己奔波于多个采访现场，甚至深入到疑似病例的患者家中。杨琳回忆起此事，仍然十分感动，"当时疫情初期，大家不知道应该如何应对。她（丁晓梅）有家庭有孩子，义无反顾地就去采访了。"她说很多记者都是如此，更有一位记者因为工作一个多月没能见到自己的孩子，"在这次疫情中，我就看着每个人，互相鼓励，互相提醒戴好口罩，做好防护我真的觉得凝聚力一直都在。那会外面还是人心惶惶的，但是没有一个人退缩，大家都扛下来了。"

合作市海拔2936米，高原的冬天总是天寒地冻，但是记者的脚步却没有因此停下。为了报道疫情防控期间在高速公路南北站的工作人员，包括丁晓梅在内的三位记者凌晨一点前往现场。气温低至零下二十几度，大雪纷飞，一脚下去，地上就留下了深深的脚印。中心的记者仍然坚持在鹅毛大雪中完成采访和拍摄工作。等到回到单位，他们的脸和手通红，连口罩都结冰了，却只是说："我们还好。"

高原不仅冬天冰天雪地，而且夏天日照强烈。7月份刚刚入职的播音员张媛祺就因此晒黑。为了出镜，她在烈日下不能戴帽子和手套，原本皮肤白皙如今晒出了两种颜色。7月18日，她更在雨中完成了一次播报。那天是在"2020甘南香巴拉旅游商品博览会的"开幕现场，张媛祺与中心的其他同事将一切准备就绪后，突然乌云密布，天下起了大雨。摄像机位有人帮忙打着伞，但是张媛祺因为要出镜不能打伞。短袖外面套了一件薄薄的防晒衣，她在大雨中完成了全部出镜工作。但张媛祺对此却并不在意，"这都不算事。我们这里紫外线强，风吹日晒的，但你不能怕这些，不能怕吃苦，你要做好自己的工作，这是职责所在。"说话时，她的声音是沙哑的。

张媛祺从儿时就对播音主持工作非常感兴趣，进入新闻行业之后一直保持着对工作的热情，即便工作辛苦，她也觉得应该坚持下去，"30%是因为工作性质，70%是因为热爱。如果你热爱这份工作、这个专业的话，你就一定要发挥好自己的作用。"张媛祺说。

不忘初心，媒体融合向前行

信息化时代下，媒体在不断探索深度融合。在此趋势下，黄志明认为，官方媒体更应该提高自己的专业性和权威性，坚持真实的报道，"我们肯定要以最权威的方式把信息发布出去。"

张媛祺也表示，现在新闻人应该坚持新闻的时效性与真实性，"我们必须要抓住时效性，抓住真实性，保持一个中立的立场，为群众发声。"

在坚守新闻本真的同时，融媒体中心还在不断寻求多方面的融合与突破。在合作市融媒体开发的"掌上羚城"APP中，除了当地的新闻报道，还专门添加了服务功能。电费充值、医院挂号、快递查询等都可以在APP上进行。杨琳说："新闻、政务、服务结合起来，群众的使用率也高，那么我们宣传的内容，在无形之中他也会关注起来。"

而迭部县融媒体中心的"爱迭部"APP还专门开设了"问政"栏目，群众可以在此栏目上发布一些关于城市发展的意见，环境保护、交通情况——甚至停电了都可以发布信息，以此为平台，相关部门就可以进行反馈。谈到未来规划，黄志明表示，APP的进一步开发和改进，将成为以后突破的重点。

迭部县融媒体中心演播室　　　　刘欢　摄

合作市融媒体中心的副主任尕藏嘉还和记者提到，等到技术、平台等条件成熟，融媒体中心要继续深入发展，把多方面的信息融合，将城市的系统和服务打通、集成，打造"智慧城市"。

技术在融合，新闻人也在融合。张媛祺虽然是播音员，但是撰稿、拍摄、剪辑，还有一些平台的运营都是自己要独立完成的工作内容，"现在我们大家都得是全能的。"她说。

5月份，合作市融媒体中心开始计划招收专业人才，包括新闻写作、新媒体管理等多个方面。截至7月1日，中心共招收23人。

招收进来后，新人除了参加一些培训会，还会有老记者专门带着学习和锻炼。而他们的加入为中心带来了新的活力。"现在好多年轻人电脑技术特别好，设计软件、视频编辑都会。之前咱们的PS软件的功能就特别强大，但他们现在用的软件好多我都没听过，但他们用得特别好，感觉就是'长江后浪推前浪'。"学习H5、视频精剪——老记者向新记者传授经验的同时，也会向新记者学习新技术，尕藏嘉就表示自己一直都想学一学无人机的使用。"要不断学习新媒体的这些技术，在咱们这个行业里，你不学技术，等于什么都干不了。"他说，现在对于人才的要求是全面发展，"要达到一个全媒体记者的素养。"

媒体迭代融合，媒体人也在不断改变。虽然工作越来越细化，任务量越来越多，但当看到关注量与日俱增，看到抖音视频下的好评，中心的媒体人仍然会为工作收获成效而欣慰，会为努力得到肯定而开心，他们互相打气，继续前行。

（作者为兰州大学新闻与传播学院本科生；指导老师王君玲、郭翠玲为兰州大学新闻与传播学院教师）

甘南迭部：吃上"文化饭"，搭上"旅游车"

沙新宇

三五成群的年轻人在下班回家的路上嬉戏打闹，时尚与古朴混搭的特色藏家乐随处可见，一辆辆旅游车整齐地排列在路边。这是近年来迭部县的乡村里最常见的景象。

甘南藏族自治州迭部县是少数民族聚居区。这里主要以农牧产业为主，年轻人谋生多靠外出打工。迭部要发展，既不能以破坏环境为代价，又要帮助民众创业、就业，尽快脱贫致富，迭部县找到了发展生态旅游、推进旅游产业建设这个好办法。

扎尕那青年宾馆老板云珠吉和她的孩子　沙新宇　摄

开个藏家乐，你把远方带给我

"哎，有客人来喽！"一进扎尕那青年宾馆的大门，就见一个藏族的阿妈冲着楼上喊了一句，随即，又转过头来友好地笑了笑，放低音量说："请到二楼。"

二楼的走廊里，两个大眼睛的小男孩不停地跑来跑去，嘴里喊着"阿佳阿佳"，那股机灵劲儿，一点也不认生。一个笑意盈盈的年轻姑娘走过来拉住两个"小野马"，笑了笑说："他在叫你们姐姐呢。"这个姑娘是青旅的老板，名字叫云珠吉。

"扎尕那景区作为我们这边主要的旅游资源，对游客的吸引力很大，而且国家对大学生创业也很支持，大学生创业贷款的利息很低，所以我就想，经营一家小旅馆肯定能行！"2015年，从天水师范学院毕业的云珠吉，开始经营这家位于迭部县城的旅馆。

在藏语中，扎尕那意为"石匣子"。扎尕那景区是一座天然石头城，它的地形像一座规模宏大的巨型宫殿，以媲美仙境的自然风光吸引了一批又一批的游客。迭部县距离扎尕那景区大约三十公里，乘车约四十分钟左右。低廉的价格、舒适的住宿条件以及方便的交通条件，让很多游客在前往景区之前都会选择在迭部县城歇歇脚。

每年五月开始，就有外地的游客陆陆续续到来，叫醒这个"冬眠"的县城，云珠吉的小旅馆也会变得热闹起来，"每年七、八月份，我这里的三层楼，28间房子都住得满满的，有时甚至连司机师傅的宿舍都要让出来呢！"为了让远道而来的客人感受当地的文化，云珠吉还在旅馆的一楼设置了餐厅，给客人提供本地特色的藏餐，考虑到可能有游客吃不习惯的情况，旅馆同时也会提供川菜。"今年受疫情影响比较大，但平时的收入保证旅馆的正常运行和我们一家人的生活开支是没有问题的。"7月14日国家开放低风险地区跨省团队游，7月20日甘肃省开始落实这项政策，随着游客的增加，依托旅游资源创收的第三产业正在慢慢回暖。

"经营这个旅馆五年了，我结识了很多导游和热爱旅行的朋友。每一年的旅游季，我都会站在这里，等待着从天南海北来的客人，他们不仅带来了生意，也让我收获了珍贵的友谊。以后我也不会去远行，我还会站在这里，等着他们把远方带给我。"云珠吉脸上带着淡淡的笑意。

家门口赚钱，返乡就业好选择

33岁的藏族小伙桑扎交是迭部县电尕镇谢协村的村民，目光相遇时，他总是带着友好而又腼腆的笑容。2003年开始，桑扎交在新疆库尔勒当了两年的装甲兵，2005年，他退役后开始寻找新的谋生出路。这时，家乡正好传来要发展旅游文化产业的消息，"我的父母都是生活在谢协村的农民，在我退役转业时正好听说家乡要修建赛雍产业园的消息，因为回来工作离家比较近，也可以照顾父母，同时卫总也是我们村子的人，我们很信任他，所以就在这里工作了。"

桑扎交所说的"卫总"是泰吾赛雍文化旅游产业园的总经理卫启龙，他将赛雍藏寨打造为一个集餐饮、娱乐、住宿、购物、演艺于一体的藏文化缩影。"文化旅游产业是一个比较长久稳定的，能够带动当地的老百姓、包括大学生集体参与的事业。"作为本地人，卫启龙对当地的风俗民情和文化有着深厚的感情，正是带着对家乡这份真挚的感情，卫启龙决定回到村子里，带领村民和周边其他村子去做文化旅游产业。"我们有针对大学生的公益性岗位、大学生创业工坊和艺术团演出中心，都重视培养本地的年轻人，希望他们能够回到家乡，为家乡文化的传播做出贡献。"

正是由于这种回馈家乡、感恩家乡的企业文化，桑扎交表示："工作了15年，还是愿意留在这里继续工作。"像他一样返乡就业的年轻人还有很多，比如周木，一个笑起来很甜的"95后"藏族姑娘，"我在这工作，距离上班地点很近，真的是一出家门就能赚到钱。每天走在路上，环境很美，鸟语花香，幸福指数很高。疫情防控期间没有上班，但是也有最低生活保障，所以留在这里并不是因为多么高的工资，重要的是感情。"周木大学毕业后在四川成都的建筑工地上打工，看着家乡的旅游产业发展得越来越好，她选择了回到家乡，现在产业园的人事、接团工作都由她对接和负责。周木说，很多像她一样的本地大学生都愿意回到家乡，为家乡的建设，特别是当地的文化传承、弘扬，贡献一份力量。

28岁的扎西措是赛雍产业园演艺中心的主持人和歌舞演员。2014年，扎西措大学毕业，演艺专业出身的她开始了在全国各地演出的生活，没有工作的时候，她只能面对没有收入的窘境。作为迭部县本地人，在产业园的工作，不仅离家近，而且工作时间稳定，比起之前的各地漂泊，收入更加可观。扎西措和其他的文艺团成员结合白龙江流域的服装、语言、舞蹈等民俗文化，不断创新舞蹈，融入新元素，传承发展当地的民族特色和传统文化。

"我很满意现在的工作状态，在这里我身兼数职，唱歌、主持、接待、外联、营销，我都会去接触和学习，这份工作不仅专业对口，而且还能实现个人价值。"扎西措抬起手蹭了蹭额头，羞涩地笑了笑："现在我在为人处世上有了很大的成长，自己学着做决定、做选择，甚至变成了家里的主心骨。"

村民变股民，家家户户有分红

谢协村位于迭部县城东侧十二公里处，气候温和，植被良好，生态环境保护完整。走进谢协村，原始的村落，古朴的踏板房，原生态的藏族民俗风情扑面而来，农田旁边的道路平坦通畅。"我们村就在白龙江流域的高山峡谷地带，自然、人文景观丰富，政府积极推动村子的基础设施建设。我们依托这些旅游资源优势和国家优惠政策大力发展旅游业，带动村民就近创业就业，现在，年轻人第一选择就是在家乡就业。""90后"的村主任尼玛才让介绍说。谢协村2019年被评为旅游标杆村，两年间村里已有十几户人家做起了藏家乐，村子整体实现了脱贫致富。

谢协村村民以合作入股的形式打造出村集体经济——"鹿鸣山居"，这座矗立在村前集体广场的二层藏式小楼可同时接纳500名游客。"我们全村都入股了集体经济，去年分红5万多（元）呢。"村民康珠交扬起了笑脸，大声笑着说，"我以前就在村里的砖厂、沙场跑运输，现在轻松多了，收入也有了很大改善。"

"鹿鸣山居是由老村长赛智牵头建成的，初衷就是要依托旅游资源解决农村劳动力就业困难的问题，所以这里的工作人员基本上都是本村的村民，他们在这里工作，慢慢地开始转变思想，逐渐接受文化旅游产业。"鹿鸣山居的运营者董建阳是赛智从兰州请来的经营人才，"除此之外，近两年开始，我们每天都会为村里所有65岁以上的老人提供免费午餐，实现了老人集体供养，也解决了村里青壮年外出打工、就业的后顾之忧。"

尼玛才让表示，让村民变股民，一方面能够转变他们的思维方式，让他们切身感受到发展旅游产业的好处，同时也能够将文化和旅游深度融合，在传承和弘扬本土文化的同时带动更多的人就业，实现脱贫致富。

根据甘肃省政府在甘南州2019年经济社会发展回顾及2020年上半年经济社会发展情况新闻发布会中公布的数据来看，近年来，甘南州建成红色

谢协村集体经济——"鹿鸣山居"　　　沙新宇　摄

旅游型、生态体验型、休闲度假型、民俗文化型、特色产业型生态文明小康村1303个，惠及群众48.9万人，扶持农（牧）家乐1449户，3.8万农牧民群众通过旅游获得收入。越来越多的甘南人民吃上了"文化饭"，搭上了"旅游车"，正在快速告别穷日子。

（作者为兰州大学新闻与传播学院2019级研究生；指导教师王君玲、郭翠玲为兰州大学新闻与传播学院教师）

50平方米里的青春风暴

何煦

学子的呈现——2020年新闻学子重走『中国西北角』新闻作品选

初　遇

2020年，7月。午后的阳光透过窗户洒满整个画室，抬步踏入里间，仅看到并不大的屋内，木地板纤尘不染，案几上的颜料被码放整齐，房间的各类陈设也恰到好处，多一分铺张，少一分则寡淡。偶有异香袭来，是酥油画散发着甜腻而陈旧的味道。一室静谧无声，唯有笔尖在画布上摩挲的细碎声响。

听到木地板上走动的吱呀声，埋头描线稿的几位少年抬头望了过来，背对着门在墙上作画的两人也转过身，一时间各色目光放肆地打量着突然闯入的陌生来客。

透过几缕藏香缭绕的烟丝望去，角落里一少年逆光而坐，衣着干净，随意地披着件暗红色的藏袍，花纹在光线的映照下清晰可见。领口松垮地敞开，露出里面的白T恤，衣摆下的两腿自然

扎西才让在画唐卡　　　　　　　　何煦 摄

地前后错开，紧身牛仔裤勾勒出小腿肚劲瘦的曲线，身形单薄如刀裁一般，然而骨骼却是紧实有力的，仿佛一头刚成年的狼，面对未知，蓄势待发。

他定定地坐着，专注地描绘面前的画布，不抖腿，不挠头，也不为任何声响所动，仿佛完全静默下来。身后的阳光描摹出他侧脸的轮廓，和很多高原人的长相相同，他眉尾挑得极高，单眼皮，高鼻梁，肤色晒成小麦色，尤其是下颌线条，仿佛一笔挥就，如锋刃般的干脆利落。偶尔蹙眉思索的时候，周身不自觉地散发出一股冷戾的气息。

蹲在他身旁看了许久的笔起笔落，他始终目不斜视地描摹着莲花底座的一片花瓣，比画中的菩萨入禅定时更加认真，我只能试着问他："你今年多大了？"

他的目光依旧停在面前的画上，用不太标准的普通话答道："17岁。"

锋　芒

这是扎西才让画唐卡的第四个年头。

比起那些画了十几年的非遗继承人，或者是画了几十年的上师，扎西才让的画工自然是小巫见大巫。但对他来说，除过降临人世之初，那年幼无知、身不由己的三五年外，到目前为止，他三分之一的人生，都与唐卡难舍难分。

他很早便喜欢上了绘画。在同龄男孩都上蹿下跳、捉弄女生的儿童时代，他的爱好则显得十分安静。和许多上课爱走神的学生一样，草稿纸、课本空白处以及作业本的背面，抑或任何一张纸，都是他进行"创作"的领地。内容也同样丰富，想到什么便画什么，多是儿童的信手涂鸦。

藏民们的家中都会有唐卡作品，扎西才让是看着家里的唐卡长大的。草原地域辽阔，去到最近的寺庙朝拜往往需要花费几天的时间。在青海塔尔寺或其他知名寺庙周围，甚至有虔诚的信众长期居住。唐卡的出现，让他们在家也能面对着佛像朝拜。牧民夏季放牧时，逐水草而居，往往需在外几个月，可携带的唐卡对他们来说既成全了信仰，也更加便利。

13岁，是上初中一年级的年龄，正是摆脱稚气，步入少年的时期。一般人的印象中，13岁应该仍然懵懵懂懂，对未来一片茫然，凡事都需要大人操心。大城市里的孩子们，这时开始熬夜写作业，周末上各类兴趣班。而藏民们的孩子在这个年纪，已经学会了骑马、拴牛、照看弟妹，以及如何与草原上四处穿梭的老鼠们和平共处。

在很多人又想抬头望月亮，又被地上银光闪闪的六便士所牵绊的年纪到来之前，13岁的扎西才让，便已经选择了自己的热爱——唐卡。

"除唐卡外，还有很多的绘画形式，为什么选择了唐卡？"我问。

"我选择唐卡是因为这是我们藏族的文化，我不想这种文化失传。"

叛 逆

13岁的扎西才让，经人介绍，来到了玛曲县利众唐卡学校学习唐卡，拜唐卡大师三木旦为师。利众唐卡学校在2015年由三木旦创办，每年坚持免费为甘、青、川等地30余名青少年传授唐卡绘画技艺，以弘扬民族传统文化。直至如今，已有13名青少年凭借唐卡绘画技艺自食其力，改变命运。

扎西才让就读的中学是玛曲当地一所寄宿学校，他大部分时间都只能在学校里，只有休假时才能跟随师父学习唐卡。草原上气候宜人的时间只有夏季的两三个月，此后就是无尽的风雪。正因如此，寄宿学校的暑假只有十几天，寒假却有三个月。四年间的每个冬天，他都待在画室里学习唐卡，有时颜料都被冻得结块，吮吸笔尖时入口满是冰凉，手指也僵硬得不能动弹。但他不觉辛苦，依然坚持。

谁也不是无端就能如此坚韧，除了热爱，对年轻气盛的少年来说，和父母赌气、向质疑自己的人证明，也是另一个可爱的原因。

正像年轻时候抽烟、早恋、玩乐队，被父母认为是不务正业一样。虽然唐卡艺术是藏族文化的重要组成部分，但对于一个还在上学的孩子来说，也已经足够叛逆。

"上学的时候，他们（扎西才让的父母）不同意我画唐卡。不同意就不同意。我不回家，不太见他们，所以他们也管不上我。"

"那他们不同意，你怎么办？"

在被问到这个问题时，他侧着头思考很久，表达得十分费劲，脸颊涨得微红，急得似乎马上要说出一句藏语。

"自己喜欢的事情就去做，不用管别人怎么说，是这样吗？"

他闻言眼睛立刻一亮，松了口气似的，连着点了好几次头，笑得有点腼腆："对，对，就是这个意思。"

好在他在学习唐卡的这场拉锯战中，最终取得了胜利，他的父母同意他继续学习唐卡。他们接受了孩子已经长大的事实，就像草原上的雄鹰，一旦展翅，便再也难以束缚。

矛盾

学习了四年唐卡，他已然是画室里"元老"级的人物了。这四年，画室也从玛曲县城搬到了欧拉乡产业园内。他本人也从叛逆的初中生长成了成熟懂事的高中生。现今17岁的扎西才让在欧拉乡上高中二年级。

他话少，也不喜张扬，沉默的时候居多。在学校的朋友们甚至不知道他还会画唐卡。而画室里，他极少有关系密切的同学。欧拉乡距玛曲县村大约一个小时的车程，平时休假，他也只是一个人往返于县城和乡村。他说："人生总是孤独的，是吧？这句话不是假的。"

然而一旦聊及唐卡，他的话便多了起来。他告诉我，唐卡是一项严谨的、自我发挥余地很小的艺术形式。一幅唐卡作品，从线条到色彩都极为重要，画佛像必须画的完整，少一个法器则是罪孽，因而错一点就是大错特错。只有周围的风景可以靠想象发挥，连花纹和边框都不能随便添加。

在利众唐卡学校的学习，采取的是师父传授、徒弟学习，学成后出师的传统"师带徒"模式。讲究师承关系，每一位在这里学习的孩子，都要进行严格的拜师仪式。师父也并非简单地教授唐卡，更是他们人生道路上的引路人，为他们指点迷津。

大部分学生由于学校的课程，并不是全职学习唐卡。据了解，西藏大学和四川艺术职业学院都在近些年开设了唐卡专业，并已经开始招生。甘肃省艺术体育类统考录取类别中也有唐卡专业，本科·批专业课省控线为268分，文化课222分。

"现在有很多艺术类的学校都有唐卡专业，有没有想法去那里学习一下？"

"没有——吧。"

"是因为不想，还是因为觉得自己考不上？"

他答道："小时候是因为不想，那时不爱读书，现在可能也考不上了。"语毕摇着头，自嘲地笑了笑，继续描画着面前那朵莲花："而且不喜欢读书，参加什么高考？"

第二天，他点赞了微信视频号里一辆公交车送藏族学生去高考的视频。每一位从车上下来的学生，都洋溢着自信的笑容，大方地接受众人的祝福，手拿准考证，踌躇满志。

青年军

唐卡是一项极为复杂的绘画艺术形式。先要选择画布，之后固定画布，用细木做成裱框。还要上胶、打磨、矫正、打线等。最后一步是开眼，要择良辰吉日。而且唐卡的眉眼开好，对于整幅唐卡来说是点睛之笔。

唐卡的颜料来源于天然矿石，黄金、珍珠、珊瑚、琉璃、青金石等。这些天然原料保证了所绘制的唐卡色泽鲜艳，璀璨夺目，虽经几百年的岁月，仍是色泽艳丽明亮。一般绘画一幅唐卡短则半年一年，长则十多年。它的绘画条件苛刻，想要画好唐卡不仅需要在心中有对佛祖的尊重和对经书的理解，并且还要从小开始培养，并终身学习。

其实扎西才让的经历并不独特。这一间画室里的年轻人们都有着相似的体验。

唐卡技艺的培养以青少年时期为最佳。其他唐卡画室和体验中心，只是教导学生们进行填色，甚至直接打印好黑白线稿。而真正系统性的学习，需得从阅读经书起步，根据经书上的描述，进行一两年的线稿的学习。线稿的要求更加复杂，每一幅都必须画经纬线，严格按照比例来画，在学习唐卡的最初一两年里，基本接触不到黑白之外的色彩。

来自玛曲的卓玛在这里学习了半年，还停留在画黑白稿的阶段。和另外的三位男生一起，他们每天的任务就是临摹书本上的线稿。

等到线稿学习结束，便可以上色。像扎西才让学习了四年，已经可以单人负责一幅画；从画布制作，到线稿，再到上色，他都可以独立完成，偶尔还需要他来指导画线稿的师弟师妹。

来自甘南首府合作的男生次仁，背井离乡来到玛曲县，普通话说得很好。他正和另外一位少年负责一幅巨幅唐卡的上色。

"大师兄"是一位僧人，他今年25岁，跟随三木旦大师学习较晚，为人却成熟稳重，对师弟师妹都极为照顾，因而大家都默认他为"大师兄"。

挂在画室展示厅的一幅巨幅唐卡中，佛像都没有画眼睛。三木旦师父说，这幅画是由已经出师的徒弟和目前在画室学习的几位学生负责的，但他们都没有可以为佛像开眼的能力。师父因此定下一个约定，希望他们在外潜心磨炼、刻苦钻研，等画技臻于完善，再回到玛曲县这间他们与唐卡最初结缘的画室，亲手为佛像点睛，才算真正的善功圆满。

日暮西倾，光线影影绰绰地落在巨幅彩唐上，映照得佛祖尊容愈发熠熠生辉。有人逆光站立，影子在地板上被拉扯得无比颀长，他吮吸笔尖，温柔得像是母羊舔犊，转而提腕宕开了一笔浓墨重彩，色泽交相映衬，艳丽动人。菩萨此刻虽没有眼神，却依然美得惊心动魄，令人油然敬慕。

这间画室见尽了人来人往，少年们心怀憧憬来到这里，又满怀期待地走向远方，此间流过的是似水华丽的年少时光。七八月是草原最好的季节，十七八岁也是少年们一生最好的时光。没有人永远年轻，但总有人正年轻。

（作者为兰州大学新闻与传播学院本科生；指导教师郭翠玲、王君玲为兰州大学新闻与传播学院教师）

洮砚乡的"金疙瘩"

——记国家级非物质文化遗产洮砚制作技艺传承人李茂棣

刘妍汐

洮砚之乡——卓尼县，历史悠久，地域辽阔，灿烂的古文化源远流长，洮砚乡产出的洮砚与广东端砚、安徽歙砚齐名，并称为中国三大名砚。古人称其为："洮州石贵如赵壁，端州歙州无此色。"洮砚的开采以及雕刻始于唐代，盛于宋代，距今已有1800多年的悠久历史。

洮砚乡因洮砚而得名，洮砚因为洮河而碧翠莹润。正如"洮砚乡"这个名字，全乡人几乎都从事与洮砚相关的活计，达勿村、丁尕村里的村民较多从事采石工作，峡地村的村民大多数和铲石头（指雕刻洮砚）打交道，还有一部分人做洮砚销售。

从卓尼县城到洮砚峡地新村，车程需要一个半小时。

一路上，山路蜿蜒曲折，云雾缭绕，车在雾气中行驶。到了峡地新村的路口，一位满头银发，身穿灰色衬衫、黑色长裤的老人已经站在路口静静地等待。他就是甘肃省工艺美术大师、洮砚的国家级非物质文化遗产传承人李茂棣。

"只要能传播洮砚文化就行"

由于异地搬迁政策，一个多月前李茂棣搬进了峡地新村。他雕刻的洮砚大多在以前的家中，尚未搬入新家。新院子里，还没有像旧居一样设立专门雕刻洮砚的传习室。

客厅里陈设简单，墙上却挂满了字画，其中有一幅是"乐在石中"。

李茂棣今年七十八岁了，他还有一个别名叫"金疙瘩"，这个名字是他父亲起的，说他属鸡，而公鸡的叫声就是"咯咯—哒"，"咯咯—哒"用当地方言念出来的谐音就像是"金疙瘩"，而且这个名字颇具"含金量"，叫起来也顺口，于是一直沿用至今。但他的一生并没有像名字所暗示的那样，过上大富大贵的日子。

"我二十多岁的时候开始雕刻洮砚，当时只是为了讨一口饭吃，谋一条生路。"李茂棣的父亲在他十一岁那年就去世了，母亲每天辛苦砍柴卖柴贴补家用，十七岁的时候，刚读完高一的李茂棣因为母亲的收入无法继续供他读书而辍学。

1979年，外出打工回乡的李茂棣为了学习濒临失传的洮砚雕刻技术，在岷县找到了颇有名气的砚雕师傅赵兴和。李茂棣回忆说，当时是把赵师傅请到家中教学，每月给他70元的工资，而在那时，当地国家干部每个月的最高工资不到80元。

1984年，李茂棣率先在卓尼县办起了第一个洮砚工艺厂。他说："当时为了开办厂子，我用了十吨老坑（指喇嘛崖）的石头，装了一大卡车，才让厂子办起来。当时的石头不值钱，卖一块、二角钱一斤，现在的石头值钱了。"当地村民王旦主说："现在，十吨的老坑石可以买下整个卓尼县城。"然而，因为体制和管理的问题，洮砚厂倒闭了。

不过，李茂棣制砚的脚步却没有停下来。1986年至1988年，李茂棣被甘肃省军区聘请为"军地两用人才"培养的辅导者，培养了一批又一批的制砚人才。对此，省军区政治部给他赠送了"艺绝德高"的匾额，对他付出的心血表示肯定和鼓励。

李茂棣说："没有文化，就做不好砚台。"他的书架上陈列着泛黄的《说文解字》《易经》《砚谱》等书籍。他深知读书对于洮砚文化传播的重要性，便决定在村里建校办学，他把自己家新盖的

李茂棣与其学生牛玉合以及兰大师生合影 唐郝 摄

瓦房当成教室,自己置办桌椅板凳,还聘请了退休老师来家里教书,自此,峡地村有了第一所学校。

这么多年来,李茂棣接受了无数的采访。他的学生牛玉合说:"只要是想来采访老师的人,他都会接受采访。他说只要能传播洮砚文化就行,来到家里采访的人,最后他都会送一方砚台给对方,也不求回报。"

"这辈子一心只专注于雕刻洮砚"

午饭后,李茂棣像往常一样散步,来到了儿子李月龙家里。还没进家门,便听到"滋——滋——"的声音,李月龙正在家里二楼的洮砚传习室里,用角磨机打磨洮河石,手上沾满了白色的石粉。

李茂棣一共有三个儿子,都在从事洮砚雕刻。他说:"老大和老二现在住在我身边,老三一个人去了临潭县。"他把老二(李月龙)与其他徒弟放在一起精心培养,李月龙从二十一岁开始学习雕刻,至今也有二十多年了。

李茂棣从事了五十几年的雕刻,他说:"我已经记不清教过多少徒弟,大概有六十个吧,如果一个徒弟再教十个徒弟,就有五百多个徒弟了。"这些年来,他培养出了一批批洮砚雕师,比如王玉明、马万荣等名家,他们有些已经担负起了洮砚雕刻技艺的传承。他的学生牛玉合说:"他的徒弟都富起来了,只有他还没有。他这辈子一心只专注于雕刻洮砚。"但李茂棣却不以为然,他说:"要苦就苦自己,不用别人来扶持。"

李茂棣说:"教授石砚雕刻,就像学校老师教学生一样,从简单到复杂,比如说雕刻一个人物,要先雕刻眉毛、眼睛、鼻子,等等,雕刻的时间久了,慢慢地也就掌握了。教授雕刻的时候,除了要求他们要亲自雕刻之外,还需要指出他们哪里做得好,哪里做得不好,这样才对。"

洮砚的雕刻技法有镂空、圆雕、平雕、浮雕、透雕等多种风格,十分精致。图案内容非常丰富,包括花草虫鱼、龙凤、神话传说、寓言故事、名著传奇等,工艺精巧美观,图案寓意深远。

谈及最近雕刻的作品时,李茂棣顿了下说:"人老了,手抖得雕不成了。平常为了打发时间自己也会雕,但大多数都是把图案的样子画出来,再给徒弟,让他们来雕。"

"这可能是我这辈子最后一次来这里了"

从新峡地村到喇嘛崖，车程需要半小时。

洮砚石就产于卓尼县洮砚乡境内的洮河沿岸，其中，洮砚乡喇嘛崖石料矿带上，当地人称宋代老坑中所产石料"窝子石"是最有名的上等石料。当地流传着这样一个说法，雕刻洮砚的祖师是一名出家修行的喇嘛，很早以前他在这个石崖上挖过石头刻过砚，当地人为了纪念这位洮砚雕刻的祖师，就把这个石崖叫喇嘛崖。

去往喇嘛崖的路上，山路险峻，车辆很少，路边还有落石，但这条路是去喇嘛崖唯一的一条路。李茂棣以前每年都会从十几里开外的峡地村，步行大概两个小时到喇嘛崖。

喇嘛崖山崖险峻、道路崎岖，三面环水、水势湍急，采石十分不易。近几年，新修好了一条栈道通往喇嘛崖的坑口，据李茂棣回忆说："以前没有这种路，采石人都从小路走。小路难走，采完石头他们还要背着几十斤重的石头，缓慢往山上走。"

下午的天不热，微风徐徐，站在山脚下纵深达几十米的宋代老坑口前，还能感到丝丝凉意。

李茂棣指着石头边上的一簇野花说："姑娘，你看这些花。把它们雕得像只是基本功，而把它们雕刻得像活的一样却是另一种境界了。但眼睛看到的东西永远比雕刻的美。"

现在很多人为了赚"快钱"，用机器来雕刻洮砚并进行批量生产，面对这样的情况，李茂棣无奈地说："我们做的是手工砚，每一方砚都不一样。他们那不是手工砚，甚至亵渎了洮砚文化。他们直接用机器把一大块石头锯成圆的，再把图案雕上去，这样不成——不成。我们雕刻洮砚，不能生搬硬套，你要根据每一块石头的纹理、颜色，再来决定画什么样的图案，这样雕刻出来的洮砚才是'活'的。"

他站在碧盈盈的洮河边长叹了一口气，揉了揉鼻头说："这可能是我这辈子最后一次来这里了。年轻的时候，我几乎每年都要来这个地方，近两年来的次数少了。我今年七十八岁了，人老了，眼睛不成了——不成了。"

李茂棣把灰色衬衫最顶端的扣子系上，整理了下泛黄的衣领，拉上外套拉链，拍了拍身上的灰尘说道："在喇嘛崖这里拍张照吧，留个念想。"

一路上，李茂棣介绍着这里的一草一木，无论是栈道旁的小白花，还是崖壁上的野花，抑或是树上挂着的采石人用的水壶、石坑边上随意堆砌着的石料。他似乎在用这种方式与这里告别，这个存储着他五十多年记忆的地方。

到了山脚下，李茂棣坐在一块大头上说："雕刻洮砚已经是我生活中的一部分了。"他从地上随手捡起两块洮河石，用手抹去石头上的灰尘，对着石头哈了一口气，再用手摩挲了一下说："回吧。"

雕刻砚台不仅是一种技艺，更是一种生活方式、一种文化的传承。从"讨口饭吃"到"传播洮砚文化"，雕刻砚台的目的在变化，境界也在变化。

正如李德全在《话说洮砚》里写道："李茂棣他是一块锤不扁、砸不烂的金疙瘩，铮铮骨节，凌凌正气，一生清贫，一世磊落。即使零落尘埃，依然金光灿灿。"

（作者为兰州大学新闻与传播学院研究生；指导教师王君玲、郭翠玲为兰州大学新闻与传播学院教师）

酒 泉 篇

老妈妈爱心服务队：半个世纪的暖心守护

罗欣怡　张荣荣　宋朝军　刘正

　　86岁的熊燕芝老人是甘肃省酒泉市肃州区的明星人物，熟悉她的人总会亲近地唤她一声"熊妈妈"。每当这个时候，"熊妈妈"都会高高地举起手，眼睛弯成一个大月牙，笑着给来人打声招呼。

　　2020年7月20日，记者一行来到了东文化街社区明珠花园，拜访这位"明星妈妈"。

　　精神矍铄、"宝刀不老"是这个耄耋之年的老人给人的第一印象。无论是买菜做饭、收拾家务这些年轻时候做的生活琐事，还是党务学习、社区活动，等日常工作，甚至是唱歌跳舞、打拳舞剑之类的文娱活动，"熊妈妈"都游刃有余。若是有人劝她悠闲点儿，她便一下板起面孔，频频摇头"不行不行，闲不下来，我要过得丰富些。"

　　热情、积极、阳光、充实，"熊妈妈"总能让人忘记她的岁数。

　　"为什么大家都叫您'熊妈妈'呀？"

　　被问及这个问题的时候，熊燕芝老人显得有些害羞的样子，双手来回搓了搓，局促地抚了下大腿，熟悉的弯月牙出现，她骄傲地回道："因为我是老妈妈爱心服务队的成员！"

暖心呵护，驰援后方

1969年，为进一步拉近军民关系，体现军民鱼水情谊，在上级政策的推动下，东文化街社区（原尚武街社区）与驻肃部队双拥共建单位，第一批"老妈妈"就此诞生。这些"老妈妈"们致力于帮助部队战士们缝补衣服、拆洗被褥，尽力解决部队的后顾之忧。

那时候，战士们训练任务重，摸爬滚打，一天下来，汗水浸透了衣物，没有时间和精力及时地清洗。晚上回去睡的又是通铺，所以衣服被褥脏得很快，"老妈妈"们心疼训练辛苦的战士们，主动担下了换洗的任务。一洗就是一百多套，全靠手洗，要花费一两天的时间。

每到冬天，冷水刺骨，"老妈妈"们的手冻得通红，但心却越洗越热。

"每每想到战士们能穿上干净的衣物，不需要为这些琐事耗费精力，能更好地投入训练和保家卫国的任务中，我就觉得值！"1978年率先加入老妈妈爱心服务队，现年已81岁的老党员于月英老人这样说道。

后来，"老妈妈"们每过一段时间就到部队上帮战士们拆洗被褥、缝补衣服，时常还会做一些拿手饭菜送过去。50多年来，从未间断，其中还不乏一些可爱的"老爸爸"。

"别的也做不了什么，就想着给孩子们洗洗衣服、编编鞋垫，我们这些'老妈妈'们手艺可好了。"提起过往，"于妈妈"的眼睛亮亮的，似被打开了话匣子，偶有哽咽，但总是充满坚毅。

长年的坚持与奉献，使老妈妈爱心服务队与驻军部队建立了深厚的感情，除了手工活计，"老妈妈"们还肩负着鼓舞士气的使命。"当兵的苦啊，娃娃们离开家人，每天还有训练任务，想家是一定的，心里面免不得孤单难受。这个时候，我就给他们讲讲我们曾经的故事。"于月英老人说。

相互陪伴，共享温暖

2013年，组织开展了"驻地有个家，心系老妈妈"双拥共建活动。以"老妈妈"为主体的辖区居民家庭与外省市的入伍战士结对认亲，使远离家乡的子弟兵在驻地有个家，能经常回家"探亲"，"妈妈"也能随时到部队看望战士，送给他们亲人的问候与关怀。这是老妈妈爱心服务队在新时代下领到的新任务。

"熊妈妈"很高兴，她真正成为"兵妈妈"，有了当兵的儿子。

有了"兵儿子"，"熊妈妈"感觉自己又年轻了几十岁。每当看到那个精神帅气的小伙子，她仿佛看到了年轻时的自己。老人对"兵儿子"总是赞不绝口，"我和我的'兵儿子'感情可好了，他一闲下来就会给我打电话，逢年过节我们是一定要聚一聚的。"

有次过年，"熊妈妈"收到了一大份包裹，怀着紧张和忐忑的心情打开，原来是第一个"兵儿子"送给她的惊喜，一大包的家乡特产和一些小玩意儿，可把老人高兴坏了。截至目前，"熊妈妈"已经有两个"兵儿子"了。

"于妈妈"同样很激动，谈到她的"兵儿子"，她显得更加精神，止不住地感叹，"每次孩子来家我都手忙脚乱的，想给孩子亲手做些东西，又想着外面的花样多，可他每次待不了多久就要走，走的时候总觉得他啥都缺。"

"于妈妈"很遗憾自己与"兵儿子"的相处时间少，但身为老党员的她也明白应以部队任务为重。她只盼望他过得好，能够越来越优秀。

不能见面时，"于妈妈"和她的"兵儿子"总会通过电话、微信保持联系，但也有联系不到的时候。"有时候他的训练任务重，好长时间都没个消息，我想得紧啊。"一旦有机会，"于妈妈"便会拎着大包小包去部队看望她的"兵儿子"。

"老妈妈"们与记者合影，左二起依次为王小玲、熊燕芝、于月英、向桂珍　　　　张荣荣　摄

"他就是我的亲儿子，操心得很。"

代代相传，播撒温情

71岁的向桂珍"向妈妈"是2013年才正式加入老妈妈爱心服务队的，但她跟这里的渊源却得从半个世纪前就讲起。

据"向妈妈"介绍，她的妈妈曾是第一批老妈妈服务队的成员。"我小时候总跟着妈妈一起扎在兵堆子里，时常帮着她给战士们缝缝补补、洗洗涮涮，妈妈的手上总是带着伤，可脸上却是乐呵呵的。"

年幼的向桂珍并不明白妈妈为什么总会温柔地看着一双双鞋垫，仔细检查每个针脚。当了"向妈妈"之后她才猛然意识到，因为妈妈早已把战士们当作了自己的孩子。也正是因此，她决定延续妈妈的心愿，让这份爱意继续传递。

"那年冬天，我的'兵儿子'刚到这边来，训练苦，气候也不适应，我看着特心疼，一遍遍地鼓励、支持他，还给他买了个羊毛背心。后来他告诉我，他穿着这个羊毛背心就会想起我，就会感到温暖和力量。如果没有我的鼓励，他可能早就坚持不下去了，哪可能之后成功入党，还升了班长，变得越来越好。"这是"向妈妈"第一次意识到"老妈妈"的责任和荣耀。

向桂珍老人讲起话来语气柔柔的，和缓而坚定，脸上始终带着暖暖的笑容，让人很容易走进她描述的故事中。

"我们这个大家庭对部队有很深的感情，从我妈妈开始，到我哥哥妹妹还有我自己，甚至是我们的孩子辈，很多都有进部队或者参军的经历，我们感到很自豪。"提及部队，"向妈妈"热切而敬仰。

如果一定说有遗憾，那大概是没有一个贴心的"小棉袄"吧。"我的儿子也是军人，如果可以的话，我还想有个'兵女儿'。"向桂珍老人捂着嘴，偷偷地表达了对女儿的偏爱。

54岁的王小玲和凯玉梅算是老妈妈爱心服务队的小辈了，同时也是"老妈妈"的传承者。

"我参加过几次老妈妈爱心服务队组织的活动，每一次都让我深受触动，就比如现在进行的这个结对认亲的活动，既让外地的孩子有个本地的家，也能让我们自己收获良多。"拥有一个"兵儿子"，王小玲感到既幸福又自豪。

"您觉得是什么让您坚持做'老妈妈'，坚持这种奉献的？"

"谈不上奉献，我觉得这是个互相取暖的过程，至于为什么能坚持，我想是因为爱吧。"没有过多的言语，"王妈妈"递过来自己和"兵儿子"的照片，眼里是藏不住的欢欣，"瞧，一身军装，多帅气呀。"

一身荷叶花旗袍，热情好客的凯玉梅"凯妈妈"其实是个地道的藏族人，因丈夫的关系留在了酒泉。"看到你们就像看到我的'兵儿子'一样，你们年龄应该都差不多大。"油饼、西瓜、桃子，还有甜甜的菊花茶，这个充满了藏族味道的家里散发着浓浓的温馨和爱意。

"凯妈妈"是2019年加入老妈妈爱心服务队的,在这个队伍里是个新人。"之前跟着参加了几次老妈妈爱心服务队的活动,我就觉得一定要加入进来,要将这份爱心传递下去。"

自从认了这个"兵儿子","凯妈妈"觉得她好像真的多了一个儿子。"他平时在部队辛苦得很,但是来家里还坚持要帮我做这个做那个,分担家务,有机会就打电话、打视频问候我。我虽然没生他,但我们跟亲生母子的感情一样好。"

"那您的孩子不会吃醋吗?"

听到这个问题,"凯妈妈"笑得合不拢嘴,"吃啥醋,他们姐弟我看比跟我还好哩,我姑娘很支持我,她比我更细心。"

虽然加入时间尚短,但凯玉梅相信,她的坚持和耐心绝不输于任何人。

多年来,部队官兵复员了一批又一批,"老妈妈"的队伍也逐渐壮大,拥军爱民、传递温暖的精神鼓舞着越来越多的人。

身先士卒,大爱无疆

老妈妈爱心服务队的"老妈妈"们多数还有另外一个身份——共产党员,拥有较高的思想觉悟和奉献精神。这样的"老妈妈"们不仅仅是驻地部队坚实的后盾,同时也是基层工作的先进代表。

"我们只想起好带头作用,不愧对别人叫我们的这一声'妈妈'。"熊燕芝老人认为,作为 名老共产党员,要为年轻人作出榜样。就像避风港一样,无论发生什么,老妈妈爱心服务队都想要尽自己的一份薄力去守护住这个大家庭。

在今年的抗疫过程中,以熊燕芝老人为代表的"老妈妈"们身先士卒、主动请缨,顶着凛冽的寒风,值守在小区门口的登记处,这一站就是一整天。她们尽全力协助社区做好人员的登记、核查等工作,为社区的疫情防控作出了巨大的贡献。

在值守过程中,偶尔也会遇到群众不太配合的情况。"一开始也会觉得有些委屈,但马上就想通了,我是为了咱们大家好,我想他们也都能想明白。"凯玉梅的想法很简单,尽力而为,便无愧于心。

近年来,老妈妈爱心服务队还多次组织开展慰问病、老党员和空巢老人、帮扶困难群众、帮助接送孩子、开展邻居相知相守和群防群治等党员志愿者服务活动,积极发挥先锋模范作用。在社区建设、党务学习、居民走访、知识宣传等各种活动中，都有"老妈妈"们的身影。

"没什么大不了的，我们都只是些普通的老太太。"几位"老妈妈"坐在一起，岁月静好，年华无伤。

（作者为兰州大学新闻与传播学院研究生；指导老师王臻、阴雨永为兰州大学新闻与传播学院教师）

戈壁农业的另一面：现代农业的规模困局

李　晖

　　高端市场对戈壁现代农产品的要求越来越高，要求品种统一、规模要大、供货稳定；但现实情况是个人、合作社、公司自身规模有限，且种植品种无法统一。面对二者间的矛盾，酒泉市肃州区戈壁生态农业是如何破解这一规模困局的呢？记者在2020年7月下旬对酒泉市肃州区进行了实地采访。

　　每每下过雨后，当酒泉大地灿烂的阳光无遮无挡肆意投射在祁连山脚下的这片无声的戈壁滩时，滩石的本色就显现了出来：米黄色、靛青色、朱红色、淡粉色——如国画的调色盘一般。这些大到一两米、小到一颗牙齿大小的，或椭圆或棱角形状的石头们在这里已经沉积了数百米深。和这些石头常年做伴的，只有远眺可及祁连山顶青石上盖着的一层茫茫白雪和随风起伏的骆驼刺。

　　近10年来，戈壁滩子不再是一番"风吹石头跑，戈壁滩上不长草"的荒凉景象。目前，酒泉市肃州区戈壁生态农业面积达到2.5万亩，约为2300个标准足球场大小。

　　大田少且分散的酒泉市肃州区，在高科技的推动下，进行了戈壁农业探索。10年后的戈壁滩上俨然一幅现代农业的图景。

　　站在戈壁温室外面看，温室大棚采用的是7天可建成的装配式结构；往作物根系处看，利用了水肥一体的滴灌技术，无土的荒滩也被人工基质土覆盖；温室内还有天然熊蜂授粉、物理防虫、智能监控系统等现代技术。

棚子带来了路，路带来了人，人带来了财富。大棚周边铺上了纵横交错的柏油马路。修建大棚的声音、车轧过路面的声音、装车卸车的声音、参观讲解的声音掩盖了戈壁滩苍凉的风声——戈壁生态农业的春天到来了！但在这一片和谐中，却也不时听到几声无奈与叹息。

"戈壁生态农业的核心问题就是种植规模上不去呀，都在单打独斗。"戈壁大棚里的农民在说这句话、农企老总在说这句话、蔬菜中心的技术人员在说这句话、农业农村局的领导也在说这句话。

在现代化生态农业的光环下，酒泉市肃州区——中国最大的戈壁生态农业日光温室基地如何应对这一"规模困局"？

祁连山下父与子

祁连山下刘氏父子和他们的戈壁温室大棚，每天都上演着普通戈壁新农民真实的苦与乐。

大暑已过，午后室外温度超过30℃，走进刘家温室大棚，瞬间一股热气朝面部轰来。

老刘（刘喜来）的深灰色T恤，有半身已经沾上了洗也洗不掉的番茄的黄色汁水，十个指缝里常年嵌着泥土。种了大半辈子地的他，皮肤已经和黄土高原融为一体：暗黄、干燥、沟壑纵横。17岁从甘肃定西老家出门打工的老刘也算走南闯北、有胆有识。25岁那年，靠打拼来的钱，包下20亩地，定居酒泉肃州。2018年，已过知天命年纪的他却不信命，咬咬牙花了两套商品房的钱，建下了四个日后惹人羡慕的戈壁温室大棚。

长子小刘（刘世雄），白天棚里收菜，晚上市场卖菜，他已经连续一周每天只睡三四个小时，眼角泛红，胡茬也在嘴边续上一圈。如果时间倒回两年前，20（岁）出头的他，大专毕业，还在武汉某汽车厂的流水线装配着汽车。大多数进城的农村青年将进城之路当成单行道，走出去就不再回来。2018年，小刘成为这条路上的"逆行者"，从城市工厂回到田间大棚，有滋有味地做着戈壁大棚里的新农民。

次子小小刘（刘世龙），刚替父亲摘下几筐番茄的他，蹲在光照强烈的大棚和毫不透光的杂物间之间，明暗对比处，刻画下今年刚参加完高考的这位舞蹈艺考生俊朗的轮廓，也暗示着他对未来选择的徘徊。在广大艺考生群体中，小小刘资质平平，将来大学毕业后是从事与舞蹈相关的职业还是和大哥一起管理家里的温室大棚？戈壁生态农业的前景怎样？这看似还是遥远的问题，却是一个农家子弟不得不面对的现实。

老刘温室的铁门被打开，一群人走进老刘的蔬菜棚子中，拿起"长枪短炮"对准老刘的番茄连拍一阵。

"我爸都成接受采访的专业户了，他也习惯了。"小小刘说。因为是2018年最早入驻东洞戈壁生态农业产业园的示范农户，平均每半个月老刘都要接受一次采访。

"1亩戈壁大棚"的收入约等于"20亩大田"的收入。相比2018年以前种着20亩大田的老刘，现在老刘家经营着20多个戈壁大棚。丰厚的收入让老刘供得起一年需要几万开销的艺考生（小儿子），也在酒泉火车站附近为大儿子买下了婚房。

"这些人只夸我们收入高，不问问我们菜农苦不苦。"送走了一行人的老刘，捂着嘴中因忙碌而生出的"火牙"，挤出一副痛苦的表情。

老刘现在的苦是什么呢？

2020年7月23日22点，昏黄的路灯照映着空荡荡的街道，酒泉肃州这座老城早早睡下了。但在巨龙物流港（农产品批发市场），几百个强光灯，将黑夜点亮成白昼，那里的烟火气才刚刚燃起。

在一群中年商贩中，穿一件绿色夹克的小刘格外醒目，他手中转着的一根香烟，是他驱赶困意的帮手。小刘送爸妈、弟弟回家休息后，还要在市场上熬到一两点（第二天凌晨），才能销售完刚摘下的番茄。

站在批发市场的街口，从电商农业到市场规律，再从农业技术到现代物流，常读农业书籍的新农民小刘对自己投入心血的戈壁生态农业滔滔不绝地谈论了3个小时。

"作为一个新农民，你认为当下戈壁生态农业面临的主要问题是什么？"记者问。

"现在不愁没人买，就是我家的番茄量太少，满足不了大企业批量订单需求，接不下订单，只能熬夜自己往外零卖。"小刘说，"本地散卖没人认你什么现代农业的好品质，就算优质也卖不上好价格。"

记者从酒泉市最大的农产品交易中心春光农产品批发市场办公室主任李佳琪那里印证了小刘的话。李佳琪说，的确戈壁温室里的菜跟大田里种的菜在市场上价格差不多，而且戈壁温室的菜在我们市场上只占10%～20%，量太少了，不成规模。

"为什么不加入村里的合作社来扩大规模呢？"记者问小刘。

"现在没有一个信得过、有实力的带头人来组织合作社，甚至有的合作社的收购价还没有农民零卖给得高，所以大家还是各干各的。"小刘说。

小小刘："我哥每天忙忙碌碌的，就是想多挣钱买下几个棚子，自己开合作社，做有实力的带头人。"

近日，国家层面也对农业合作化表示支持，习近平总书记调研时指出："在全国不同的地区实施不同的农业合作化道路。"

这时老刘的手机响了，电话那头传来声音："老刘，你的番茄多给我留着些。"老刘看看堆在储物间的一箱箱番茄，他知道不久之后上面都会贴上"戈壁雪润"的标签。

迷雾中摸索的戈壁农企

刚下过雨的酒泉肃州，压着厚厚的乌云还没有散去，窗外，整个天地一片昏暗，让人提不起精神。

窗内，酒泉市农业发展集团董事长景方元办公室内也是"迷雾重重"，谈话的几个人手中的香烟就没放下过。他们正在探讨的是：如何通过公司联合的方式，共建500亩左右的戈壁生态农业基地，来扩大农业生产规模。

包括老刘在内的一些戈壁农户的农产品，打上的"戈壁雪润"品牌，正是酒泉市农业发展集团注册，通过向地方农企授权的形式进行推广的一个公用品牌。

"都以为有了'戈壁雪润'品牌就抱上了金饭碗，他们不知道市场有多么残酷，没有规模就没有实力。"景方元说。

截至2015年底，国家工商总局（现国家市场监督管理总局）累计核准注册农产品商标205.61万件。"戈壁雪润"是酒泉当地的特色品牌，备受政府的重视，但景方元认为全国农业品牌太多了，"月亮不是只有自家的圆。"

公司如何扩大农产品规模？如果说酒泉市农发公司探索的是走联合公司的路子；国家重点龙头企业——甘肃省敦煌种业股份有限公司，作为一家上市公司瞄准的是自主扩建的方向。

站在敦煌种业86400平方米智能化连栋温室的棚顶，一块一块透明玻璃组成的温室顶棚，延至目之所及，像海面上的白色波涛，眺望不到尽头。

一座座不断崛起的铁塔变电站包围着玻璃温室，为智能化的厂区提供着核心动力。凭借智能化运转，将"靠天吃饭"的传统农业变成"靠数字吃饭"的标准现代化农业。

这座智能日光温室的"中枢大脑"——环境控制系统，在温室内一个不起眼的角落。里面摆放着两台实时滚动着数据的电脑，上面显示着：循环风、排水测量、温室气候等23个监控指标。

敦煌种业智能化连栋温室负责人王凯说："设备参数会根据温室的环境状况自动调整，需要风给风，需要光给光，需要肥给肥。多余的水肥还会顺着管道收集回来，在杀菌过后可以循环使用，扩大了规模、节省了大量人力。"

敦煌种业的绿色有机农产品在粤港澳大湾区拥有稳定的市场需求。未来，甘肃敦煌种业股份有限公司将投资近4亿元，建设智能化连栋温室及配套设施共计约20万平方米。

敦煌种业股份有限公司除了自主经营智能化连栋温室外，还探索"订单+农户"的经营方式，通过下订单的方式收购农户戈壁温室产出的蔬菜，但对农户种植的品种和质量有严格要求。

酒泉市肃州区当地就有为大规模戈壁农业管理提供技术支持的公司。大禹节水集团（酒泉）有限公司是酒泉市肃州区80%农业节水灌溉设备的提供商。

"我们提出的'三张网'，是建立现代化农业的灌溉网、信息网和智能化管理网络，让农民穿着皮鞋就可以种地。"大禹节水（酒泉）有限公司副总经理岳玺说。

灌溉网和信息网已经在普通农户的温室大棚中投入使用，下一步大禹节水将重点投入智能化管理网络的研发、设计、实施和建造。岳玺说："智能化管理网络对于戈壁生态农业，如同小区里的物业，发挥的作用是一样的。不能只有人建，没有人管，要用我们的专业人才帮他们管大棚。"

缺乏戈壁生态农业管理人才是目前农业规模化生产的一个障碍。老刘家所在的东洞戈壁生态农业产业园就一家金瑞丰种植农业合作社。已有的83座温室大棚仅有28座正式投入种植。该合作社负责人说："难，雇不到管理的人才，不知道每年种些什么，很多棚子闲着，盖棚子时欠下的账还有好多没有还清。"

但岳玺也表示投入这些设备进行智能化管理的前提是，通过合作或自主扩建的方式形成一定规模的农业用地，技术只能在规模用地的基础上提供管理服务。

除了农户、公司外，政府又在解决戈壁农业规模问题的过程中扮演什么样的角色呢？

一抔土，三座棚，一个城

在酒泉市肃州区北后三巷里，有一座建于20世纪90年代，门漆脱落、样式陈旧的四层小楼，门口挂着"肃州区蔬菜技术服务中心"的牌匾。"一抔土""三座棚"的故事就是从这里开始的。

无土栽培并非真的无土，而是在没有土或土壤条件不佳的地方，用秸秆、牛粪为原材料的基质土替代天然土壤。

1999年10月，肃州区蔬菜技术服务中心将有机生态型无土栽培技术引入，从2000年3月开始，形成了完全本地化的栽培基质配方。

如今，在2019年编制的《戈壁生态农业实用技术》一书中，从10年前基质槽，到现在成功研制基质枕、基质袋，基质土的技术又取得了进步。酒泉市肃州区蔬菜技术服务中心业务股股长殷学云说："改进后，现在一个棚子在基质土方面的投入减少了15000元，下一步我们还在研究通过消毒和营养补充，延长基质土的使用寿命。"

10年前，在酒泉肃州沙河村几丛骆驼刺、几座坟头子旁边，肃州区蔬菜技术中心在那里建造了酒泉市肃州区最初的三座戈壁温室土棚。酒泉市肃州区总寨农技站站长闫生军还清楚地记得那一年的冬天，下了15厘米厚的大雪。闫生军说："从没下过这么大的雪，土棚子不知道该咋样了，我在棚子里从晚上7、8点待到第二天凌晨4点，生怕棚子出点什么事。"

10年后，戈壁温室大棚被探索出许多不同样式，如"自助餐"一般，都可自选了：

如果想要快速建成，可以选择一周即可建好的组装型墙体日光温室；

如果不想投资太高，可以选择造价便宜的法兰式墙体日光温室；

如果想要保温性能更好的，可以选择优质优价的混凝土墙体日光温室。

除了提供并不断改进戈壁生态农业的核心技术，政府还为戈壁生态农业规模扩大提供基础设施保证。"政府先把水、电、路搞起来，把胶框厂、污水厂、燃气厂等配套工厂先整合起来，为戈壁生态农业发展提供充足的基础条件。"酒泉市肃州区国家现代农业示范区管理办公室主任李静涛说。

站在戈壁园区门口平整铺设的石子路上，东洞戈壁产业园办公室主任王维华回忆着之前的情形："之前咱们站的这块地，都是半米到1米的这种上下起伏的大坑，现在经过整修，车都可以开进来了。下一步我们准备修东洞园区自己的冷库和农产品交易中心，便于及时储藏和交易农户采摘的

082

新鲜蔬菜水果。"

蔬菜瓜果种出来了，还要运出去。2018年甘肃省政府出台的《甘肃省通道物流产业发展专项行动计划》指出，要按照"向东承接产业转移、向西融入'一带'建设、向北扩大资源贸易、向南加强通道合作"的思路，大力发展通道经济，加快建设丝绸之路物流通道及跨境贸易枢纽，努力把酒泉打造成丝绸之路经济带主要节点城市和连接西南、西北的重要物流节点。

但是因为农产品种植规模较小，每年货物出口量有限。酒泉火车站货场高主任说："每年主要出口的就是几车敦煌种业的番茄粉和兰州陆港物流冷链的洋葱，量还不是很大。"

政府对于提升戈壁生态农业规模的举措主要集中在技术支持和基础设施的布局方面。李静涛说，农业扩大规模，其实主要还是要发挥龙头企业组织带动作用，联合普通农户，二者进行合作。

针对像敦煌种业"订单+农户"的合作模式，李静涛也指出了其中的问题："这是一种松散的合作，如果企业给出的价格低于市场价格，还有较高的品质要求，农民肯定不愿意与企业合作，而是选择零卖。所以，企业如何保障稳定和较高的回收价格是关键。"

另一方面要调动农户的积极性。李静涛说："希望国家能进一步加大对农业贷款的支持力度，毕竟建一个戈壁温室要支出20万（元）左右，所以许多农户都选择在别人的棚子里打零工，而不是自己建棚，不利于戈壁农业种植规模扩大。"

站在敦煌种业智能化连栋温室，向下俯瞰，仍能看到最早的三个戈壁温室土棚棚。智能温室和土棚棚，二者空间相距仅百米，时间之钟却已摆过十年岁月，如今酒泉市肃州区已经成为全国最大的戈壁生态农业基地。

"这十来年，我们也流过汗、也流过泪、也有些想法，看着这些戈壁大棚，就像看自己的娃娃长大。"闫生军回忆着过去。

若把戈壁生态农业比作娃娃，如今这个娃娃即将迈入豆蔻年华。

下个十年会发生什么？现在一切都是未知的。但我们知道酒泉市肃州区戈壁生态农业扩大规模的探索已经开始了。

（作者为兰州大学新闻与传播学院研究生，指导教师王臻、阴雨永为兰州大学新闻与传播学院教师）

砖上有人间：
老报人杨蕴伟和他的"一砖一画"

宋朝军　　刘正

　　2020年1月17日，一场特别的展览在酒泉市博物馆拉开序幕。展览不包含珍贵的金银玉器，也没有罕见的名人字画，只有酒泉地区出土的132块素面青砖。展览名为"砖上万象——馆藏魏晋时期画像砖特展"，别出心裁的是，这些砖上既勾勒线条，又细刻浮雕。一砖一画之间，小小的青砖早已不只是建筑材料，它传递的更是魏晋时期人民生活的声音。

　　酒泉是魏晋墓葬彩绘画像砖的集中分布地带。数十年来，几百块画像砖陆续出土，好像在不断向人们诉说着千年前的民生故事。来来往往的探索者、参观者努力倾听这份历史的回声，有的人对两千年前人们的生活风俗颇感兴趣，有的人持笔著文，想象着砖画背后的世界和故事。

　　在这些人中，就有一位老报人。这位老报人叫杨蕴伟，现任酒泉日报社新媒体编辑部主任、酒泉市作协副主席。在十几年的鉴赏旅程中，面对600多块画像砖，他不仅看到了飞舞飘逸的线

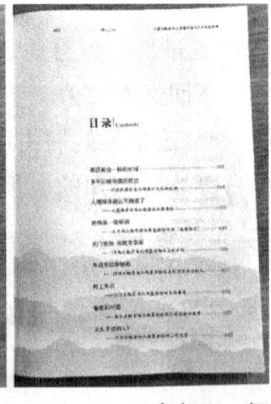

《砖上人间》书影 杨蕴伟著　　　　宋朝军　摄

条，更读到了时光的情愫、生命的温度。自此，杨蕴伟挖掘着这片文化"蓝海"，感受着河西特有的历史温存，最终融汇成了10万字的《砖上人间》。

"多年后被你偶然挖出"：发了芽的好奇心

杨蕴伟今年50岁，1990年开始参加工作。不过，他对画像砖的兴趣由来已久，远超工作的30年（工龄）。杨蕴伟的这个兴趣源于他和丁家闸五号壁画墓的"邂逅"。丁家闸五号壁画墓位于酒泉城区西北8公里处的戈壁滩，修筑时间距今约1600年，即东晋时期。1977年，墓室中的壁画被发现，壁画不仅保存完好，且绘画技法娴熟、内容系统丰富，分五层绘制了天庭、人间、地下三重境界，是河西地区壁画艺术考察发掘过程中出土的重要精品。肃州区博物馆曾依照壁画制作过一个模型供游客参观，当时的博物馆要收取门票，但刚刚成年的杨蕴伟却舍得花钱参观，并被这些精美的壁画深深吸引。

"后来我就去丁家闸五号壁画墓实地查看，非常漂亮、很震撼。它的画像砖还不是'一砖一画'，但是却激发了我的好奇心。"从那个时候起，杨蕴伟就一直关注着画像砖。工作后，他多次到过考古现场对画像砖进行考察。杨蕴伟特别注意的是一砖一画的画像砖，因为画像内容并没有停留在神灵崇拜，而是活灵活现地展现了当时社会生产、娱乐戏耍、家庭生活等方方面面。画上的人物不是板着面孔的严肃官员，而是老少妇幼、士农工商悉数登场。"虽然很多墓穴都被盗过，但相对而言，画像砖被保存得比较完整，蕴含的文化思想也最丰富。"这种判断给了杨蕴伟很大的思考空间。

为了收集到这些材料，杨蕴伟不仅跑到各地博物馆拍照存档，还通过各种途径收集资料。"跑旧书摊、旧书店是常事，为了尽可能地收书，去废品收购站也不是稀罕事。"杨蕴伟回想这段历程仍记忆犹新，"跑废品收购站真还跑出了成果！"20世纪70年代，有一本名为《酒泉地区文物分布概况》的书，书里详细记载了酒泉画像砖的一些情况，但市场上几乎没有购买渠道。令杨蕴伟欣喜的是，20世纪90年代的时候，他竟然在废品收购站里找到了这个"宝藏"！

2000年前后，重庆出版社出版了一套有关壁画和画像砖的图书，以墓穴为单位分册出版，杨蕴伟得知后，立刻将其中有关酒泉地区墓穴的书册购入，一共12本，至今仍在家中保存。

随着收集的材料越来越多，杨蕴伟脑海当中对这些画像砖的理解和想象也不断丰富起来，他决定拿起笔，尝试以砖为媒，回望千余年前人们的生活故事。这个决定并非头脑发热，杨蕴伟从小酷爱读书写作，17岁的时候就在《阳关》杂志社发表过诗歌，至今仍在创作文学作品。按照杨蕴伟的话来讲，他看书就是"乱七八糟地看书"，这种看书方法也给他的创作提供了丰富的资源。

终于，杨蕴伟写成了内容与画像砖相关的系列文章的第一篇：《多年后被你偶然挖出——河西汉魏晋南北朝墓的发现和发掘》。文中没有生硬地灌输画像砖的文化和历史价值，而是讲述了略带传奇色彩的发掘故事，借此把这个历史起点娓娓道来。在随后的每一篇文章中，杨蕴伟的风格始终如一，但加入了更多的想象元素。

"闭上眼睛想象你的欢乐"：做一本什么样的书？

经过多年的酝酿，杨蕴伟的一个决定瓜熟蒂落：做一本书。那么，做什么样的书，怎么样做，最后做成什么样才能吸引读者呢？从2012年开始，他一直在思考这些问题。

杨蕴伟说，从小到大自己看过的实体书，摞起来至少有二十个自己这么高。虽然是"乱七八糟"地看，但他也归总了两种类型：一种是学术性较强的图书。这种写法虽然能关联更多内容，注重分析研究，但是可读性有可能不够，对普通读者不够友好。另一种是简单的说明性图书，摆上图片配上文字，大家虽然看起来不费劲，但是对文化的挖掘远远不够，有"清汤寡水"的嫌疑。深思熟虑后，杨蕴伟决定放弃这两种写法。"写作要有目标地写，我想让读者有真正的收获，而且是有意思的收获。"他这样谈到作出决定的理由。最终，杨蕴伟积淀了三四十年的文学想象力发挥了作用，他没有停留在画像砖本身上面，而是将本已经广阔的题材内容丰富成了一个"理想国"的世界。

在杨蕴伟扩展想象的60多块砖当中，"井边有位好姑

"井边有位好姑娘"绘画插图 曹莉绘　　　宋朝军 摄

娘"是他最满意的想法之一（出自《井边有位好姑娘——河西汉魏晋南北朝墓彩绘砖上的井及井边的人》）。这幅砖画被很多人命名为"羌女送行图"，但杨蕴伟却给予了其更加丰富的想象：长发飘逸的姑娘背着水罐出门打水，可谓"有美一人，清扬婉兮"。一位少年骑马路过，俊逸潇洒。两人邂逅对视，虽不是长时间的正式交流，但这个画面已经被历史定格和传承。对于杨蕴伟来讲，这幅砖画当中"爱"的表达最为强烈，画上两人虽然稍显胆怯，但互相之间的爱意却表露无遗，既真切浓烈，也甜美深刻。

这样一本解读画像的书，只有文字显然不够。因此，本着"就近和省钱"的原则，杨蕴伟找到了同事曹莉临摹画像。曹莉现任酒泉日报社周刊部主任，回想起当时两人合作的经历，曹莉仍然历历在目："我之前看过杨主任写的书稿，当时就很感兴趣，不过自己没经验怕画不好，所以也是纠结了很久。"同样是兴趣和好奇心，成为两人合作最坚实的动力。虽然有钢笔画的经验，但是临摹画像砖上的画却是要重新开始。在多次试过不同纸和不同笔的搭配后，曹莉决定使用"麻纸+水彩笔"的组合。"第一次画的是一幅烤肉图，前前后后最少画了四次才过关。"曹莉回想起最初作画的情景。最终，曹莉以100多幅作品的"成绩"，完成了杨蕴伟交给她的"作业"。

现在回头再看这一百多幅作品，曹莉觉得仍然有一些遗憾和可以改进的地方。甚至在其他报纸杂志上还能看到"同题作文"。但她说："看到和别人画的'撞车'，自己首先会有一个比对，会产生一种感觉共鸣。单纯的观看无法感受到这种情感。"曹莉认为，100多幅作品打开了一扇窗户，让她能和千余年前的画师进行一场隔空的对话。

在确定书的名字时，杨蕴伟依旧不落窠臼，他自称是"和读者开了个小玩笑"。"砖上人间"既是对内容的呼应，也是一个避免严肃刻板的亲切话语。书中有一篇描述彩绘砖上的文化生活的内容，题为"闭上眼睛想象你的欢乐"。实际上，这个题目不仅限于文化生活，更是杨蕴伟对所有砖画解读的生动写照，这种轻松来得不容易，但却坦承直白。

2018年，在一次交流中，酒泉博物馆馆长何国宁看到了杨蕴伟撰写的书稿，表现出了很大的兴趣。经过几番修改和研究，酒泉市博物馆决定以博物馆的名义出版此书。由此，杨蕴伟的《砖上人间》出版问世。

"壮士留名"：走出砖画到猎场

作为酒泉画像砖宣传展示的读本，《砖上人间》被多次赠送给参访酒泉的外宾。书中或温婉或豪迈的酒泉故事被绘声绘色地讲述给大千世界。其中，"壮士留名""飞矢如雨"等篇目描述着狩猎和武器的故事，无一不意气风发、踌躇满志。杨蕴伟就像其中的一个人，在《砖上人间》里泼墨挥毫构建了一个"理想国"，无疑，他在这个领域留下了自己的声音，但杨蕴伟并未沉寂于此，而是转向了所描述的狩猎和其他领域。因此，杨蕴伟可以说是"壮士留名不止步"。

杨蕴伟的兴趣转移到了狩猎文化上，也是通过各种手段，他在收集着全球狩猎方法的历史资料。不同的是，这一次杨蕴伟决定边收集边画像，他坦承，自己在画画方面还是个新手，需要锻炼和磨砺。从古至今、从东方到西方，研究的时空已然翻天覆地，不过，杨蕴伟在收集资料时的谨慎和细致却始终如一。他画的海东青，动作姿态活灵活现，画的钓鱼，鱼钩阴影细节清晰可见。

杨蕴伟保持着思考和写作的习惯，革新的是知识内容。除了狩猎资料收集，他每天还要看书做300多字的读书笔记，最近三四年，他已经积累了十几万字的文本资料。杨蕴伟打算将这些碎片化的阅读成果汇集为一本《厕上读书》，除了简单的阅读思考，还有对《红楼梦》《三国演义》等经典著作的精读所得。对杨蕴伟而言，创作最初是为了哄母亲高兴，但现在已经成为一种习惯，他喜欢在这样的环境中挖掘自身的潜力。

《夜光常满》是另外一本倾注杨蕴伟思考的文化研究手册。作为一个土生土长的酒泉人，他看到了酒泉夜光杯近五十年的发展历史。杨蕴伟感到，了解夜光杯生产的前世今生是推广宣传夜光杯的一项必要工作。2008年

杨蕴伟查阅自己的读书、创作成果　　宋朝军　摄

到 2012 年，他深入夜光杯原材料采集加工一线，探寻拜访老手艺人的艺术历程。为了能够搜集到足够的材料，他把所有的周末和休息日都投入到了探寻玉矿的发掘历史、调查夜光杯厂的档案材料当中。

千余年前，王翰写下"葡萄美酒夜光杯，欲饮琵琶马上催。醉卧沙场君莫笑，古来征战几人回？"的千古名句。往昔战事早已被历史掩埋，但夜光杯却成为酒泉地区旅游和经济发展的重要资源。一首《凉州词》，不仅唱出了千年回声，更唱出了现代酒泉人对社会发展的期冀。杨蕴伟的《夜光常满》虽然还未正式出版，但却倾注了他对社会发展的深刻洞悉和殷切希望。

在《砖上人间》书末的跋上，杨蕴伟写道："画出了富足，没有画上获得富足的艰辛。画上了当年万里觅封侯，没有画上春风不染白髭须。"也许砖上的人间太过理想，也可能现实的生活没有童话。杨蕴伟的"砖上人间"始于人间，结于人生。在几十年的探索历程中，酒泉画像砖或者静静地卧在地上的博物馆中，或者仍然藏身于地下的墓室。探索画像砖的秘密，不仅是研究冰冷的砖块，更是回答有温度的历史之问，问故去的沧桑，问未来的希望。所有人和杨蕴伟一样，都是时代的答卷人，都在用行动响应社会前进的慷慨步伐。

（作者为兰州大学新闻与传播学院研究生；指导老师王臻、阴雨永为兰州大学新闻与传播学院教师）

酒泉市博物馆:云端的数字化新生机

邢若男　　杨静

千年神鸟，数字时代重焕生机

她从诞生之日起就注定要被埋葬。

一千多年前，她诞生于千锤万凿之下，被匠人们赋予了额头优雅的孔雀翎和张扬飞舞的双翅。人们以祥瑞的名字称呼她，为引导墓主灵魂升天祈愿，最终把她深埋在地下幽深的墓室中。

时光流转，在一千多年后的甘肃省敦煌市佛爷庙湾，西晋画像砖墓被发现。在经过考古挖掘后，黑暗中沉睡了千年的朱雀图画像砖再次重见光明。

昔日长眠地下，作为祥瑞辟邪象征的朱雀图画像砖，如今被安置在酒泉市博物馆的玻璃展厅内供游客参观。柔和的灯光让朱雀图的每一道线条都清晰可见，展现着古代劳动人民高尚的艺术趣味、严谨的审美观念以及丰富的想象力。与此同时，朱雀的倩影也被新媒体数字技术投放在虚拟网络中，迎接更多人的目光。

2020年1月17日，酒泉市博物馆举办"砖上万象"魏晋时期画像砖特展，其中就包含了朱雀在内的四象画像砖。然而受到疫情的影响，"砖上万象"的展览骤然停止，来自果园墓群、敦煌佛爷庙湾墓群的各式画像砖只能被静置在失去人气的展厅中，再次陷入沉寂。

精心布置的珍贵文物瑰宝无法展示给广大群众，这可急坏了工作人员。酒泉市博物馆立即转换思路，紧跟疫情防控期间"云游博物馆"的浪潮，在微信公众号上开辟出"抗击疫情，居家观展"的专栏，通过二维图像展和现场直播的方式，向观众展现千年之前充满仙幻色彩和典雅文化气息的生活。

2020年7月21日，记者来到酒泉市博物馆，博物馆"云上看展"的活动仍在继续。据酒泉市博物馆宣教部负责人黄晓虎介绍，除了传统的二维图片，他们还联合酒泉市本地的网络公司制作了360°VR虚拟展厅，收录了"砖上万象"特展中所有的展品信息，并配上语音讲解，观众可以通过手机足不出户地全方位了解展览的内容。

承接该项目的网络公司负责人告诉记者，现在全景VR技术已经比较成熟，只需在博物馆进行360°环绕式取景，并收集展品的近景照片，就可以用软件进行技术性合成，再通过网页技术链接便可以为观众带来全景互动式的线上游览体验。"通过网页链接，游客就可以点击某个文物，点开以后就可以看到图片，包括语音和视频。"

"砖上万象"360°虚拟展厅　　　　　　　　　　摄

从成为祥瑞的符号被深埋地下，到被世人发现置于博物馆展厅游人的目光之下，刻在石砖上的神鸟朱雀又通过数字媒体重生于网络，并向更多人展现千年前古人心中神秘仙幻的世界。

新媒体新技术，助力建设现代博物馆

现代博物馆越来越重视利用最新技术和媒介进行文物展品的收集、保护、研究、展示以及社会宣传教育。

酒泉市博物馆目前除了有官方网站，还在微信公众平台、今日头条、快手、抖音等平台开通账号。尤其在疫情防控期间，酒泉市博物馆为观众设计了众多新颖高质量的内容，也因其用心的付出收获了受众热烈真实的反馈。酒泉市博物馆微信公众号从一月到七月的半年多时间中，粉丝量增长率约为46.9%；在快手平台制作的节目，最高纯播放量达25万，总体纯播放量增至153万。

目前，虽然疫情有所缓解，人们不再受到外出的限制，但是酒泉市博物馆仍然继续完善了整个新媒体宣传体系的运营。在5月18日的"世界博物馆日"，博物馆为市民发放文创产品，进行线下的预热宣传，同时还邀请当地最红的十几位自媒体人探馆直播，进行线上互动。"除了线下的信息投放，还可以通过这些自媒体人，也就是我们说的优质网红，通过他们新鲜的视角来进一步扩大我们博物馆的宣传影响，扩大受众范围。"博物馆负责人说。

茹哥是酒泉市当地知名自媒体"in酒泉"的负责人，他们的团队也参加了这次博物馆日活动。"这不仅为我们自媒体提供了素材，方便吸引更多的人关注我们，也为酒泉市博物馆、酒泉的历史文化做了宣传，对我们来说是双赢。"茹哥说。

"砖上万象"数字展的成功让酒泉市博物馆坚定了建设数字博物馆、智慧博物馆的信念。通过几个月的筹备，7月21日，酒泉市博物馆360°VR虚拟展馆正式上线，收录了馆内所有在展文物的影像。

"四坝文化是距今约4000年的一种早期青铜器文化，最早发现于山丹县四坝滩，主要分布在甘肃省河西走廊中西部地区"这是出现在酒泉市博物馆全景中的内容，伴随着悠扬的背景音乐，观众们可以自主选择浏览内容，一边观赏图片，一边听语音讲解，十分方便。

"我们将一楼3D影院、数字沙盘这些内容的视频也链接到VR里面，对重点的、精品的文物做了重点介绍和讲解，而且这些图片都采用了高清的收录技术，可以不断放大看到更多的细节。"博物馆负责人介绍。

在疫情防控期间利用新媒体和VR虚拟现实技术等满足观众在线观展需求的新手段，逐渐被人们接受。中国经济网曾评，目前中国博物馆的新媒体和全景模式还存在着美学设计缺乏亮点，沉浸式体验不足以及讲解缺乏深度等问题。但游客在手机端浏览不受时间和地点限制，节约时间和金钱成本的优势也显而易见。在未来，新媒体和全景模式必将成为博物馆重要的参观方式和宣传手段。

几个月来酒泉市博物馆取得的成绩令人欣喜，馆内为支持新媒体发展更新了一批摄影器材和直播设备，以求为观众提供更好的观看体验。目前，酒泉市博物馆在新媒体平台和智慧博物馆的建设工作正在稳步向前。

数字化共享，让文物在云端活起来

在记者采访时，原本在二楼展出的画像砖等文物刚刚被收回进行文物预防性保护，曾摆放在明亮展厅中的朱雀画像砖再次收起羽翼回归于黑暗。据黄晓虎介绍，在对文物进行预防性保护时，也会对其进行数字化的收集整理，进行网络存档。

同时，酒泉市博物馆已向甘肃省文物局申请文物数字化保护的项目，以便更加系统地将文物资源整合起来。

"把这些文物的信息整合起来挂在网上，不仅仅可以让游客参观游览，甚至可以作为学术上的研究内容，把它做得更加专业，为一些专家学者，或者一些自媒体作者做关于酒泉历史研究提供比较全面权威的资料，实现数据共享。"博物馆负责人说。

从长远来看，数字博物馆建设将成为现代博物馆的发展趋势。故宫博物院的"全景故宫"栏目、敦煌研究院的"数字敦煌"平台等最先接触这一领域的博物馆在数字化建设方面已经初见成效，成为行业的标杆。酒泉市博物馆也紧跟时代的脚步，凭借本地历史悠久、极具地方特色的主题展品一步一脚印地走在数字博物馆的建设道路上。同时，选择数字化的发展方向也是博物馆扩大受众人群、更好履行自身社会教化的责任所在。

被刻在墓室石砖上的朱雀神鸟已经不再是只为墓主人祈愿的符号，在现代技术的帮助下，她将通过网络科技飞向更多人的终端，成为广大群众了解千年前文化的传承载体，成为自媒体人镜头下的酒泉故事，成为学者眼中的重要研究资料。新媒体与数字化技术让曾经只能在博物馆玻璃窗内被观赏的文物们，在虚拟世界获得了第二次的数字生命，未来也将会通过更多样、更新颖的形式融入人们的生活中。

（作者为兰州大学新闻与传播学院研究生；指导老师王臻、阴雨永为兰州大学新闻与传播学院教师。）

戈壁农业：父与子的坚守　两代人的接力

马玉珂

　　甘肃省酒泉市肃州区地处河西走廊，背靠祁连山，光多水少，戈壁大绿洲小。在这里，有着全国最大的戈壁生态农业示范基地。东洞镇就位于这里，东洞镇戈壁连片，石头遍地，在这难生寸草的石头滩中，整齐地分布着几千座大棚，占地面积达到1.78万亩，它们就像伏地的老母鸡，为西北孵化生态农业的巨蛋。

弃旧从新　坚持到底

　　"老刘！你番茄多给我留着些！"戈壁雪润的收购员打来电话向刘喜来订菜。刘喜来应下后继续笑呵呵地分拣番茄。今天是2020年7月20日，刘喜来又要出两批货：靠墙摆放整齐的青果预计走电商渠道销售，而一旁的红果走本地市场。

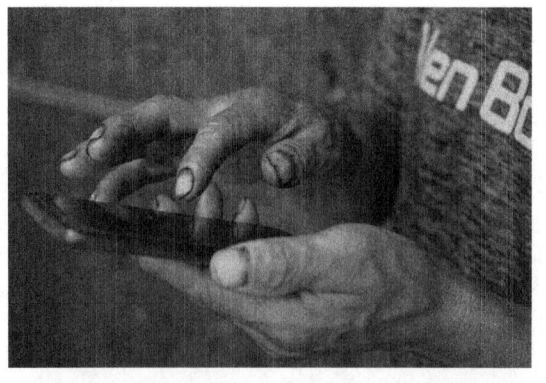

刘喜来的手　　　　　马玉珂 摄

　　今年五十一岁的刘喜来和儿子经营十几座大棚，目前全部种植番茄。他的大棚整洁干净，番茄植株茂密、挂果穗多，是东洞典型的种植示范户。

刘喜来没读过几天书，祖祖辈辈都是定西的农民。17岁后他离家在外做泥瓦工，25岁时用攒下的积蓄在酒泉买了二十亩大田的经营权种植玉米。2018年东洞镇启动发展"中国—以色列"（酒泉）绿色生态产业园计划，戈壁生态农业便在东洞镇起了家。东洞镇政府对建造大棚有资金补助、对农户贷款有低息或免息政策。刘喜来认为这是一个机遇，便将自己的二十亩大田出租，贷款修建了四个大棚，并叫回了在武汉工作的大儿子刘世雄一同经营，后来又陆续租了十几座大棚，他是村里第一个转型做新农民的人。

说起刚开始经营大棚，刘喜来满脸笑意，"我是第一个加盟大棚种植的农民，建大棚的时候，一座大棚22万元，政府给我每座大棚补助11万，我自己只掏了11万元，那个时候什么都不懂，生态农业研究院会给我提供技术帮助，会在我的大棚试种新品种、应用新技术。"

现在刘喜来的大棚种植的是从日本引进的高品质番茄品种"桃太粉"，4月27日定植，六七月就能收获一批。刘喜来现在的大棚已经是第八代大棚，采用的是装配式结构，一个星期就可以完全组装完毕，保温墙取材于大棚地基挖出的沙石，沙石墙体不仅绿色环保、节省成本，而且保温效果比混凝土墙体提升了0.5倍。大棚内植物采用水肥一体滴灌技术，节水率达到了大水漫灌的30%。丽蚜小蜂药包配合色板诱杀和防虫网可有效避虫杀虫，大大保证了番茄的口感和品相。授粉采用熊蜂自然授粉，无需人工授粉，节省了很多人工成本。

提起熊蜂，刘喜来兴奋地向我们展示他的宝贝，他边招手边朝大棚中间走去，"快来快来！你们肯定没见过这个！"刘喜来表示，熊蜂能大大提高授粉率，无化学成分的天然授粉方式在保证了番茄口感的同时也减少了他的工作量。

刘喜来最大的兴趣就是在空闲时间下象棋和刷抖音、快手。自经营大棚以来，他每天六点起床照看大棚，以前种大田时冬天休息，只有一季种植，经常有

刘喜来的二儿子刘世龙帮父亲摘番茄　　马玉珂　摄

时间下象棋，现在忙得不可开交，很少有时间下棋。他的小儿子刘世龙说："以前他下象棋都不回家吃饭，打电话喊都喊不回来！"

"他们（刘喜来和刘世雄）两个都很倔，一个说这样干，一个说那样干，经常争（论）。"二儿子刘世龙笑着说。而在刘喜来的眼里，两个儿子都很听话，都是自己的骄傲。刘喜来对大儿子回农村的总结是："心疼啊，把我儿子晒黑了"。学习民族舞的二儿子今年高考文化课超一本线111分，舞蹈超一本线22分。谈到二儿子的舞蹈，刘喜来笑眯了眼，"跳得可好看"。

刘喜来做了一辈子农业，打算做到做不动，"我没有什么期望，就想把我的大棚搞好，老了就把大棚给大儿子，我就去村口下象棋去。"

子承父业　稳中求变

记者在酒泉巨龙物流港见到了刘喜来的大儿子刘世雄，一个黑瘦的青年。刘世雄大专毕业后在武汉工作，2018年他辞职回家支持父亲做大棚。从农村到城市再到农村，他无怨无悔，"这也算是赌，我家这边搞戈壁农业，这是一个机遇、一个风口，人家不是说，站在风口上方才有飞起来的可能！"

作为受过高等教育的刘世雄，想得也比父亲刘喜来更多，"出货量不够大、专业化不够高，像我和我爸比较擅长种植，但是像我又当司机、又种、又出（番茄）、又卖。我一个人身兼数职，但是（除了种植番茄）没有一个我能做得很好，比如说我种得好，我就应该一直种，让卖得好的人去卖"。

说到对自家大棚未来的发展规划，刘世雄说："以后肯定是要走向联合，种植户和种植户的联合，种植户和买家的联合。这样出货量大，他们的货源有保证了，价钱低了，我们承担的风险就少了，渠道也畅通了。但是这一切的前提就是把自己（番茄）种好。"

这位谦逊的小伙子说："我家大棚当然也不是特别好，只能说是尽力做吧，尽力做得更好，今年种不好，明年种呀，明年种不好后年种，连种三年，一窍不通的人也会了。"事实上，到目前为止，刘世雄家的大棚已经种植过26种番茄，连续种植两年，应用了十余种育苗技术，他们的大棚是酒泉戈壁农业院士专家工作站和酒泉戈壁生态农业研究院选中的试验示范棚。

今天（7月20日）刘世雄要供给电商渠道300斤番茄，刘世雄表示，一般来说300斤他是不会亲自跑一趟的，但是刘世雄非常看好电商渠道，走电商渠道的番茄要求最高，但是价格也是最好的。现在他们家的番茄销路主要有三条：本地市场、蔬菜中心收购和电商渠道，他最乐于发电商渠道，以后也想优先发展电商渠道。

关于未来发展电商渠道的设想，刘世雄并没有告诉父亲，"你跟他直接讲，他不会听你的，你得去引导，就是说话不能说在这，你得去套路，他尝到甜头了就会一步一步向前走。对谁说都是废话，想法每个人都有，一百个想法里，很成功的很少，我也不愿意吹那个牛。"

刘世雄对自己并没有太多的打算，他只想好好经营自家的大棚。"走一步看一步"，但会一直在番茄路上走。等父亲做不动了，就少租一点大棚，好好经营下去。

"打虎亲兄弟，上阵父子兵"，刘喜来父子协力经营。忙完一天的劳作，傍晚把番茄拉到巨龙物流港，从晚上卖到第二天凌晨，再开着他们的小货车晃晃悠悠驶入他们戈壁的家，父子三人始终都在一起。

天已经黑透。

新的一天，这户人家的父子三人将继续在这片戈壁上耕耘、奋斗。

（作者为兰州大学新闻与传播学院本科生；指导教师王臻、阴雨永为兰州大学新闻与传播学院教师）

戈壁滩上飘果香,创新走出新路子

宋雨晴　张文飞　徐子禾　张显扬

2020年7月,整个酒泉地区瓜果飘香,蜜瓜、人参果、葡萄、杏、西瓜等水果纷纷上市,其中银达热带水果、清泉人参果、下西号枸杞和黄渠蜜瓜的品质卓然,可谓珍品。

银达热带水果——在戈壁滩上安新家

酒泉市银达镇大部分地区是茫茫戈壁滩,冬天气温最低可以达到零下二三十度,而在这样一个地方,退伍军人丁海的荣鑫蔬菜农民专业合作社中却能产出高品质的热带水果。

正值盛夏,酒泉市肃州区的银达戈壁现代农业产业园内,一排排大棚整齐地排列在戈壁滩上,温室大棚内的各种热带水果生长得非常茂盛,香水柠檬已经结出拳头般大的青色果实,火龙果刚刚挂果,百香果棚内香味浓郁,树下还摆放了一套藤编桌椅供人休息。新一轮采摘刚刚结束,果园正在休整,等待着下一轮的收获。

8年前,丁海还在寻找新的出路。2012年,银达镇正在利用戈壁荒滩闲置资源建设日光温室,发展戈壁农业,这给"不愿给别人打一辈子工"的退伍军人丁海提供了一个机会。戈壁农业所需要的温室大棚与别处的大棚有很大的不同,这种大棚一半由空心砖垒建,一半是塑料拱棚,最外层是可以收放的黑色卷帘，并且由于地处戈壁滩，种植户还需要改造土壤，因此这种大棚的建设成本很高，一个棚的造价近五万元，对于许多农民来说投资这个项目风险很高。但丁海决定破釜沉舟，向银行贷款30万元，建起9座大棚。

最初毫无经验的丁海从种植黄瓜、西红柿开始，一步步摸索经营戈壁农业所需的技术和经验，那两年丁海积累了不少经验。2013年，丁海又投资40万元，新建了10座大棚，酒泉荣鑫农业合作社也在这年成立了。

当丁海的妻子回忆起以前种大棚蔬菜的日子时说："种菜实在太费劲了，想种一点其他东西。"种了两年蔬菜后，丁海和妻子都想找一个新的突破口。一次偶然的机会，丁海开始种桃子。之后在一次肃州区林果中心举办的学习会上，丁海得知有一些农业研究所已经培育出适合在北方种植的热带水果苗，加之有了种桃子的经验，丁海决定改种热带水果。

丁海决定改种热带水果并不是一时冲动，他说："前期的风险很小。垄上种柠檬，中间种菜，等树长起来之后菜就不种了。刚开始的苗只有筷子那么粗，所以一开始根本不会影响到蔬菜生长。而且叶菜的生长会形成一个小环境，对果苗有好处。"

刚刚引进热带水果时，农科所的专家对他们的工作进行了指导，但更多的还是靠自己的摸索和探究。不结果、产量低、果苗枯死、生产成本高、冻害等问题接连不断，为了解决这些问题，丁海通过加湿、配土、点炉子等方式，努力在棚内打造南方的气候。

从最初种植无花果开始，到扩大种植柠檬、火龙果、百香果等十余种热带水果，从最初只有9个大棚，发展到今天的103个大棚，4年摸索下来，丁海成了远近闻名的"土专家"。金塔县的黄先生听闻后，特地前来"取经"，如今他已经在金塔县试种了一棚热带水果。

戈壁滩上的热带水果园十分罕见，自然吸引了许多人的目光，如今丁海的果园已经成为许多人休闲旅游的必到之地。在周末节假日，果园每天能接待两三百位游客，到采摘节时能达到五六百人。除此之外，果园还建立了微信客户群，丁海说："群里年轻人比较多。每次水果熟了之后，我会在朋友圈发消息，25分钟之内，客户就赶来了，再晚点跟我联系就买不到了。"如今，荣鑫蔬菜农民专业合作社的年营业额能到200万元，他的年纯收入能到50万元。

"累并快乐着！看着自己的东西长得一天比一天好，有了收益，一切都值得。"丁海的妻子看着满树的水果，露出灿烂的微笑。

清泉人参果——村民们的致富"秘籍"

"这宝贝三千年一开花，三千年一结果，再三千年方得成熟。短头一万年，只结得三十个。有缘的，闻一闻，就活三百六十岁；吃一个，就活四万七千年。却是只与五行相畏。"这是《西游记》中对人参果的描写。

7月23日上午，玉门市下起了蒙蒙的小雨，这是近三个月以来玉门市第一次降雨。在丝丝小雨中，清泉乡万亩人参果产业园内，果农们正在摘收最后一轮成熟的人参果，过不了多久，大棚内将换上一批新的果苗。

清泉乡戈壁人参果产业园由甘肃祁连清泉农业科技股份有限公司牵头建成，这里配套设施完善，300余座高标准阳光温室已经建成，主干道铺筑、水网管线架设、防风林建设、保鲜库建设等，一系列配套工程也已建设完成。如今产业园的建设仍在继续，规划中的50座温棚正在建设中。

由于地理位置特殊，气候、水源和土质条件独特，使得清泉乡人参果的品质非常高。正如清泉乡党委副书记王海芳所说："这儿的土壤非常肥沃，浇灌用水来自祁连山的冰雪融水，加上这儿的昼夜温差又大，所以长出来的人参果十分香甜可口，已经成了当地的标志农产品。"

在大棚内，一排排人参果一起沿着架好的软绳向上攀爬，两排果架之间留出够一人通行的通道，站在大棚内，满眼生机。

李国柱、许冬玲夫妇是附近有名的人参果种植能手，年至花甲的他们已经在产业园内种植人参果五六年了，近期他们在果园内忙着收今年最后一轮人参果。夫妻二人正在棚内熟练地拿起筐子里的人参果，挨个给人参果套上网套。看筐子里的人参果快处理完了，许冬玲又提上小桶来到大棚内采摘成熟的人参果。

在种植人参果之前，许冬玲夫妇主要种植洋葱、玉米等农作物，看天吃饭。如今他们承包了两座大棚种植人参果，两个人就能打理得过来。种植人参果要比种庄稼轻松得多，许冬玲说："比我们以前种庄稼轻松多了，种人参果比以前种庄稼还赚得更多，也更稳定。"如今，两个棚的人参果每年能给许冬玲夫妇带来八九万元的收入。

种植户的人参果主要卖给合作社，还有部分通过网络销售和当地市场零售。由于清泉乡地处旅游线路上，外地游客会来到产业园内采摘并购买，因此许多种植户都建立了自己的微信客户群，很多客户直接通过微信购买人参果，按许冬玲的话来说："他们信得过我们，微信上就直接下单了。"

人参果的种植对清泉乡的经济发展至关重要，在脱贫攻坚方面，王海芳书记说："这对我们当地的脱贫有很大的帮助，很多在档贫困户通过种植人参果得到了一份较为稳定的收入，摘下了贫困户的帽子。"

"我们不愁卖，但最愁的是没有人种。"王书记接着说出了当地人参果种植发展的最大问题，"这里地方偏，年轻人都出去打工了，这儿的种植户普遍是五六十岁的人，可能全国的农村都是这样的吧，但是种植人参果的经济效益真的很不错，就是没人种。"

人参果对清泉乡有多重要？王书记介绍道："从我们当地的中国邮政发货量就能看出人参果对清泉的重要性了。"经中国邮政的工作人员介绍，清泉人参果的快递运输目的地大多在甘肃省内，其次是江浙地带和北京。这里向外的快递运送百分之九十都是与清泉人参果有关，因此为了使清泉人参果更好地走出去，中国邮政还专门针对人参果的运输制定了特殊的收费标准，降低了销售人参果的物流成本。

许冬玲正在采摘人参果　　　　　　　　宋雨晴　摄

为了扩大人参果的销售渠道，2019年，由政府牵头，建立了县、乡、村等不同等级的合作社。清泉乡合作社就在当地邮政网点附近，走进合作社的院子，能看到工作人员在成堆的已经包装成箱的人参果之间来回忙碌着。合作社在人参果的生产环节与消费环节之间搭起了一座通畅的桥梁，一边收购人参果，一边通过正式的官方渠道进行售卖。合作社的工作人员说："人参果的收购都是农户自己送来，我们不用下去一个一个收。"

2018年以来，甘肃省酒泉玉门市以高标准建设清泉乡戈壁人参果产业园，被称为酒泉"三宝"之一的人参果，相继通过了"甘肃省无公害蔬菜"产地认证、绿色食品认证及玉门市绿色食品标准化生产技术规程认证，2019年12月31日，清泉人参果产业园入选国家农村创新创业园区名单。

西北独特的环境，孕育出了清脆可口、独一无二的清泉人参果，加之当地政府和企业正在努力寻找"质量"与"规模"之间最佳的平衡点，这些措施让清泉人参果能更加科学可持续地发展下去！

下西号枸杞——红火的不只是果实，也是生活

　　眼下正值枸杞成熟的大忙时节，下西号镇正在上演着一场红色的盛宴。一眼望去，路两边的人很少，工人们都在地里忙着采摘。汽车在乡间公路上飞驰，跳动的红色强烈地刺激着人的眼球，冲击着人的感官，映照着戈壁滩分外鲜艳好看。

　　下西号镇的党委副书记汤云早早地就站在镇政府门口等着记者。一路上，他兴奋地介绍着镇里的基本情况。

　　下西号镇是著名的野生红枸杞产地，红枸杞种植面积约 4.5 万亩，这里气候干旱，日照充足，种植的枸杞枝条生长旺盛，果多、粒大，产量高，品质好。我们熟知的宁夏枸杞，由于多年种植，土壤、水质各方面条件已经大不如前，于是种植户们纷纷把目光投到了距离宁夏较近且气候、水质、土壤、光照等各方面都很适合枸杞生长的甘肃酒泉。

　　酒泉的枸杞分布在花海镇、下西号镇等好几个地方，而下西号镇专门种植红枸杞。问及原因，下西号村党支部书记郑平山说："红枸杞的产量要比黑枸杞高得多，且种植的时候仅需要打很少的农药，安全性能够有很好的保障，是真正的无公害绿色食品。"短短几年的时间，来自河南、山东等地的种植户们纷纷慕名而来，在下西号镇承包土地种植枸杞，并广泛销往全国各地。

　　郑平山自己承包了 60 亩土地，雇了 10 多个工人来打理。每一亩的净利润大概能达到八九百元，成功地帮许多家庭脱贫，同时也带动了下西号镇枸杞产业链的形成与发展。谈及销路，郑平山说镇上主要由三家公司和各级合作社负责收购，无需种植户担心销售渠道不畅通。玉门红公司的工作人员介绍了他们的无尘化生产以及销售展厅，这里的枸杞分拣、去尘、打包等工序已经实现了全自动化。展厅里陈列的是各种精美包装的枸杞。讲解人员自豪地拿起其中一袋白色包装的枸杞，特别指出这款产品是北京冬奥会指定用品。

　　这里的枸杞主要销往台湾地区，还与永辉超市等各大连锁店签约了合作协议，计划面向全国，扩大市场。由于疫情原因，目前枸杞的分拣与生产并不在下西号镇，而是直接发送到宁夏的中宁市场进行进一步加工与销售。

　　谈及未来发展，党委副书记汤云一脸自豪地说："我们早在 2017 年就开

始规划枸杞小镇的建设，包括枸杞原浆、枸杞茶等系列产品的生产，枸杞文化的展示与风情园的建设，方案经过市领导的讨论与修改。目前已经建成了办公大楼并开始招商引资。后续的发展我们会脚踏实地，一步一个脚印地走，枸杞小镇将来一定会成为一张闪亮的名牌。"

黄渠蜜瓜——瓜果飘香生活甜

《广志》载："瓜之所出，以辽东，庐江，敦煌之种为美。瓜州之瓜，大如斛"。瓜州即敦煌古称，公元525年（北魏正光六年）罢敦煌镇，置瓜州，因地产美瓜，故名瓜州。至今，敦煌所产的瓜依旧品质上乘。

敦煌市黄渠镇蜜瓜，个头大，色泽饱满，还未切开，浓郁的果香便扑鼻而来。刀顺着瓜切开，可以听到清脆的瓜裂声，浓浓的汁水顺着裂缝溢出。咬上一大口，再细细嚼咽，香甜的汁水充满整个口腔，既有西瓜的松软，又有人参果的清脆，还有蜂蜜一样的香甜。

7月23日的敦煌，就好像炉子上的一锅水，逐渐泛泡、冒气而终于沸腾。坐车从市区前往黄渠镇，火红的太阳烘烤着一片金黄的大地，遍地都是蜜瓜，热风浮动，飘过田野，吹送着早已熟透了的蜜瓜的香味。

"黄渠镇依托'一镇一策、一村一品'的发展思路，引导农户规模种植蜜瓜，同时，利用'小拱棚'模式推广错茬种植，提升蜜瓜商品率。目前，全镇共种植蜜瓜已达9465亩。"镇政府工作人员朱凌杰热情地向记者介绍道。

如今黄渠镇不断培育新的蜜瓜品种，在黄渠镇蜜瓜试验田中种植着很多新品种的蜜瓜，黄色的、白色的、绿色的、有花纹的、没花纹的，品种之多令人眼花缭乱。朱凌杰一一介绍这些品种，并摘了一个还未推广种植的新品种蜜瓜——"珍珠玛瑙"，这个瓜正如它的名字一样，如珍珠一般白亮，如玛瑙一样有着玻璃般的光泽，并且它的口感柔软而甜蜜。

常丰村的代至爱是附近有名的种瓜能手，今年已经54岁了，种植蜜瓜已经10多年了，自黄渠镇引进蜜瓜时，代至爱就开始种植。在此之前他还种植过棉花、玉米等农作物，但是收入都不高，所以后来就自己摸索种植蜜瓜。

代至爱介绍说，刚开始种植时，为了追求产量，一股脑地浇水施肥，瓜虽然产量大，但是一碰就裂开，没法运输，销量也不好。后来有了企业的对接，企业给予技术指导，这样生产的瓜甜度恰好且适合运输，在广州市场上特别受欢迎。"每生产一段时间，我就把瓜的照片发给企业那边的负责人看，企业那边会根据瓜生长的情况给我们一些指导意见。"代至爱笑着说道。

1988年出生的杨建伟是黄渠镇上最年轻的种植蜜瓜的人，其他的年轻人都去城里打工了，很少有留在村里种地的，但杨建伟留下了。杨建伟是黄渠镇上的种瓜能手，种植了50多亩蜜瓜，不管是质量还是产量几乎都是最好的。问到他有什么种植秘诀时，杨建伟腼腆地笑着说："没什么秘诀，就是管理得比较好，施肥、打岔、浇水等日常工作做得勤快一些。"朱凌杰也特别补充说："杨建伟种瓜非常上心，自己经常琢磨怎么能种植得更好。我们的"蜜瓜节"直播就是在他家田地上直播的"。

今年敦煌在4月份刮了两次沙尘暴，且气温比往年低，黄渠镇的瓜都晚上市了，杨建伟说今年每亩地至少少产500斤蜜瓜，再加上疫情的影响和南方大雨，导致运输不畅、市场销售不畅。

为了做好蜜瓜销售工作，黄渠镇举办了"蜜瓜节"，并借助"蜜瓜节"与兰州、福建泉州等地客商签订蜜瓜销售订单，共计销售蜜瓜6000吨。积极开展了蜜瓜网上直播销售、线下供销签约、项目推介会、蜜瓜创意摆盘雕刻大赛等多项活动，广搭营销之桥，畅通销售渠道，努力为瓜农创造良好的销售渠道和销售环境。镇政府也鼓励农民发挥自己的主观能动性，"自己动你自己的脑瓜，自己腰包里的钱自己使劲赚。"朱凌杰说。

如今，蜜瓜正成为黄渠镇的一个闪亮亮的名牌，黄渠镇的瓜香正飘香全国。

（作者为兰州大学新闻与传播学院本科生；指导老师王臻、阴雨永为兰州大学新闻与传播学院教师）

荒滩种蔬果，戈壁变良田

——插上科技"翅膀"的总寨生态园区

李万燕　虞世杰　徐浩淼　尉婷

2020年7月20日，历经半个多小时的车程，一排排温室大棚出现在眼前，大棚的一侧是塑料膜，另一侧却是石头堆砌而成的，这是总寨戈壁生态产业园与其他地方不同的建造方式：在茫茫戈壁上就地取材，用戈壁滩上的石头建造温室大棚。

"2009年，沙河村党支部书记罗奎领导村党员尝试在戈壁滩上建大棚。"总寨生态产业园区的管委会主任罗强介绍说："2015年园区开始高速发展，规模不断扩大。"经过十一年的发展，目前园区总规划建设面积20896亩，先后建成高标准日光温室1305座，主要种植西红柿、西葫芦、黄瓜、葡萄、圣女果等蔬果。总寨戈壁生态农业产业园已经成为肃州国家现代农业示范区的核心园区之一，是西北地区首个示范应用戈壁生态无土栽培技术的科技园区。

戈壁滩上建大棚

酒泉市是典型的戈壁绿洲地区，境内耕地少，有大量戈壁荒滩等未利用土地。近年来，为深入贯彻习近平总书记视察甘肃时提出的"要在规模化、集约化、产业化方面下功夫，发展高附加值的节水农业、旱作农业、设施农业""着力发展现代农业，增强农产品供给保障能力"的重要指示精神，推进乡村振兴战略深入实施，酒泉肃州区积极探索戈壁农业发展新模式。

从2009年开始，抱着实验的目的，沙河村在茫茫戈壁上建立起50个温室大棚，开展了"戈壁滩上建大棚"的尝试。当时的农户们对在"风吹石头跑，地上不长草"的戈壁滩上种出蔬果的做法持怀疑态度。而且建造大棚的成本比较高，一个长50米、宽7米的大棚，成本在7万元左右。对个体农户来说，这是一次大胆的冒险，因此当时的方式不是先调动农户，而是先调动党员，动员党员带头学习新技术，引进新品种，进行新实验。从最初的项目考察到实验推广，争创模范引领，党员在其中起着带头人、宣传员和技术员的重要作用。周边农户看到了戈壁生态农业带来的效益，积极参与，在党员的指导和帮助下修建大棚，学习新技术，种植蔬果，当地政府也对水、电、路进行相应的补贴，减轻农户负担。"戈壁滩上建大棚"的尝试，一做就是十一年，期间不仅引进敦煌种业等龙头企业，成立专业合作社，还吸引农户入股，如今已经形成了"龙头企业+合作社+农户"的发展模式，棚均收入达3万元以上，达到了农户增收、农业发展的双重效果。

科技助力，化劣为优

总寨农业生态产业园区位于沙河村周边的戈壁滩，常年风沙大、降水少、气候干旱、冬季严寒，如何将地理环境的"劣势"转化为农业生产的"优势"便成了园区发展的关键。

在环境恶劣的荒滩戈壁上建大棚，首先要考虑作物的保暖保水问题。最初建立的长50米，宽7米的大棚，是用草捆成帘子盖在棚顶的，保温保水效果有限，冬季严寒，一场大雪便让棚内的作物遭了冻害，造成了一定的损失。2015年，园区扩大规模，新建了长100米，宽10米的大棚，大棚顶上装备了自动卷帘，操作简单便捷，并在棚中配备了锅炉，冬天的保温效果增强，这样一来就解决了棚内作物冻害的问题。

走进温室大棚，墙上有一个智能化温室控制系统，精确调节温度，大棚右侧有一辆智能轨道车，用来运输水肥，采摘蔬菜。地上的黑色高效滴管连接着一排排基质枕，滴管内是水肥一体的混合物，通过智能控制定量精确地输入到每一株作物上。这些新技术、新手段在大棚中推广应用，实现了智能化管理，解放了农户的双手，也提高了园区的生产效率。

为了实现循环发展，贯彻"无土栽培增效益"的号召，总寨生态产业园区与当地的生态农业科技公司合作，引进基质。目的是专门处理秸秆、尾菜、菌渣和粪便等农业废弃物，研发无土栽培基质，形成"作物种于基质枕"的新型模式。这些基质枕价格低廉、使用方便，可以隔绝病虫害，使用到期后还可以回收加工再利用，这在一定程度上改善了戈壁土壤环境，形成了"资源—产品—废弃物—再生资源"的循环农业产业链。这种发展模式不仅节约了资源，减少了农业污染，提高了蔬果的品质，还增加了农户的收入，实现了经济效益与社会效益的双赢。

总寨戈壁生态产业园区位于茫茫戈壁上，固然存在水土资源紧缺的劣势，但也有其独特的优势——集中连片的戈壁滩适宜发展规模经营。而水土资源紧缺的劣势却可以通过科技来弥补：大棚内节水滴灌、水肥一体的新技术破解了水资源紧缺的瓶颈，提高了水资源的利用效率；采用的无土栽培基质也解决了土壤贫瘠的问题。而且，随着科技的发展，目前园内集成配套了一系列现代化设备，农户足不出户就可以通过手机远程监测棚内温度、作物生长情况、控制卷帘和施肥等操作，改变了过去传统的农业生产方式，有力地提高了农业生产效率。

与酒泉新建的其他生态园区的新型模式不同的是，总寨生态产业园区内部保留着从2009年开始到现在建设的所有大棚。在1000多个大棚中，既保留着一开始长50米、宽7米的实验棚，也拥有着长100米、宽10米的新型大棚。园区的发展建设践行着"戈壁滩上建大棚，无土栽培增效益"的政府号召。

从2009年在戈壁滩上建大棚、种蔬果的尝试到今天已经形成的完整产业链，酒泉总寨戈壁生态农业从无到有、由弱到强，走出了一条化劣为优、科技助推、特色鲜明、资源循环利用的绿色环保节约型农业生产发展之路。目前，园区已经初步落实好了水、电、路等基础设施建设，正在开展二期工程，计划进一步扩建，总寨戈壁生态园区正朝着规模化、智能化、产业化的路子继续走下去。

（作者为兰州大学新闻与传播学院本科生；指导老师王臻、阴雨永为兰州大学新闻与传播学院教师）

潘涛：一个大学生的返乡创业之路

何格格　廖婉莹　罗诗越　赵琪

位于玉门镇河西村的星火养殖场在2020年4月24日迎来了第一批鹌鹑种苗，它的主人潘涛今年32岁，潘涛从兰州交通大学毕业后先后换了五六份工作，但"一直想自己做点啥"，在考察了一年多之后他决定办一个鹌鹑养殖场。

记者在2020年7月23日与潘涛见面进行了交流，提起这次创业尝试，他说："好多人想创业，但说实话真的太难了，刚开始好难啊，干啥都不容易。"他在筹办这个养殖场前体重一直在170斤左右，现在不足150斤。

目前他的资金投入是40多万，比他的预估超出了十几万，几乎全是贷款。他的父母认为养殖业风险大、投资多且又苦又累都非常反对，在他们看来有稳定的工作，才是最稳妥的。对于自己父母的想法，潘涛能理解，"老一辈见得多嘛，都知道这行不容易。"但他最终还是办起了鹌鹑养殖场，他说自己就是想做一件事情，"个人追求不一样，不论最终

潘涛望向鹌鹑厂房　　　何格格　廖婉莹　摄

这个结果如何，给自己一个交代就行，大不了打工去。"

在决定办鹌鹑养殖场后潘涛开始做前期准备工作，他实地考察市场上相关产品的供销情况，几乎酒泉、嘉峪关所有的鹌鹑养殖场他都去过，听说甘肃省庆阳市合水县柳沟村有个经营非常成功的鹌鹑养殖农民合作社，他便前去学习经验。他与该合作社负责人王百林进行了深入的交流，从中获取了很多与鹌鹑苗购买、鹌鹑蛋销售渠道以及鹌鹑养殖设备如何挑选等相关信息。提起王百林，他心怀感激："王总他格局很大，对我们这种去学习的都知无不言言无不尽，毫无保留。"

玉门市面积为13500平方千米，2019年人口为18万，常住人口较少，地广人稀，河西村也是如此，潘涛的养殖场面积大约为3000平方米，年租金2万多，包括鹌鹑养殖的厂房和他们日常生活的房子，离村民们平常生活的地方大约有两千米远。目前养殖场只有他和自己的哥哥嫂子在经营，他们每天早上大约6点半起床，最晚也得7点前进圈。早上的工作大致是打扫卫生、喂料、上水以及收蛋，潘涛认为这是比较轻松的部分，难的是下午要把各个店需要的鹌鹑蛋清点后装货并送货，有时还需要在各店之间调货，中午偶尔可以睡一会。鹌鹑圈一般是晚11点熄灯，在熄灯之前他们需要检查一下圈里的卫生，不干净还要再处理，每天最早也要到晚11点左右才休息。有时候会忙不过来，但是为了省钱他们暂时不打算再雇人，潘涛的妻子是一名护士，他和妻子商量后还是决定妻子暂时不要辞职，他说："她得上班啊，都干这个吃啥啊。"

潘涛的养殖场现在每天的产蛋量是500斤左右，按照当地的市场价算，一般一天能卖1800到2000块钱，但是即使不算人工费用，养殖场每天的成本，大约也得2500块钱，所以目前基本上处于亏损的状态。谈到这，他嗫了一下牙，边抠着手指甲边说："现在已经慢慢在变好了，我的目标是今年能收回本，毕竟天热嘛，鹌鹑蛋市场价就是那样，你也没有办法，冬天应该会好一点。"

现在星火养殖场的鹌鹑蛋主要销往酒泉、嘉峪关等地，以及本地各个小区门口的菜店，销路暂时不存在问题。对于现在流行的电商卖货，比如在淘宝网开店、在短视频平台拍视频以及直播卖货等，潘涛也一直在尝试。目前他在抖音上发布的20个视频见证了他的创业路，包括建厂、安装设备、第一次收蛋，等等，他也开过直播，但是效果不尽如人意，抖音上他共有120个粉丝，浏览量较低。在淘宝上，鹌鹑蛋卖家比较多，而且很多卖家在价格和发货地上比较有优势，他在研究对比之后就放弃了。潘涛努力尝试各种效果或大或小的销售途径，"自己得宣传啊，我得让别人知道玉门本地就有鹌鹑养殖场，我们的蛋比那些从外地运来的肯定要新鲜。"

潘涛认为自己现在面临的主要困难是当地销量小、饲料成本高、销售渠道单一以及管理技术不足。他第一次购买了3万多只鹌鹑幼苗，但由于缺少相关的养殖经验，鹌鹑成活率低，产蛋量也较低，为此他一直在学习鹌鹑的养殖技术，目前已经有了很大进步，但他认为自己距离"专家"还有很大一段距离。

潘涛认为自己的养殖场正在步入正轨，打算通过自己的不懈努力开拓更广阔的销售渠道，扩大养殖规模，圆自己的创业梦。村主任最近通知他玉门市人力资源和社会保障局对返乡创业人员有补贴，这下潘涛对自己的未来更有信心了。

（作者为兰州大学新闻与传播学院本科生；指导老师王臻、阴雨永为兰州大学新闻与传播学院教师）

六分湿地

——初心不改三十年，荒漠育绿洲

王佳欣　田希霞　王嘉欣　江春晓

五十五岁的村支书蒲春云每天清晨都会去附近戈壁滩上的湿地公园散步一两个小时。

2020年7月20日，记者跟随蒲春云来到了酒泉市肃州区银达镇六分村的六分西湖湿地。它位于酒泉市首个国家级湿地公园——花城湖国家湿地公园的上游流域，总面积546公顷，其中水域面积约20公顷。这里苇草成片，碧波荡漾，是干旱戈壁罕见的清秀水乡。

花城湖国家湿地公园　　　　田希霞　摄

三十载治理，旱地变湿地

六分湿地并非一直这般美丽。20世纪80年代，六分村经济快速发展，牛羊数量严重超过了草场的载畜量，导致土地盐碱化甚至荒漠化。20世纪90年代，这里几乎都变成了光秃秃的盐碱地。"夏天刮干热风，人都没法走路，麦子是瘪的，同样的作物隔壁村亩产800斤我们只产500斤。"时任村委会主任蒲春云回忆道。

为了恢复昔日水草肥美、野生动物成群的景象，1993年六分村开始进行生态治理。当时的首要任务是停止过度放牧，把破坏严重的区域围禁起来，放养全部改为圈养，多余的牛羊全部卖掉。与此同时，河湖贯通工程把讨赖河富余的水引到湖泊里，补充水位，涵养水源。一度瘠薄的盐碱滩经过近三十年的封牧育草，最终变成今天的样子。

湿地生态恢复之后，六分村土地得到修复，盐碱程度得到控制，地下水位升高，村民的饮用水有了保障；湿地甚至改善了局地气候，夏天不再干燥难忍，告别了"大风起、飞沙走"的荒凉景象。"过去草都塌得长不起来，现在草都赶上人高了。"六分村村民孙权存说。

绿水青山就是金山银山

停止放牧之后，六分村开始种植洋葱、啤酒花等高效经济作物，蒲春云带领村民办起集体企业——酒泉市舜天菜业开发公司，统收统销，让村民不用为生计担忧。种植经济作物之外，一些村民会在院子里用秸秆或割来的草喂养牛羊。六分村的经济从开始治理湿地之后便蒸蒸日上，目前以种植葫芦、西瓜为主要的收入来源。

2017年，六分村开始建设"美丽乡村"，进行了路面改造和种植庭前花卉等项目建设，1995年与治理湿地同步进行的还有树木种植，当时栽种的一排排桑树和槐树为村庄的华丽转身打下了坚实的基础。从银达镇"倒数第一村"到省级美丽乡村，老百姓的幸福感一路飙升。

"怎么戈壁滩还有这么好的村庄！"是村民们经常听到的赞美。

为了治理湿地，舜天菜业开发公司和六分村村民累计投入了1000万元，用于铺设疏通管道、建造拦水大坝和修建禁牧围栏等。当年做出禁牧决定的时候村委会曾下发意见征集表，结果97%的村民都表示支持。"这是我们共同的家，大家都想把她保护起来。"蒲春云说，"湿地的各种效益是全村人做牺牲得来的。"

六分湿地的治理成效引起了当地政府的关注。2016年，六分湿地所在的酒泉市肃州区政府专门成立了湿地景区建设指挥部，2018年投资了2000余万元实施景区基础设施建设工程，包括铺设木栈道和混凝土彩色火烧砖等。

目前，六分湿地是肃州区重点打造的湿地景区项目之一。"今年区上计划投资500万，用于800米的木栈道、8个休闲凉亭和50米的休闲区等建设项目，这些项目已经开工了。"现已任村支部书记的蒲春云表示，区政府朝他们竖起了大拇指，六分村确实给肃州区做了贡献。"村民都以湿地为荣，那种骄傲自豪我能感受到。"他笑呵呵地说。

不忘初心，砥砺前行

目前湿地公园免费向游客开放，没有给村里带来任何收益。银达镇党政办干部曹波介绍，随着媒体宣传的扩大，游客数量的增加，更多的基础设施和垂钓等休闲娱乐配套设施都会跟上，游客来源也将从肃州区周边地区、甘肃省内扩展到省外乃至全国各地，条件成熟之后也会考虑与旅行社合作。

农家乐被列为2020年重点项目。六分村村委会正在动员第一生产队成立配餐中心，以外卖的形式把农家饭送进"蒙古包"，游客可以边吃边赏景，同时不破坏生态。

对于是否会因发展旅游业而破坏湿地，蒲春云坚定地说，"利益不是我们的初心，初心是要保护她，保护的基础上再谈开发。我们要不忘初心、牢记使命，对不对？"已经沿着这条路走了二十七个春秋，蒲春云表示还会继续走下去。

如今的六分湿地，风吹芦苇俯，鱼游水鸟嬉，鸳鸯、鸭子、野鸡、兔子都回来了。这里栖息着国家一级保护动物黑鹳和大天鹅等国家二级保护动物。

"千亩鱼塘、万人垂钓"是蒲春云头脑中最初的构想，"我们小时候穿个短裤，光个膀子在河里抓鱼，然后烤着吃，多快活啊！"

六分湿地是六分村人们儿时的记忆，但现在已然高于这份记忆。"水面更大了，芦苇更高了，"蒲春云扭过头，目光在摇曳的芦苇丛失焦，"恢复得比小时候还好。我肯定想让家乡变得更好些，没有最好，只能更好些、再更好些。"

（作者为兰州大学新闻与传播学院本科生；指导老师王臻、阴雨永系兰州大学新闻与传播学院教师）

新农村，新女性：棚里棚外的那些事儿

李超颖　买天长　黄佳怡　卫俊杰　胡莹睿　何加万

近年来，玉门市深入实施乡村振兴战略，脱贫已经取得了显著的成效。"美丽乡村"不仅体现在生态治理展现的好风光上，更体现在勤劳致富的百姓身上。常年留居村中的农村妇女们也在扶贫政策的帮助下过上了越来越富足的日子，她们有的大胆创新开办了自己的工厂，有的就近找到了工作不再赋闲在家，有的虽经历失败但没有自暴自弃，反而是找到了新的致富路。2020年7月23—24日，记者走访了玉门市东渠村、柳湖镇和花海镇，遇见三位真正意义上的新农村的新女性。

张小芹：艰难创业的乡村女企业家

2020年，是张小芹和丈夫陈晓东做枸杞加工厂的第六年。

花海镇第三茬枸杞开始采摘的前几天，张小芹从家里赶来，再次仔细检查了一遍加工车间及包装流水线能否正常运作。没有做过多打扮，她穿一条素蓝色连衣裙，头发梳得光溜，紧紧归在耳后，只有脚下"噔噔噔"的高跟鞋的节奏显得急促。

"我们刚开始也是小打小闹的，没想到一步一步就做到现在这种程度了。"张小芹笑得有点羞涩。

2014年冬天，张小芹夫妻二人在玉门花海镇成立了自己的公司，还有了属于自己的品牌。自此，她成为名副其实的乡村女企业家。张小芹刚结婚时还在酒泉卖服装，她没想到的是，十几年后，她在自家门口，在戈壁滩上，打出了一片属于自己的农业新天地。

张小芹的加工厂里有六台冻干机，一个冻干机每次可以进二百千克鲜果，产出二十千克冻干。除去日光晾晒加工的几百吨枸杞，每年有平均七八十吨冻干枸杞从这里产出，打上玉门政府创立的农产品品牌"玉门珍好"包装，作为高品质绿色食品流向甘肃省及全国各地。"冻干的口感比较好。晾晒干的果子含水量大约有25%，冻干只有不到5%。"张小芹介绍。

张小芹的儿子今年上大学二年级，现在的他和年轻时的父母一样，也有一个创业梦。多年前，张小芹的丈夫陈晓东也是一个大学生。陈晓东毕业后，回到玉门，事业心极强的他誓要做出一番事业。"一直在转变，但是转变的过程太艰难了。"陈晓东回忆起创业的这十几年。服装生意不景气，他和妻子回家种甜瓜，再到酒泉市场做批发，日子辛苦而拮据。陈晓东觉得，这不是他想要的。2015年前夕，他和妻子终于下定决心：创新！做玉门第一家枸杞冻干厂！

可是严峻的现实问题阻挡在眼前。身居西北内陆并不富裕的村镇，尽管有政府的政策补贴，宣传资金仍不充足，自身的品牌打不响，张小芹的加工厂目前还无法扩大规模。2020年上半年，新冠疫情席卷全球，农业生产和流通也因此受到较大影响。"因为疫情嘛，银行给我们贷款受到一些影响，不然我们的南瓜粉早就上市了。"原本计划好的今年再向银行贷款为加工厂新增几台机器设备的想法彻底泡了汤，眼下的问题迫切需要解决：上一年加工的枸杞卖不出去，现在还在冷库里压着，该怎么卖出去？什么时候可以卖出去？"货走不出去，资金就无法盘活。"张小芹的眼里第一次透出迷茫。

张小芹夫妇继续艰难地摸索着创业路。随着时代的发展与现实的需要，电商也在走进农村，走进玉门，电商带来的销路在疫情中更加凸显出来。现在，"花海镇金湾村电子商务服务点"作为国家电子商务进农村综合示范项目之一在张小芹夫妇的枸杞冻干厂挂牌。这个电商服务点主要以代购代销、生活缴费、收发快递和咨询服务为主，目前淘宝、拼多多等电子商务平台都上架了冻干厂生产的冻干枸杞等。闲下来的时候，张小芹也会在自己的抖音号里用小视频宣传自己的产品和冻干厂。

最忙的时候，张小芹夫妇的枸杞加工厂需要雇用七八十人清洗、分拣鲜果。这些精细活一般交由妇女来做，因此厂里不乏长期工作的女工。这些女工都是附近村里的农妇，家里情况相似：丈夫在外打工，孩子尚且年幼，老人需要照顾。"长期去外面打工是不现实的。"张小芹谈到加工厂里的女工。尽管并不是每天都有活干，也无法大量招收固定劳动力，加工厂还是在一定程度上解决了附近村镇农妇的就业问题。已就业的妇女中，有一大半都是建档立卡的贫困户。善用健康适龄劳动力，以就业带脱贫，无疑是更好的扶贫方式。

李克翠：我在家门口就能就业

干旱少雨的戈壁滩上，农户和合作社更多地选择利用大棚种瓜种果，大棚既能有效节约灌溉水源，也能充分利用起充足的热量。因此，玉门农村妇女在家门口就业的机会很多。棚内的日常工作单调烦琐：剪枝、除草、掐掉长势不好的果子，农妇更适合干这些细致的活，体力也消耗得少。李克翠住在玉门柳湖镇附近的村子，距她打工的棚仅有十几分钟路程。家里没事的时候，李克翠每天在棚里干10小时的活，能挣120元。

李克翠有三个女儿，最大的女儿边上学边工作，勉强能应付自己的开销，两个小女儿的日常生活和上学的钱让她有点焦虑。再忙一点，再多做一份工，女儿们的生活就能更好一点。忙完自家地里的活就去别人的棚里打工，李克翠觉得，生活虽然累，但是日子比以前好过了。

十八年前，28岁的李克翠和同村村民们一起，离开极度缺水的武威市古浪县，举村移民到柳湖镇。"这边有水，那边只能靠天吃饭。"李克翠回忆起移民前的日子。在玉门政府的扶贫补贴下，李克翠家去年已经成功脱贫。从刚到柳湖镇的两间土坯房，到现在住着翻新的房子，除了自家种的地，还可以在家门口的大棚里打工，李克翠的脸上洋溢着朴实的笑容。

周春秀：是失误，也是机遇

在玉门，大多数温室大棚种蜜瓜、葡萄，棚内作物也不乏西红柿、辣椒、茄子，等。玉门东渠村的恒旺产业园区通过大棚产业很大程度上解决了当地甚至附近村民的"就业难"问题。尽管一个棚内只需要二十个左右的劳动力，但园区内有四千多个大棚，带动的就业人数相当可观。在恒旺产业园区的网红"风车长廊"旁边，"潘家屯"大棚农家乐的牌子非常醒目。棚内以隔间设计居多，正值葡萄成熟的季节，葡萄藤和葡萄架缠绕成墙，翠绿的葡萄触手可及。

农家乐出现在这个农业产业园区是事先没有计划的。农家乐的老板名叫周春秀，近几年精力逐渐不足，于是女儿辞掉原有的工作，回乡帮母亲管理农家乐。"挣得比原来多了，还比之前清闲了。"周春秀的女儿很开朗，"我妈比较害羞，不太爱说话。"

这个被女儿评价为"害羞"的农妇就是周春秀。周春秀最初和其他人一样，也在棚里种菜种果，只是周围的棚都保守地选择种常规蔬果，周春秀特立独行地选择种葡萄。由于经验不足、规

网红打卡点"风车长廊"　　　　　　　　　李超颖 摄

模不大，早年周春秀在她的葡萄棚里搭了不少冤枉钱。靠自己种葡萄就要落后了，怎么办呢?

周春秀决定往服务业方向靠。平整土地，摆几张桌子，一个初具规模的农家乐就这样出现了。随着时间的推移，每到周末和法定节假日，来周春秀的农家乐里放松聚会的人越来越多，棚里也增加了自助烧烤的服务项目。不仅棚里的葡萄可以随时采摘，农家乐也带动了附近大棚的采摘。近年来，两个大棚之间的空地中也种上了桃树杏树，"春天能看花，秋天能吃果。"

目前，恒旺产业园区已经在向三星级旅游业发展，今年五月，园区举办了采摘节，"采摘结合艺术表演，我们采摘节当天，油桃一天卖了三四千块，基本一个棚就卖得差不多了。"东渠村屈冬玲副书记介绍。

棚里棚外，她们的脚步匆匆，只留下背影。

（作者为兰州大学新闻与传播学院本科生；指导老师王臻、阴雨永为兰州大学新闻与传播学院教师）

西瓜种植户钟小虎的"未来畅想"

徐浩淼　虞世杰　尉婷　李万燕

2020年7月26日，时值酷暑，热浪袭人，阳光照在西瓜种植户钟小虎家的田埂上，还未来得及采摘的西瓜显得更加绿油油的。这里是嘉峪关市新城镇野麻湾村，想这里的人、来这里的人和在这里的人都为了西瓜忙碌着。

在嘉峪关市，野麻湾村的西瓜可谓是无人不知、无人不晓。据钟小虎介绍，"野麻湾西瓜"的名号之所以叫得响，是因为其品质好，瓜瓤沙而甜，水分多。这样的西瓜，自然有其独特的种植方法。

种　植

秘诀就在瓜田里。

"最主要就是咱们上面的一层石头和沙子，它和土地是不一样的。石头和沙子都是从戈壁滩上挖过来的。用挖掘机把上面一层掘开，然后只要下面的石头和沙子，里面是不含土的。我们要的就是这一层，拉过来之后把它铺在地里面，差不多是10厘米到15厘米这样的厚度。这个技术是老一辈人总结的。最开始在泥土地里种的时候，西瓜长势比较慢一些，因为温度不够并且保水性不好，一般水浇完之后三四天、四五天地里就又旱了。用沙地种西瓜，白天温度较高，能达到保温保湿的作用。再一个就是昼夜温差比较大。白天37℃左右，晚上可能只有4℃到7℃。"钟小虎介绍道。昼夜温差大有利于西瓜糖分的积累，在沙地上覆盖塑料薄膜有利于保湿、保水、保墒，这同样也是秘诀之一。

野麻湾西瓜的种植方法主要有两种，西瓜也以不同的种植方法而命名为沙地瓜和土棱瓜。对种植户而言，土棱瓜相对节约成本，但沙地瓜的品质更好，所以，沙地瓜更能代表野麻湾西瓜的整体形象。

钟小虎家瓜田中采摘的西瓜

图片来源于受访者

今年，钟小虎家的五亩瓜田里"上新"了一套滴灌设备、一个自己挖的蓄水池和一个自动化的柴油泵，这给他在瓜田里浇水、施肥提供了便利。以前，通过大水漫灌的方法浇5亩地至少需要2到3个小时，现在采用滴灌设备只需要15分钟。使用滴灌技术能够做到水肥一体，使作物吸收得更好。这样一来，水、农药、肥料的使用量变得更加精准、可控，即便滴管使得设备成本上升，可水肥等成本却因此下降了不少。柴油泵和蓄水池大大减少了劳作所需的人力。钟小虎给记者解释，以前采用大水漫灌的做法，把一根粗壮的水管直接通入田中，这样的做法不能控制浇水量，也存在一定风险。在西瓜成熟之前的15到20天需要浇2轮到3轮水，一旦掌握不好浇水量造成水分过多，再加上气温较高，一晒，西瓜就坏了。整块地里的西瓜都会坏掉，农户一年的辛劳就会付之东流。通过钟小虎的父亲，记者了解到如果西瓜得了"炭疽病"，也就是西瓜的瓜皮上长满大大小小的黑斑，就只能把瓜扔了。钟小虎的父亲说："瓜生了黑斑，就跟人得了绝症一样，没有一点治愈的可能。"据钟小虎介绍，过去每年都有农户因浇水过多，使得整个瓜田的西瓜都坏掉了。

未 来

前来买瓜的王女士和赵先生告诉记者，嘉峪关当地人买瓜都是用编织袋装的，都是一编织袋、一编织袋地往家里扛，这两位顾客每人都从钟小虎的瓜田里购买了2袋西瓜，每袋西瓜重80斤，每斤西瓜1元。钟小虎给记者算了一笔账：每亩地大概能产西瓜7000到8000斤，好一点的话能到10000斤，西瓜上市时间基本在7月初，全镇大概有150亩瓜田，当地的市场完全能消化野麻湾的西瓜。

据钟小虎介绍，野麻湾西瓜7月初上市的价格为1.5元/斤，其后价格随市场而波动，最低价基本不会低于每斤1元，而外地西瓜的价格始终略低于野麻湾西瓜的价格。看起来一个月能卖50000元，但是西瓜一年就一茬，这是毛收入，里面还包括了人工成本以及各种物料成本。

对于野麻湾西瓜种植户来说，外地西瓜涌入市场导致西瓜价格被压低，消费者又对如何辨别正宗野麻湾沙地西瓜知之甚少，只想购买价格便宜的西瓜，这使得野麻湾沙地西瓜在打开销路上遇到了一定困难。

像钟小虎这样的种植户，在前些年已经掌握了用微信朋友圈进行推销的方法。嘉峪关市民驾车出市区游玩时，总是慕名到野麻湾镇的田间地头购买西瓜，这样，一传十，十传百，野麻湾镇的西瓜在熟人介绍中形成了自己独特的品牌效应。当地政府也通过挂牌认证、举办"西瓜节"等活动，来帮助农户打开销路。

谈及下一步的打算，钟小虎希望通过创建微信公众号的形式来增加"回头客"，他还创造性地提出了自己的一些构想。首先，作为一名已入党多年的党员，钟小虎希望当地政府能在"西瓜节"上进一步推介野麻湾西瓜，要具体讲清野麻湾西瓜的特点和优势，还要告诉广大消费者如何识别野麻湾西瓜。其次，钟小虎将"期货交易"的概念引入农业生产，提出发展"订单农业"的设想。他认为，农业发展必须要精准对接市场需求，农户可以与消费者签订协议，精准生产、精准消费。在这一过程中，农户可用消费者的预付款购买种子、农药、化肥等，签订协议时更要体现出契约精神，以市场均价确定农产品价格，在最终交付时严格执行协议，不管市场价格的波动，让消费者买得舒心的同时，保障农民的权益。

"一垄地上面能结多少西瓜我都是有数的。西瓜的株距我也是有数的，差不多是45厘米。这就能算出来我们这片地产多少个西瓜，再加上平均重量（1个7斤到8斤），就能大概算出来总产量。所以能够便于提前预订。等到咱们西瓜熟了再给顾客送去。往年7月初的时候咱能卖到每斤2元，但是今年由于疫情，瓜价都降了。今年7月初每斤1.5元，到现在，基本上1元1斤就准备把剩下不多的瓜全部卖完。以后想着就是这样一垄一垄这么卖出去，一垄对接一单，方便计算，顾客也能吃到足量的西瓜，咱们也好把成本尽快收回来。但是现在还是一片一片卖，没有预订的订单，所以还是以前的旧的售卖方式。"钟小虎以西瓜为例，向记者解释了"订单农业"的具体操作方法。

田间地头，前来买瓜、订瓜的消费者一拨接着一拨，钟小虎驾车往返于野麻湾镇与嘉峪关市市区之间，把辛勤劳动得来的那份甜蜜送到家家户户。瓜田里，一些瓜秧因果实被摘而变得卷曲和枯黄，一些瓜仍静待自己的买主上门选购。

阳光洒在田里，一如钟小虎对美好生活的期望。在当下，发展新型农业，培育新型职业农民是大势所趋，记者也希望，西瓜种植户钟小虎的"未来畅想"能够早日实现。

（作者为兰州大学新闻与传播学院本科生；指导老师王臻、阴雨永为兰州大学新闻与传播学院教师）

武威篇

天祝赛马会前：凌晨五点的芝格塘草原

唐广蔚　叶尔克西·叶尔塔依　李发平　李洋

太阳还未升起，金色的光晕已经漫过了地平线，正一点点蚕食墨水般灰蓝的天空。

风很大，夹杂着冷冽的气息。半尺高的草被迫伏低了身体。赛马场围栏上的彩旗被吹得猎猎作响，像是在躁动不安地期待着什么。而四周静悄悄地，偶尔有几声沉重的鼻息——那是睡梦中的马儿发出的声音。

"啪！"

餐馆的简易帐篷内，灯泡应声而亮，微尘在灯光的照射下影影绰绰。

虫鸣窸窣，烟火开始升腾。

今天是2020年7月26日，一年一度的"六月六"民族传统赛马大会将在祁连山下的这片绿茵地上开幕。大约两个小时后，满载着游客的车辆会陆陆续续地来到这里。再过两小时，主会场舞台两边的音响中，会有一个洪亮的男声宣布赛马会的开幕。但这一切，现在还未发生。

欢迎来到凌晨五点的芝格塘草原。

为了完成这次兰州大学新闻学子第十届重走"中国西北角"接力采访活动天祝路线最重要的任务——拍摄天祝藏族自治县"六月六"民族传统赛马大会的会前准备工作，我们的四人小分队凌晨四点出发前往会场，到达目的地时夜色依然朦胧。

会场入口处是一堆军绿色的矩形帐篷，接下来的八天，从青海、宁夏

125

各地赶来的商贩们将在这里售卖吃食：酿皮、凉面、清汤羊肉等各式各样的小吃。热闹的时候一天能赚两三千，足以抵消迎着冷风早起晚睡的辛苦。小分队刚抵达时，一位店家刚刚摸黑洗漱完毕，准备开启一天的工作。

经过餐饮区继续往里走，主会场已经全部搭建完成。一排排白色座椅

店家正在进行准备工作　　　　　　　　　李洋　摄

整齐端正地立在塑料毯上，正对主席台。在昨天小分队来采访时，舞台上的电子屏幕只组装了不到一半。施工队的负责人华锐索南告诉我们，除了场地的搭建，他们还负责场地氛围的营造，来时路上的经幡通道和会场入口处的风车墙也是他们做的，所有的准备工作只用了三天就完成了。

当我们问到在草原上，包括舞台在内各种设施的电力是如何供应的，华锐索南说："这些都是由政府提供、安排好的。"他边说边指向身后一大片区域，那里有中国移动的信号塔、武警专用帐篷和一个会场指挥部。信号塔上不时有工人上去调整些什么。"水、电，还有草原上的厕所，这些基础设施，都是政府规划搭建的。"华锐索南补充道。

东方，太阳已经从地平线上探出了半个脑袋。光辉越发强烈，洒在芝格塘草原的每一处角落。

天空万里无云，这为赛马会开了个好头。在这之前，连续的阴雨天气让人担忧今年的赛马会还能不能如期举行。

穿过主会场往里走，帐篷错落地分散在住宿区的空间里。由于疫情原因，今年的赛马会并没有太多外省人参加，更像是本地人的"自娱自乐"。但也有少数游客前来，早早驻扎于此。

路过此地的赵先生听到当地人聊起即将开幕的赛马会，心中一动，便准备干脆在这里停个几天。"这是我第一次来，事前也没有准备，之前只去过内蒙古那边参加过他们的那达慕大会，藏族的赛马会还没参加过。我听说这个跟县庆也有关系，看着规模也挺大的，就想着来看一看了。"赵先生兴致勃勃地说完，又给主办方提了个建议，"还是希望咱们入口处这个路标能够再好好规划一下，显眼一点。毕竟这个路也窄，帐篷又多，来的时候

就是看不清，搞得都迷路了。"

此时，大部分帐篷毫无动静，游客们还在梦乡中沉睡。

隔着行车通道，与主会场舞台两相对望的是赛马场。眼前场地是在原来的基础上翻修的。赛道由原来的直线型变成了环形，这有利于提升赛马的速度，也让比赛更有看头。环形的赛道外，猎猎彩旗飘扬在围栏上，给赛马会更增添了几分热闹。

参赛选手和马匹的休息区开始传来声声铃响，这预示着马拉毛尚的早训又要开始了。藏族人十三四岁的时候就能参加赛马会。实际上，年龄越小的选手越"吃香"，他们的体重通常更轻，因此马的速度会更快、更有机会拿个好名次。

马拉毛尚是本地人，十八岁的马拉毛尚已经不记得参加过多少场赛马会了。

这次依然是跟着村里的人一起来参加比赛。马拉毛尚还在上学，赛马对他来说只是业余爱好。虽然没有拿到过三甲之类的名次，但他每次比赛前都会做好充分的准备。除了早晨惯例在赛道上骑马训练，他还会在下午进行加训，每次训练到人和马都大汗淋漓才算结束。

从 2020 年 7 月 7 日政府下达赛马会的通知开始到正式比赛之前，已经有一百五十名骑手和二百六十匹马报名。一人可以带多匹马参赛，不同的马匹负责马术表演、走马和速度马"三大七小"不同比赛项目。他们的休息区就在赛马场的正后方，离得并不算远。

休息区内，骑手们正带着鞍具和各种装饰用品从帐篷或运马的货车中走出来，唤醒他们的伙伴。

一匹白马被摘下披在身上的棉马甲。接着，它的主人藏多吉开始给它套上行头，为开幕式上的马术表演做准备。这匹白马九岁，正值壮年。藏多吉提起它时，脸上满是自豪："这

马背上的藏多吉　　　　李发平 摄

匹马又乖又厉害，我买回来才十天，第一次参赛就拿了个奖！"

"这是为了防止它晚上睡觉时着凉给披的，"藏多吉看我们对马甲好奇，解释道，"马跟人一样也会受冻嘛，有时候还会生病，像不吃草啊、肚子疼啊，我们都得随时备着药，以防万一。"在他看来，马不仅是比赛工具或者交易物，更像是家人一样。

藏多吉的赛龄只有三年，却屡获佳绩，这和他对马匹的了解与爱护是离不开的。"你看我们这个岔口驿马，看起来很矮，只有1.38～1.39（米），没有新西兰的马高大，但我们的马速度快啊，反应也很敏捷的。"一说起马，他就变得滔滔不绝，"每天我都要喂它们青豆、青稞，青豆要三块钱一斤啊，一顿七八斤，二十块钱就吃掉了，哈哈哈。"

太阳已经完全升上了天空，不知何时开始，天色变得亮堂，寒意也逐渐随夜色退去。风时起时停，阵阵的风声携着青草和尘土的气息在草原上飘荡。远处，还未套上披挂的马儿发出了苏醒的嘶鸣；更远处，汽车马达的声音隐约可辨。

凌晨五点的芝格塘草原，正蓄势待发，静候一场盛事的到来。

（作者为兰州大学新闻与传播学院学生；指导老师：甘肃广电总台电视新闻中心主任杨德灵、驻武威通联站站长卢昕。带队老师王晓红、韩亮，为兰州大学新闻与传播学院教师）

雨落八步沙

——记电影《八步沙》开机仪式上的三代治沙人

陈方涛　赵家莉　钟琦　周信宇

　　故事片电影《八步沙》开机的这一天，雨落八步沙林场。这一天，是
2020年7月23日。这一天的
雨，是今年古浪的第六场
雨，电影开机仪式就在这雨
中举行。第十届兰大新闻学
子重走中国西北角武威小分
队在开机现场，与八步沙林
场三代治沙人一起见证了这
个让人百感交集的场景。

电影《八步沙》开机仪式现场　　　　　　钟琦　摄

"没有想过会拍成电影"

　　第一代治沙人张润元老人，骑着小三轮车，早早地来到了林场。下着
雨，路上车很多，骑车又不能打伞，家人本是不同意他过来的。张润元戴
着墨色的老花镜，深色的衣服显得他更精神。能看出来，这身正式的着装
是专门为参加电影开机仪式而准备的。老人今天很高兴，自己一辈子和沙
漠作斗争的经历，就要拍成电影了。

　　八步沙，位于腾格里沙漠南部边缘，是甘肃省古浪县最大的风沙口。

常年扬起的沙土和黑风暴，威胁着古浪县人民的生产、生活和生命安全。1981年，张润元和其他五位老人，摁下了承包沙漠合同书的手印，成了最早的一代治沙人。

如今他已经87岁了，退休后，依旧会经常去林场，看柠条、花棒、白榆等沙生植物的长势，偶尔会陪着游客，给他们讲述当年种树治沙的经历。"以前靠一头毛驴拉水，现在用水车浇水，科学栽种树苗的办法代替了以前'一步一叩首，一苗一瓢水'的土办法。"普通的洒水车在张润元老人眼里，却是了不起的机械化设备。

"当时我们也没有想到，也没有想过，我们六老汉做的这样一件简单的事情会被拍成电影。"对于把自己治沙种树的经历拍成电影，张润元很支持，觉得这是对他们治沙人的一种宣传，也是对他们这种能坚持、能吃苦精神的认可。"希望电影能真实表现我们的所作所为，把能坚持、能吃苦的精神继续发扬光大。"

第一代治沙人张润元接受记者采访　　赵家莉　摄

电影开机仪式结束后，张润元没有同大家一道去拍摄现场。他骑着车子缓缓经过人群还没有散去的院子，经过八步沙林场大门，径直向土门镇的家骑去。

"把八步沙六老汉的故事讲出去"

天微微亮，伴随着厂外路边呼啸而过的嘈杂汽笛声，住在八步沙林场的郭万刚准时起床。这个时候，雨下得还比较大，院子里的灰尘今天是没有办法打扫了。他顶着雨，打开了院子中央的八步沙六老汉治沙纪念馆的大门，这是他每天起床要干的第一件事。随即，郭万刚回到由彩钢板房组成的办公区，坐在桌前，想着今天最重要的一件事情是电影的开机仪式，心里盘算着今天的安排。

郭万刚今年68岁，是第二代治沙人的代表，也是八步沙六老汉之一郭朝明的亲儿子。37年前，他从供销社辞职，子承父业进入八步沙林场，现在是厂长，也是古浪县八步沙绿化有限责任公司的法人代表。除了基础的种树管护工作，他还要负责林场的经营与管理。

今天，他肯定是最忙的。眼看着九点半的开机仪式马上临近，雨势还没有减弱的迹象。前来参加开机仪式的观众、剧组、赞助方工作人员先后进入院子，和郭万刚打招呼的人越来越多。他来不及一一回应，只顾忙着手头的事情，搭建帐篷、贴宣传标语、布置场地，连贴标语的梯子都是他冒雨从后面仓库扛出来的。如果没有见过郭万刚，很难发现那个在开机仪式上忙碌的身影竟然是他。

"雨是从第一天晚上开始下的，家住附近土门镇的工人第二天就不用来林场上班。"郭万刚说他一年四季基本上都在厂里住，并开玩笑似的说厂长就要看厂。他谦虚地说自己没什么文化，可他在电影开机现场的讲话却是意味深长。

"八步沙这块土地上孕育着劳动人民的汗水和勤劳。几十年来，三代治沙人扎根荒漠，他们顽强拼搏、矢志不渝，最终让沙漠变成绿洲有了可能性。"郭万刚作为八步沙林场代表，在开机仪式上自豪地讲述了六老汉治沙种树的经过和决心。在三代治沙人的共同努力下，八步沙林场现已造林21.7万亩，管护面积达到37.6万亩，相当于1/200腾格里沙漠的面积。

"应该让全国人民知道，八步沙是一个怎么样的沙漠，八步沙林场是一个怎么样的演变过程，八步沙六老汉是怎么样治沙的，要让更多的人关注意识到荒漠化问题，吸引更多的人参与治理荒漠化。"作为第二代治沙人，郭万刚最能感受到榜样精神的力量，他最希望在影片中展现的内容就是八步沙六老汉吃苦耐劳的精神。

第二代治沙人郭万刚在开机现场讲话　　钟琦　摄

直到晚上十点半，郭万刚才从开机仪式和拍摄现场的忙碌中回到林场宿舍，就在深夜里此起彼伏的汽笛声中沉沉睡去了。

"今天不用过去浇水了"

"你们怎么过来得这么早，这边还没有开门呢。"这个一边开着林场大门，一边和我们打着招呼的人，是第三代治沙人郭玺，这是我们和他的第

131

二次见面。现在是早上六点半，我们从土门镇出发为采访郭玺而来，他也刚刚从离林场七八公里外的家过来。

按计划，郭玺今天要去沙漠，去给刚刚栽种的树苗浇水，一车水一般需要45分钟才能浇完。但是今天还有一件重要的事情，郭玺要赶在电影开机仪式开始前，再回到八步沙林场，参加这个令人激动的仪式。由于下雨，他预料到水车司机早上不会过来，所以今天来林场其实比往常要迟1个小时。

"这样的降水在沙漠上根本不起作用，要是一天一夜的中到大雨，勉强能维持两到三天水分。"郭玺知道哪种程度的降雨是有效的，甚至有点"抱怨"这场雨，因为它打乱了他浇水的计划。瞅着已经来了林场，回趟镇上的家虽然也就10分钟，但他还是没有回家，而是和大伯郭万刚一起做着电影开机仪式的准备工作。

郭玺今年35岁，曾在全国各地做过先进事迹报告，也算是一个名人。但在68岁的大伯眼里，他像是个小学生一样。对于大伯给他说的开机仪式上需要注意的事情，郭玺恭恭敬敬地聆听、轻言细语地给大伯回话。他手脚麻利，三下五除二就把大伯给他安排的开机仪式准备工作做完了。

开机仪式很热闹，赞助方的祝贺横幅、祈求好运平安的高香、主持人高昂的串词、噼里啪啦的鞭炮、嘈杂的人群，习惯了林场平静生活的郭玺在这个氛围下有点不适应。仪式渐渐地落幕，人群慢慢地涌出，林场又回归到了平日里的宁静。

实际上，郭玺并没有正式参加电影的开机仪式，只是在一旁远远地听着在台上讲话的大伯郭万刚所说的话，看着大伯讲话时随风扬起的白发。郭玺不禁回忆和思考：第一代治沙人如今只剩下张润元老人，第二代的大伯以及郭万刚，如今也已经老去，好在还有像他一样的第三代治沙人敢于走进八步沙。今后的治沙工作任重而道远。对于电影的拍摄，他的兴趣倒不是很大。"把八步沙故事拍成电影当然是好事情嘛，但不管发生什么事情，我的工作始终还是治沙和栽树。"

雨，还在继续下，它滋润着腾格里沙漠上治沙人刚刚种下的树苗。八步沙从六老汉到三代人，他们前仆后

第三代治沙人郭玺接受采访　　　　　　钟琦 摄

继，把八步沙六老汉的治沙精神代代相传。这种精神就像今天电影《八步沙》开机仪式现场的雨，它润物无声，沁入现场每个人的心里，滋润着每个人的心灵。

（作者为兰州大学新闻与传播学院学生；指导老师：甘肃广电总台电视新闻中心主任杨德灵、甘肃省广电总台驻武威通联站站长卢昕；带队老师韩亮、王晓红为兰州大学新闻与传播学院教师）

夹河镇黄案滩自然修复区：初探民勤自流井

张海燕　　王晓峰

"民勤夹河镇黄案滩有自流井，和平常的井不太一样，会自己往外冒水。"在我们出发去武威的前一天，民勤的同学向我们提起当地一种"不寻常"的井，引起了我们的好奇，决定前去一探究竟。

2020年7月23日，天空下起了淅淅沥沥的小雨，天色阴沉，空气中带着些许凉意。兰州大学新闻与传播学院第十届"重走中国西北角"接力采访活动武威小分队带着好奇的心情，在夹河镇干部刘世春的带领下，来到了距离民勤县21公里的黄案滩自然修复区，去看一个陌生的民勤场景——自流井。

穿过大片的梭梭树和红柳，眼前空旷的土地被铁丝网围绕起来，使黄案滩成了与世隔绝的无人区。区内齐腰的芦苇连接成片，随风轻轻摇曳，一眼望不到边，生机勃勃的红柳点缀着粉紫色的花朵，繁茂的沙枣树传来阵阵清香。

车子在一眼自流井前停了下来，自流井内清澈的泉水汩汩流出，围绕井口周围形成了一条狭长的水域湿地，滋养着周围的植被，井口附近长了厚厚的绿苔，雨落在井水中，荡起一层层涟漪。

井旁立有一块1米见方的碑，大大的"关"字清晰可见，上面的文字刻着"石羊河流域综合治理关闭机井"。自流井的四周，则是成片的芦苇，还有梭梭（树）、沙枣等植被旺盛生长。

清澈的井水从井底冒出，倒映着我们的影子，我们不禁掬起一捧喝了起来，井水合着雨水，一股清凉沁人心脾。

"这些井原来是用来灌溉的，但是为了石羊河流域综合治理，关井压田后水位上升，就从石头缝里流出了井水，形成了自流井。"刘队长指着眼前不断涌出井水的自流井对我们说。

在夹河镇工作了20多年，刘世春亲眼见证了黄案滩的沧桑变化："原来的黄案滩看不见绿色，看见的绿色只有瓜秧子，葵花叶，一到冬天和秋天，光秃秃的没有一丝绿色，春天一刮风，黄沙漫天飞，沙子打在脸上生疼，有沙尘暴的时候天都是黑洞洞的。"

20世纪90年代实行的开荒打井，为日后的生态恶化埋下了隐患。

刘世春给记者讲述自流井　　　　　王晓峰　摄

"那时候一心要把经济搞上去，所以实施了大规模的开荒，忽略了生态方面的建设。"刘世春提起20世纪90年代对黄案滩的开荒打井，显得有些痛心。

"举目远望一片沙，大风一起不见家。朝为庄园夕沙压，流离失所奔天涯"，这首广为流传的民谣成了当时民勤县的真实写照。

在各项有力的保护措施地实施下，黄案滩自然恢复区内不仅陆续出现了7眼流着涓涓泉水的自流井，关井压田区域内植被也得到有效保护，出现了以前难得一见的绿色。

民勤县夹河镇人民政府向我们提供了黄案滩自然修复区的相关数据：2006年实施石羊河流域重点治理以来，民勤县累计关闭机井3018眼，压减配水面积44.18万亩。黄案滩是全县实施关井压田最大的区域，累计关闭机井275眼，压减配水面积3.8万亩，同时，严格执行禁止开荒、禁止打井、禁止放牧、禁止乱采滥伐、禁止野外放火的"五禁"决定，裸露的土地日益减少，地表植被覆盖日渐增多。2008年关闭的96眼机井中有7眼自流成泉，芦苇、白刺、梭梭、沙枣等10万亩植被群落逐步恢复。植被覆盖度由2006年的28%提高到现在的58%，区内地下水位平均埋深由2006年的5.4米回升到现在的3.1米。

此刻的黄案滩笼罩在绵绵的细雨中，仿佛蒙上了一层面纱，有朦胧的美感。"我们这地方相当干旱，今天还下了些雨，今年雨水比起往年算是多的了，现在这里环境也好多了，有水了，草木旺盛了，也能看见绿了。"刘队长开心地说道。

人与自然和谐相处是民勤长久以来的命题，只有保护好生态、尊重自然，才能实现从"沙进人退"到"人进沙退"的迈进。

小雨还在下着，自流井还在流着，这样不寻常的民勤场景，让我有了一个决定：明年走西北角，我一定再来这里，二探民勤自流井。

（作者为兰州大学新闻与传播学院研究生；指导老师：甘肃广电总台电视新闻中心主任杨德灵、甘肃省广电总台驻武威通联站站长卢昕；带队老师王晓红、韩亮为兰州大学新闻与传播学院教师）

七年,"琢磨"一条"普康路"

——对话普康集团董事长、兰州大学1994届经济系校友冯淑刚

亓钰　　王彦凯

"我这个人就是爱琢磨。"回顾一路以来的创业历程,冯淑刚这么评价自己。

从重组武酒成为普康集团,到构建普康的研究、生产、营销全产业链,冯淑刚用七年的时间"琢磨"出一条产业融合、扶贫助贫、持续发展的"普康之路"。而如今,这条路正带领越来越多的人摆脱贫困,朝着"普天下小康"的目标前进。

"琢磨"是一种习惯

在重组武威酒业成为普康集团之前,冯淑刚历经了三次事业转折。

由于在做啤酒代理过程中发现了藏酒的市场空白和发展潜力,1999年,他从天津辞职,只身来到武威天祝,并于2002年创办了天祝天池酒厂。凭借对藏酒酿造污染少、品质高的卖点分析,冯淑刚将酿酒事业与天祝藏区文化结合,推出了"藏韵"品牌系列酒,上市第一年就拿下了不错的收益。

然而由于市场定位不够精准,加之贮存条件有限,酒的品质很难稳定,不到两年,酒厂资金链中断。那时他与妻女租住在兰州的一间小房子里,"连喝瓶啤酒的钱都没有"。

谈及那段日子,他的夫人,同为兰大校友的刘健形容为"就是一天一

天、一件事一件事熬过来的"，但冯淑刚很少说苦和难，他说的最多的还是他的思索，为什么会出现问题，哪个环节需要改进。

总结前一次的经验和教训，冯淑刚意识到，品质是酒业的发展保障，文化内涵是酒业的活力来源。2005年武酒集团进行重组，时任集团总经理的冯淑刚接过了这份重担，从品质和文化入手，重新整装推出"雷台""武酒"系列产品，得到了消费者的认可。

冯淑刚戴着草帽向我们介绍他的产业　　　　摄

从辞职创业到酒厂停运，再到接管武酒，每一次的转折都带着重重风险，雕琢和磨砺着冯淑刚的品格，而每一次新生都是他反复琢磨、大胆实践的成果。总结所得、反思所失，对冯淑刚来说，"琢磨"已经成了他的一种常态。

戈壁滩上普康路

2013年，甘肃普康酒业集团成立。在效益稳步上升了三年后，冯淑刚开始琢磨如何提高酿酒业的抗风险能力。他拿出一支笔，画出普康产业发展的"四个箭头"——文化、忠诚度、互联网、酒伴侣。

"喝酒必须要有好的酒伴侣。伴侣是谁呢？喝酒吃肉，当然要有肉！"这是冯淑刚发展养殖业的初衷。2019年，中华人民共和国农业农村部授予普康田园综合体"国家级肉羊核心育种场"和"部级畜禽养殖标准化示范场"称号，人们很难联想到获此荣誉的普康是一个酿酒集团。然而，这看似不相关的两项产业，却被冯淑刚"从需求出发"的思维轻松地连在一起。

方向确定了，如何将想法落地成冯淑刚琢磨的问题。考虑到水源、用地规划和可延展性等因素，他选定了西营河中游的永丰镇作为普康田园综合体的落址地，并派企业的骨干员工进行管理。

难题接踵而至。尽管永丰镇水源相对充足，但戈壁滩广布，难以有效利用。"刚过来的时候，到处都是大大小小的石块，一片荒凉；更不用提我连公羊母羊都分不清，刚到这来的时候真的是要哭了。"张剑霞如今已经是普康养殖的总经理了，说起刚到综合体的经历，当时的辛苦还历历在目。

为了改良土地，冯淑刚请来工程队搬石翻土，还在"五一节"前后组织员工来此植树，如今五年过去，普康田园综合体中果树、绿柳、花海相映成趣。针对养殖技术问题，他尝试请农业学院的学生来养羊，但效果不佳，分析一番之后，他做了一个听起来不可思议的决定——"我们自己来！"以两年为周期，他划分几组进行试验，每天记录羊群的数据，最终得出了能够最好地兼顾质量和效益的方法就是每间羊舍养300只戈壁滩羊。其他诸如饲喂量等也如此进行实验，最终建立标准，进行复制推广。如今羊场已经发展到700亩，每月会有3500～4000只小羊诞生。

"通过实验和大数据分析，建立标准，进行复制，形成模式。"这是冯淑刚在普康田园综合体建设中形成的理念，同样也被推广应用于普康酒品营销、肉品加工、有机肥生产、连锁餐饮经营等多项产业，形成了"普康模式"。

掌声响起来

冯淑刚说，普康田园综合体投入使用后，"普康"除以西夏名酒命名之外，又增添了新的含义——"普天下小康"的胸怀和心愿。

能否把扶贫和盈利统一起来、相互推动，冯淑刚在综合体规划时一直在琢磨。在发展戈壁滩羊养殖中，综合体带领当地农民建设实验性养殖合作社，通过直接提供种羊和饲喂方法的方式，将农民转化为职工，既解决了人员缺口，又带动了农民就地就业，为脱贫攻坚提供助力。"之前种地每年收入也就1万元左右，而今，光我们老两口的收入每年就能达到6万元以上。"毛沟村村民李财年2017年加入养殖合作社，如今已经成为社长，管理着10家合作社的日常工作。"现在可以说，没有缺钱的时候。"说这话时，他的笑容有些腼腆。

"爱是最伟大的力量。"这是冯淑刚2010年提出的一句话，让普康集团督察部部长陈荣洲铭记至今。每个月的"孝老爱亲基金"、针对困难员工的帮扶资金、员工的孩子考大学的鼓励资金、重大

普康田园综合体所获荣誉　　　　摄

疾病援助资金……冯淑刚通过一项项举措将这句话落实到位，"爱"的文化在普康集团遍地开花。

2019年，普康田园综合体，由国家发展与改革委员会、农业农村部等七部委联合审批，成为"首批100家国家农村产业融合发展示范园"。这是来自国家的掌声，表达了对于冯淑刚规划领导的综合体发展的认可。其实，更多无声的"掌声"正透过笑容与敬意从企业员工中、从当地村民中、从许许多多普通人中响起。

"你做的这个产业挺好，除了地方错，什么都没错。"常有人这样与冯淑刚开玩笑。冯淑刚会笑着回应道："养殖和餐饮业像是普康的'面膜'，与酿酒相互拉动，助人自助，对企业可持续发展是有益的。"

与冯淑刚接触久了的人，很多时候会觉得他不像商人，而像一位儒者。而在冯淑刚看来，格局与事业是分不开的，有"普天下小康"的胸怀才能有"普康走天下"的未来。这，是七年来，冯淑刚"琢磨"出来的普康之路。

（作者为兰州大学新闻与传播学院学生；指导老师为甘肃广电总台电视新闻中心主任杨德灵、驻武威通联站站长卢昕；带队老师韩亮、王晓红，为兰州大学新闻与传播学院教师）

笔者手记：

武威的一场夜雨，空气都潮润润的。便是一天没出去，也把电脑放在窗台上，深吸了一口微凉的空气，看一会马路上的车来车往。

记录一下初稿完成时间，7月25日22时26分。近十二个小时的写作让人疲惫，但是写到第二部分之后开始渐入佳境。

实话说，这是我比较怕写的那类作品。这位师兄浑身都是故事，拿出一段经历都能写一篇文章，你可以写他的思维模式，可以写他的融合发展之路，可以写他与夫人的故事，可以写他创业的艰辛历程。但正因为可切入的点有万千个而我只能"取一瓢饮"，所以在规划结构时我一度非常混乱，也推翻过一稿。

写作的过程是对素材的梳理，也是对自己采访过程的反思。我会发现自己对于追问还是稚拙的，在提笔之前对于要写什么没有统筹，所以细节显得不那么丰富，好在补采可以稍稍弥补这部分缺憾，也好在我还是慢慢有了整体的把握。

　　采访这两天所留下的，终于可以随着稿件的完成慢慢地褪去一些紧张的色彩，而重新浮现的，必定是那些平淡却鲜活的景象。不再只依靠视觉，却依然能流淌在笔尖。大块的羊肉，大口的酒；新摘下的西红柿和桃子，稍洗一洗便可放到嘴里；师兄走进合作社，饿了掰几穗玉米那股亲切劲儿；还有困得快睁不开眼的晚上，听到《掌声响起来》的歌声突然涌上心头的感动。

　　也许有些说不清，也许有些无法呈现在文章中，但总会记得的。祁连山下，戈壁滩上，这些关于武威、关于普康、关于农家的体验，再次丰满了我心中的西北。

我在天梯山修文物

赵碧波　王越　史梓茵

　　还未走到13号窟，我们就已经听到了那边传来的"叮叮当当"的声音。

　　见到天梯山释迦牟尼大像的时候，很难不去注意它面前的施工挡板，据我们了解，天梯山石窟的释迦牟尼大像受盐分的影响以及长期的雨水冲刷，在佛脚处形成了酥碱坍塌，破损十分严重，修复工作迫在眉睫。

　　天梯山石窟位于武威城南50公里外的张义镇灯山村，是丝绸之路上一颗璀璨的明珠，它作为我国开凿最早的石窟之一，更是在学术界享有"石窟鼻祖"的美誉，"曾参与修建天梯山石窟的高僧昙曜，后来也参与了云冈石窟和龙门石窟的修建，而且云冈石窟和龙门石窟的艺术风格相似。"在天梯山石窟的副研究员赵旭峰看来，这是天梯山石窟被称作"石窟鼻祖"的有力证明。

　　天梯山石窟的重要历史地位以及石窟的特殊性决定了这个修复工作没有那么简单，而敦煌研究院在石窟修复方面最有权威，所以天梯山石窟整体修复工作是由敦煌研究院的专家负责。

天梯山水库图　　　　　　　王越　摄

　　我们到达天梯山石窟时，

正值早上9点，太阳还未完全升起，石窟旁水库的水面上映着周围的山，偶尔掠过的微风也会在水面掀起涟漪。

顺着通往佛脚的长梯下去，"咔、咔、咔"这种整齐的切割声便越来越清晰，到达佛脚处才发现那是几位师傅切割麦草的声音，高登左手将杂乱的麦草送到切割刀下，右手往下压，就将麦草分成了长短大概一致的小节。"我们这个制作工艺基本还是遵循古法的。"来自敦煌研究院的王俊杰介绍，经过切割后的麦草会跟泥和在一起，这样做的话，泥土的黏性就会增强很多，这种古法修复可以最大程度地保留文物价值。当被问及为什么不用机器裁切麦草时，王俊杰告诉我们"不同的部位对麦草的长短也有不同的要求。"

佛脚最底部需要的麦草可以长一点，但是用在脚面上的麦草就要短一点，这样表面才会显得平滑，采用机器裁切麦草，长度可能就达不到要求，而采用手工裁切的方式，师傅们可以自己控制麦草的长短。我们也在现场看到，高登和王俊杰每裁切完一堆麦草后，会对裁切后的部分进行筛选，对长度不满意的麦草进行二次裁切。

"目前我们还只是在做这个准备工作。"王俊杰介绍，天体山的崖体时间太久，有一些裂缝，下雨之后崖体会有渗水的情况，加之旁边有个大水库，所以天体山的渗水问题比较严重，在对佛脚修复前，要先解决渗水问题。"你听那里面'叮叮当当'的声音，就是在钻眼，方便架网呢。"王俊杰和他的同事们一直在想办法解决渗水的问题，目前还没有具体的解决方案，能想到的最直接的办法就是降低水位，让地面直接下降一米多，然后铺上鹅卵石。

除去佛脚修复，敦煌研究院也负责天梯山石窟壁画的修复。

多次参与壁画修复的李剑介绍说，今年八月将在武威博物馆展出的天梯山石窟壁画就是由他们今年五月完成修复的。

"壁画的修复和佛脚的修

高登和王俊杰正在切割麦草　　　　赵碧波　摄

复工艺不同，侧重点也不一样。"拥有多年壁画修复经验的李剑介绍，佛脚的修复需要将缺失的部分补齐，可能会对形体有一点改变，而壁画的修复则更侧重于加固，不会改变壁画的形体。"如果对壁画颜色进行修改的话，估计我们都要被抓起来了。"李剑说完忍不住笑了起来。壁画经过长时间的变化，会掉落、脱色，但修复壁画并不会填充掉落的颜色，改变原有的色彩，壁画的修复工作主要是颜料加固，还有就是对掉落的墙体进行加固、清扫壁画上的灰尘和鸟粪等杂物。

当被我们问及为什么会选择文物修复这份工作时，王俊杰顿了一下才回答道："我大学时候学的是美术，我对这些都特别喜欢、特别感兴趣。"文物修复对他来说既是工作，也是爱好，从最开始对莫高窟感兴趣，到后来工作中接触到石窟修复，这种兴趣就延伸到了整个石窟的修复，王俊杰觉得自己对这份工作还是很感兴趣的。

释迦牟尼大像的佛脚修复工作于今年6月开始动工，预计年底完成，在佛脚修复完毕之后，敦煌研究院明年初将开始对13号窟的壁画进行修复。"我们做的修复只是减缓文物的受损速度，没有哪项工程是可以永久存在的，它只是时间问题。"高登说道。

中午快十二点时，太阳正强烈，我们也准备离开，回头一看，发现高登一行三人还在裁剪着麦草，而佛脚处的"叮当"声仍萦绕耳边，犹如横亘千里的祁连山脉，绵延不绝。

我们希望，石窟的下一次修复能来得晚一些。

（作者为兰州大学新闻与传播学院学生；指导老师：甘肃广电总台电视新闻中心主任杨德灵、驻武威通联站站长卢昕。带队老师王晓红、韩亮，为兰州大学新闻与传播学院教师）

民勤王老二：卖瓜三十年 练成"三法宝"

景思梦　王葆玥　王姝君

"这是我们民勤的'蜜瓜王'，在我们当地可出名了，你们采访他。"王老二的邻居站在一辆拉满蜜瓜的农运车前冲我们招手道。

2020年7月14日，中午1点，气温是33℃，头顶的天空上没有一片云，民勤县城的路边也没有一棵树能遮阳。我们前面连续问了好几位店家都拒绝采访，一行人正愁眉苦脸商量怎么办时，听到了这句话。

走进"王老二收成蜜瓜直销点"里，我们看到邻居口中的王老二正弯腰从地上抱起顾客挑好的瓜，两大步上前就把30多斤的一袋瓜放进了后备箱里。

王老二原名王伟亮，50岁的他在甘肃武威市民勤县卖瓜30多年，因为在家里排行老二，人又老实诚信，被大家亲切地称呼为"王老二"。

在实体店铺招呼客人、回复微信买瓜的粉丝、打包网店订单、快递发货，王老二一下午忙得停不下来。实体店、手机直播、网店、线上线下，王老二的"卖瓜法宝"已炼成。

第一法宝：实体店

1970年王老二出生在民勤县一个普通的农村家庭，家里兄弟三人，"那时候条件不好，没念啥书，17岁就出来卖瓜了。"王老二回忆道。

刚开始卖瓜的时候，他早上5点拉着一架子车的瓜，步行从村上出发到县城。瓜价便宜，一天下来赚不了多少钱，有的时候就用瓜在县城市场上换些鸡蛋带回家。

5年后，王老二省吃俭用给自己换了一辆手摇的三轮车，"有了三轮车就方便多了，拉得多，又能在县城里开着车到处卖瓜。"王老二笑着说。

2002年，他的生意越做越好，也慢慢有了点野心，想走出县城去外面赚钱，就买了一辆农运车。2002年7月，王老二精心挑选了一农运车的蜜瓜，一路从民勤开到兰州。

"我卖瓜30多年，最委屈的时候就是在兰州的那几天"，讲到此处，王老二脸上的笑容也渐渐消失。在兰州的一个星期里，阴雨绵绵，天天下雨，一车的瓜没人买就慢慢烂掉，王老二打算把烂掉的蜜瓜扔掉，然后准备返程回家。

那天中午下了一场暴雨，马路上都是积水，没有一个行人。

在车里睡了一个星期的王老二，衣服皱皱巴巴的，脸上的胡茬疯长，整个人就像是"霜打的茄子"一样蔫。随便吃了两口馍馍就当是午饭了，吃完王老二就把车开到段家滩垃圾处理场，随便找了个位置，把一车蜜瓜全部倒在这里。谁知"屋漏偏逢连夜雨"，王老二因为乱扔垃圾，又被罚了1000多块钱。

"这次把我弄害怕了，我再也不想出来了，就想在民勤卖瓜。"为了在当地把生意做好，从兰州回来后的第一年，王老二所有的瓜都按照进价卖出，又因为他为人大方实在，让顾客先尝后买，斤数上只多不少，慢慢在民勤县把生意做起来了。

王老二六年前搬到县法院对面，有了固定位置的店铺。

十多平方米的蜜瓜直销点，没有过多的装饰。光秃的水泥地上，右边躺着一袋袋蜜瓜，左边靠墙整齐排列着用来打包的纸箱，墙上被一张巨大的"收成蜜瓜"的绿色广告喷绘贴满。

有了固定店铺，王老二的名气渐渐有了，在老顾客之间，"东奔西跑，不如法院王老二的瓜好"这句话也慢慢流传开了。一下午，店里的客人就没断过。每当客人买瓜时，王老二都先拿出切好的瓜让客人尝，来到店里的每位顾客几乎都按袋来买瓜，多的一下子就能买走四袋，总共将近100斤。

第二法宝：手机直播

王老二的手机一阵震动，打断了我们之间的谈话。"你看，微信上又有人下单了。"王老二打开手机给我们看，然后起身拿起墙边的箱子就去给客人装瓜去了。

自2018年以来，民勤县政府每年举办"蜜瓜节""蜜瓜全网发售会"，通过网红带货直播，电商平台全网销售，将民勤蜜瓜做出了名气，远销全国20多个省（市）。

王老二也紧跟时代，赶上电商的快车。从2017年以来，他就开始接触快手，学习拍视频、摸索直播，同时，也利用微信朋友圈做营销，与本地网红合作。"光靠店铺卖瓜赚不了多少钱，卖瓜也需要一直学习。"王老二边展示他的快手视频边说道。

王老二为记者展示他的快手视频　　　王姝君　摄

两年多时间，他的快手粉丝数、微信好友数均超过1000，每天线上的订单量超过线下的实体店，王老二能在网上把生意做好也是有原因的。

一是瓜的质量有保证。他现在卖的全部都是民勤县收成镇的蜜瓜，这里被誉为"蜜瓜之乡"，因日照时间长、昼夜温差大，所产蜜瓜肉质厚、糖分高、口感好。"你看我黑吧，都是我亲自摘瓜晒的。"王老二指着自己黑黑的胳膊笑道。

每年4月多，他就要跑去收成镇瓜农的瓜地里，挨家挨户地比较，挑选出长势最好的瓜，给瓜农先预付2000元的定金。6月下旬，等瓜成熟后，每周周天他就开上自己农运车，去瓜地里摘瓜，并把这个过程做成视频发布在快手上，让顾客能确确实实感受到蜜瓜的品质。

此外，就是他的人格魅力。和西北县城许多做小生意的男人一样，王老二穿着一条黑色的西装裤，一件深蓝色衬衣短袖，腰间的裤腰带上别了两串钥匙。衣服上沾满了土，因长期暴晒，脸颊颧骨处出现红色的晒伤痕迹，眼角的皱纹里夹杂着劳苦岁月侵蚀的沧桑，脸上经常挂着憨厚的笑容。

就这样一个看上去内敛的中年男人，现在每天晚上，都在快手上直播1

小时。唠唠家常，给大家唱个歌，弹个电子琴，每次直播的时候，还会抽一位粉丝免费送一箱蜜瓜。热情朴实的性格，为王老二吸引了一大群全国各地忠实的老顾客。

现在他再也不用害怕了，足不出户，他的瓜通过网络就能卖到成都、西安、郑州、广州等地。

第三法宝：电商

王老二有一对双胞胎儿子，今年25岁，干什么都在一起。现在两人都在县里银行的运钞车上工作，6月份，两人又一起开始搞电商。

今年因疫情的原因，民勤县的蜜瓜销路受困，王老二的生意也受到影响，往年能一天卖500多箱，今年只能一天卖100箱。为了打通销路，当地政府向各大电商平台发出邀请函，积极探索"直播+网红+电商+线下"的农产品销售新模式。王老二的两个儿子也尝试用电商提升自家的销量。

他们在淘宝店，打单发货，处理售后问题，同时又做起了抖音，系统性地开始运作自家蜜瓜电商生意。通过网络，今天一下午，王老二卖出了3000多斤瓜，大部分发往了全国各地。

"卖瓜从来穿不了一件干净衣服，做苦力的活我来干，儿子做好电脑上的事情就行。"儿子把订单从微信给王老二发来，他就开始挑瓜，一定要选比较硬的瓜，这样的瓜在经历几天运输后到客人手里刚刚好，软硬适中。再为每一颗瓜套上三层保护套，放进箱子里，用塑料胶带黏牢，打好包，等快递员来运走。

"儿子们比我更懂电脑，我以后就给儿子的网店打工。"王老二打包好刚刚的订单，笑着说道。儿子的助力，让王老二对未来的生活充满信心，"等再过两年，两个儿子结婚的100万我就存够了"。

7月，民勤15万亩的蜜瓜全部成熟，产量达到40万吨，有一半通过电商销往全国各地。几乎每一位民勤本地的瓜农，都和王老一样，一边开着实体店，一边在网上卖着瓜。线上线下，能卖掉瓜就是好渠道，通过三种方式，王老二每周能卖掉近5吨的瓜。明天，王老二又要开着农运车去瓜地里摘瓜了。

（作者为兰州大学新闻与传播学院研究生；指导老师：甘肃广电总台电视新闻中心主任杨德灵、甘肃省广电总台驻武威通联站站长卢昕；带队老师韩亮、王晓红为兰州大学新闻与传播学院教师）

专访阿克塞哈萨克族
自治县第一代草原医生木巴拉克

王晓峰

提起木巴拉克，县城中年龄稍大一些的人，几乎每个人都可以讲一段他的故事或他们之间的渊源。

"他是我们县第一代草原医生。"

"他是防疫站站长，带着我们防鼠疫。"

"他在妇幼保健站工作，我的腮腺炎就是他治好的。"

"他的接骨手艺非常好，前几年，我儿子胳膊摔断了，就是他接的。"

这是怎样一位老人，有如此丰富的经历与高超的医术？带着敬意与好奇，2020

木巴拉克接受记者采访　　　　　　　　王晓红　摄

年7月31日，兰州大学新闻学子第十届重走"中国西北角"接力采访活动武威—阿克塞小分队的成员，见到了年逾八旬的草原医生——木巴拉克。

这一天，适逢"古尔邦节"，阿克塞哈萨克族自治县整个县城弥漫着节日的氛围，人们沉浸在吃手抓羊肉、"转房子"的喜悦之中。

"一个人，一匹马，一个医药包，就是一个医院"

"我19岁参加工作，哪个地方需要我，我就去哪里。因为工作的需要，每天奔波在漫山遍野中。你当医生的话，就是这么个情况。"1958年从张掖卫校毕业后，木巴拉克便开始了在草原上的行医生涯。

而这一跑，便跑了四十多年。

在二十世纪五六十年代，居住在阿克塞县的哈萨克族大部分还过着游牧生活，每户牧民家相距最短也要2～3公里，往来的交通工具只有马或骆驼，马的速度相对较快，于是木巴拉克便经常一个人、一匹马、一个医药包，不管春夏还是秋冬，一直奔波于各户牧民和各个牧场之间。内科、外科、妇产科、儿科等，凡是需要医生救治的他全部医治——如同草原上一个"行走的医院"。

阿克塞的10月份最低气温会降到零下摄氏度，1月和12月是最冷的时候，有时气温会低至零下30℃。"遇上这样的天气，大雪封山，只好一手牵着马，一手扒着雪地，向前走。"

在20世纪60年代初期，阿克塞哈萨克族自治县发生过一次大的流感，很多老人和小孩因此丧命。木巴拉克所在的建设乡也不例外，作为该乡仅有的一名医生，他的行程变得更加匆忙，每时每刻都在与死神赛跑。"有的时候，等我赶过去，人已经不行了。我会非常懊悔，如果我能跑得更快一些，也许这个人就能救下。""那时候真的就是白天黑夜马不停蹄，夜以继日，每天都要骑着马子来回跑。不但人经常打瞌睡，连骑的马子都累得打瞌睡，我骑的那匹马子从来都没有磕绊过，就因为疲累，马走着走着也开始打盹。有一次，马子一晃，我险些被摔下来。"

木巴拉克在牧区（后排右二）　　图为受访者提供

那段时间，木巴拉克几乎跑遍了全乡的每一个角落，踏遍了全乡的每一寸土地。

哈萨克族牧民生活中最大的特点就是"转场"（根据季节的变化而转移草场放牧）。根据季节变化，哈萨克族牧民一般每年进行四次大的"转场"，而在不同季节，根据牧业生产需要小规模的搬迁则更加频繁。木巴拉克每年也会跟随牧民相应地搬家。"那时候就是一面自己工作,一面还要帮牧民搬家。阿克塞县是国家重点鼠疫监测地区,有医疗人员下来做研究,我还负责给他们带路、做翻译。"

当我们问起当时每月的工资情况时,木巴拉克笑呵呵地说:"每月30块钱,在现在看来非常少,但我很满足啊!"

奔走于防鼠疫一线

鼠疫因其传染性强、传播速度快、人群易感性强、致死率高等特点,位居甲类传染病之首,被称为"1号"病。阿克塞县有"中国鼠疫菌库"之称,是国家重点鼠疫监测区。由于地处柴达木盆地荒漠与河西走廊荒漠包围之中,阿克塞县的鼠疫疫源地多位于高山、草原、荒漠等人迹罕至地带。

1971年7月,木巴拉克被委以筹建阿克塞县防疫站的重任。从曾经的一个人变成了领导三四十个人,木巴拉克觉得自己肩上的担子更重了。"从吃住生活,到业务学习,哪个同志干得可以,哪个同志干得不怎么样,哪个同志有困难,你都要负责。"

"防疫站不仅仅是防鼠疫的问题,而且工作程序很多,任务很重。每年要消灭多少区域的旱獭,抓多少活体,检测多少血,都是定量的。"

每年的5月至10月是阿克塞县监测区域内鼠疫流行异常活跃期。为防止鼠疫发生,木巴拉克领导下的防疫站工作人员在每年的4月份就要离开县城和家人,进驻到山里,开展灭獭灭蚤等工作。山里的天气变化无常,经常是白天"捂出汗",夜里"冷风刮"。每当夜幕降临,荒凉的大山深处只有这些"战士"在默默坚守着。

"国家非常重视鼠疫防控,成立防疫站的时候,每个人都分配了一匹马。每年4月份骑马上山,等到山上的雪下来了,天气冷了,旱獭睡觉了,我们也该下山了。"面对这样一份随时都有可能被夺去生命的危险工作,

木巴拉克参加"全国鼠疫工作暨计划免疫总结表彰大会"(第二排右六)
图为受访者提供

木巴拉克却显得很坦然。

"我也碰到过难题。"1978年，在距新县城一百多公里的安南坝乡，当地居民发现了一只死旱獭，并马上上报给了县防疫站。出于高度的警觉，木巴拉克马上派出了防疫站的工作人员，并嘱咐工作人员将死旱獭拿到安南坝乡的实验室进行化验。

"结果派出去的这些人，未经我同意，直接把死旱獭拿到县上来。在实验室一化验，发现就是鼠疫。我一听到这个消息，脑子轰的一声，心想完了。如果鼠疫在县城传染开来，那该怎么办呢？"但凭借丰富的工作经验，木巴拉克马上镇定下来，在向上级部门报告的同时，他当机立断，一方面，他把接触过死旱獭的人进行了隔离；另一方面，他和同事冒着被感染的危险，把死旱獭的尸体迅速转移到人迹罕至的地方进行焚烧掩埋。经过连续数天的奋战，木巴拉克和同事们成功防止了疫情的扩散。"所幸没有人传染上"，提起当年的情形，木巴拉克仍然心有余悸。

长期奋战在抗疫一线，面对类似这样的危机，木巴拉克从未退缩。"那时候我正年轻，干劲足，任务完成得多，所以接受的表扬也多，反正没有受到过批评。"如今，阿克塞哈萨克族自治县已在全国鼠疫防控战线赫赫有名，县疾控中心也被国家疾控中心评为全国鼠疫优秀监测点。

妇幼健康的守护者

随着防疫站的工作逐步走向正轨之后，1983年6月，木巴拉克又迎来了新的任务——负责筹建阿克塞县妇幼保健站。

相比于在牧区和防疫站的工作，"妇幼保健站的工作就简单多了，最主要的是每年定期集中两次对幼儿和妇女的身体进行检查，看看有没有得病，得的是什么病，与历年的健康状况相比又有什么变化。"工作似乎变得相对轻松，但木巴拉克却丝毫没有松懈，他最多隔一个月就要下乡到牧区进行巡回医疗，一去便是一两个星期。

在一次下乡巡回医疗时，木巴拉克发现一些女性患有"大脖子病"（甲状腺肿大），这种在如今看来很常见的病症，之前却从未在阿克塞县出现过。木巴拉克马上和同事寻找原因，终于在距离新县城八十多千米的柳城子沟找到病源所在，"由于地处山区，当地农民的生活用水中缺乏碘元素，长期缺碘便会导致人患上甲状腺肿大，也就是我们常说的'大脖子病'"。找到病源之后就好办多了，木巴拉克除了报告上级部门组织当地农民搬迁，还跑遍了阿克塞县的其他地方，对人们的生活用水进行检测，从根本上消灭了"大脖子病"。"以后县里面再也没有出现过这种病。""现在医疗技术进步，人们吃得越来越好，身体健康有了更多的保障。"木巴拉克指着摆满桌子的手抓羊肉、馓子、果盘等开心地说道。

在与我们交谈的过程中，不时有前来"转房子"的人们，来向老人表达尊重与感谢。看到我们在场，他们稍作停留很快便离开了。

从只有一个人的草原医生，到县防疫站的创建者，再到妇幼保健站的创办者，在职四十多年的时间，木巴拉克所做的都是在填补阿克塞哈萨克族自治县防疫事业和医疗保健事业的空白。即使在退休后，他还在坚持为许多慕名而来的患者解除疾痛。

午后的阳光洒在老人家饱经沧桑的脸庞上，木巴拉克继续讲述着他的故事。这不仅仅是他自己的

木巴拉克所获荣誉　　　　　　　王晓峰　摄

故事，更是整个阿克塞哈萨克族自治县的故事，一个民族从游牧到定居，又走向富裕生活的故事。而木巴拉克，则是这个故事的见证者和参与者。

手记：

重走西北角，是一次故事挖掘的过程。以前总喜欢宏大叙事，觉得普通人的生活乏善可陈。西北角之行，使我意识到了自己的局限性。每个人的故事就像一片片雪花，看似相同，但每一片都不一样。走近木巴拉克，就会发现他身上有太多值得挖掘的故事，他的每一段经历、每一个身份标签都值得被详细地记录。

这一路，一直在成长。人一旦走出自己的舒适区，便会看到努力的方向。寻找选题、发现人物、挖掘故事、设计故事结构、选择叙事视角、描写场景和对话、刻画细节、深化主题等，有太多的地方需要去学习！

这一路，需要感谢的人有很多，最感谢的莫过于我的导师王晓红老师，尤其是在本文的写作过程中。从个别的字词，到段落的叙事，

再到行文的结构，老师都详细地做了标注，帮助我进行了一遍又一遍地修改，才有了这篇稿子现在的模样！

所有精彩的故事都具有一种相同的特质，那就是对故事本身的热爱。只要保持一份好奇心，总会有所发现！

（作者为兰州大学新闻与传播学院研究生；指导老师：甘肃广电总台电视新闻中心主任杨德灵、甘肃省广电总台驻武威通联站站长卢昕；带队老师王晓红、韩亮为兰州大学新闻与传播学院教师）

梭梭树上接种肉苁蓉

——记民勤县西渠镇青土湖肉苁蓉种植基地致富带头人何德荣

葛畅　园丁平措

太阳直直地晒着，大地在一片恍惚中似要升起烟来。我们的车子沿着石羊河灌溉总渠，一路北上向着青土湖驶去。

我们这次来青土湖是来寻"宝"的。

"种子是'命根子'"

青土湖是石羊河的最后一站，它坐落在腾格里沙漠和巴丹吉林沙漠的交汇处。在湖区周围，有着大片的梭梭林，而我们要找的"宝"，就长在梭梭树中。经过一上午寻找，我们终于找到埋藏在黄沙下的"宝藏"——有"沙漠人参"之称的肉苁蓉。

湖边的西渠镇，是民勤县肉苁蓉的主要产地之一。

2020年7月22日上午，兰州大学第十届新闻学子重走"中国西北角"接力采访活动武威小分队的两名小记者在林业局（现林业和草原局）领导介绍下，来到制产村拜访有名的肉苁蓉培育能

沙漠中的肉苁蓉　　　　　　　受访者提供

手何德荣——他被称为"沙漠人参"王国中的"元老"。

何德荣今年54岁，面容和蔼慈祥，皮肤粗糙黝黑，但眼睛却很明亮，显得异常精神。听到要采访肉苁蓉，何德荣说："一定要去我的梭梭林场看看，肉苁蓉就长在那里。"

果然与众不同。何德荣的沙场中的梭梭较它周围的同伴显得高大而健壮。三米高的梭梭一棵紧挨着一棵，连成了4600多亩的沙漠林场。在场子边上，有一座看场用的小院，介绍我们来的民勤县水务局水利工程师王希德主任介绍说，这是何德荣种植肉苁蓉的芸丰沙产业农民专业生产合作社。

"伯伯，这些就是肉苁蓉吗？"我们进入院子，指着在棚下晾晒的一层褐色的根问。"那些是今年采的肉苁蓉的种子"，何德荣拿起一根枯枝向地

上敲了敲，一些黑色的颗粒就撒了出来，"一个这样的根，上面有几百个孢子，每个孢子里有八九千粒种子。"

何德荣说，自己在种子上吃过亏。十一年前，他第一次种肉苁蓉。当时他从外地种子商手里买的种子，一公斤八九万元，这个价格在

何德荣边晾晒种子边接受采访　　　园丁平措　摄

学子的呈现——2020年新闻学子重走『中国西北角』新闻作品选

当时算是十分昂贵。辛苦三年后，到肉苁蓉收获的时候。"可下手一挖，什么都没有，十几万元就打了水漂，"何德荣感叹道，"种子就是'命根子'。"

"自从那次吃亏，我们就建了这个院子作为合作社和种子培育所，开始培育自己的种子，"何德荣说，"这样把根和种子堆在一起就是在用根来养种子，这样才能长出好的肉苁蓉。"

"当看到第一苗出土的肉苁蓉，我哭了"

"没有梭梭，民勤县早就被沙子吞了，"何德荣点了根烟，"以前这里还能放牧，都是沙子害的。"

20世纪70年代，随着石羊河上游来水的锐减，加上气候干旱，降水量的减少，地下水位逐年下降，大片植被枯竭，民勤生态环境恶化的速度加快。

"'沙上墙，驴上房''一年一场风，从春刮到冬'这就是对我们家乡

民勤20世纪70年代初的真实写照，"何德荣讲道，"很多乡亲离开家园，流落他乡，真正到了'一方水土养活不了一方人'的窘境。"而何德荣生活的西渠镇更是距离民勤北部最大的风沙口最近的青土湖村镇。长达13公里的风沙线，让这个镇子直面沙漠的侵蚀，百姓的日子也过得特别艰难。

"我不想离开，"何德荣说，"毕竟这是我祖祖辈辈生活的地方。"

怎样才能做到生态治理和增产增收两不误？民勤县农业可利用的土地占总面积的5%，绝大部分都是沙漠和沙化土地，生产、生活用水每人每年只分配500立方米，这不仅满足不了农业灌溉，连基本生活都成了问题。

为了能发展下去，必须保护好石羊河，用好沙化土地。2007年《石羊河流域综合治理规划》得到国务院的批准并开始实施。"我们当地政府部门根据《石羊河流域综合治理规划》的要求，结合民勤实际生态环境出台了很多相应的政策措施：关井压田，退耕还林、还草等，决心将大量的水资源用于生态修复。"何德荣讲道，"经过不断的努力，我们这里的环境发生了根本性好转。但如何兼顾'治沙'和'用沙'，还有很长一段路要走。"

在这条路上，内蒙古阿拉善提供了一个成功范例。阿拉善人民在梭梭树上接种肉苁蓉，既保护了梭梭，又增加了收入。"民勤无论是气候、环境、温度等条件均与阿拉善相近，又同属巴丹吉林和腾格里沙漠地区，为啥我们不去做呢？"何德荣讲道，他曾经向政府部门建议种植肉苁蓉。

正午的日头慢慢过去，天渐阴了下来。过了十几分钟，窗外响起了噼噼啪啪的雨声。"真是一场好雨，"何德荣说，"记得我第一次种植肉苁蓉的那天也下雨了。"

何德荣左手抓了一把肉苁蓉种子，右手拿了一个盆，说道："不能让你们白来，我给你们展示一下肉苁蓉怎么种的。"

何德荣回到沙场，在一个沙丘下停住了脚步说道："这儿就挺好，梭梭喜欢在洼地生长。"他蹲了下来，双手贴在沙子表面，身子几乎伏在地上，像一种原始的仪式。他用了一个多小时，亲手挖开了一个直径约10厘米，深约60厘米的"沙窝窝"，然后把沙与肉苁蓉种子在盆子里充分搅拌混合。粗糙的手捧着细沙和种子，

何德荣刚刚采挖出的肉苁蓉　　　　受访者提供

一点点种下去，最后再亲手把这个沙窝窝埋上。

肉苁蓉种子在地下生长着，开始了它三年的"旅程"。

"当看到第一苗出土的肉苁蓉时我哭了，这是很多人不敢相信也是不敢碰的事，"何德荣激动地说，"在民勤没有肉苁蓉生长的记载，再加上投资大且周期长，种上3年时间才能见到东西，籽种每公斤就9万元。"

之后，何德荣多次带队到阿拉善学习考察取经，并在当年，就在自己栽植的梭梭林上试种了150亩，取得了成功，"虽然出的不多，但证明这个产业我们这里是完全可以做的。"

从2013年到2020年，何德荣获得多次镇里的"治沙能手"和"致富带头人"称号。这些年来何德荣带领的青土湖肉苁蓉种植基地通过不断研究和试验，在防风固沙、肉苁蓉种植、优质种子的培育等方面取得了较大的突破和进展，多项技术通过了国家专利局的认证，带动沙区群众种植肉苁蓉6万多亩地，解决了2000多人的就业问题，创造产值2亿多元。

在他和村民一起的辛勤劳作下，地绿了、腰包鼓了、生活好了。青土湖畔让人发愁的"沙窝窝"变成了村民眼里令人欢喜的"香饽饽"。

巾帼女团的"男团长"

"好好，我马上就来。"何德荣接到一个电话，急匆匆地向合作社赶去。何德荣径直走进了院子左侧最大的一间屋子。进入房间，屋子里坐满了来自周围村镇的妇女。

何德荣笑笑说："刚才接的电话就是村主任让他赶快来上培训班的课，我一忙起来就忘记了。"何德荣不仅是种植基地的带头人，还和当地妇联进行了合作，面向农村妇女开展肉苁蓉种植培训。

"这几年来青土湖肉苁蓉种植基地为我们举办了56场次技术培训班，培养妇女技术骨干1500多人，"妇联的崔爱萍主席介绍道，"2018年青土湖肉苁蓉种植基地还被全国妇联评为'全国巾帼脱贫示范基地'。"

今天的主题是"种子培育"，何德荣用了一个小时讲述了种子培育的重要性、培育方法和注意事项，尤其

采挖肉苁蓉的妇女　　　　　　　受访者提供

是防潮问题。"种子在培育过程中一定要平置在阴凉处，防止种子发霉。"何德荣重点讲道。何德荣整整写了一黑板，"学生"们也在本子上认真记录，整个教室非常安静。

"除了我们自己种，老何收购。我们村的姐妹们还经常去他的基地里打工。种植、看护、采挖，我们一年每人能多拿12000元左右。"制产村的村民聂晓花说。"基地+合作社+农户"的三重发展模式，很大程度上激发了肉苁蓉的经济推动力，给脱贫攻坚注入了源源不断的活力。

下课后，何德荣回到办公室，喝了口水，准备歇一歇。但办公室的电脑却响个不停，他打开电脑，原来是网上来订单了。今年初，因为疫情的原因给肉苁蓉的销售造成了困难，他因此在淘宝上开了网店，通过互联网的方式销售。

"淘宝店一个月能增收不少，现在很多客户都从网上订，不开车过来收了。"何德荣讲道，"说起互联网，给你们看一下这个。"何德荣拿出手机展示青土湖肉苁蓉种植基地的官方公众号"蓉宝宝"。何德荣运营这个公众号两年，制作了30余篇推送，包括图片文字和短视频。"通过短视频宣传肉苁蓉，大家更喜欢，销量增长很快，"何德荣挠着头笑着说，"我现在天天抱着手机都被村里的妇女们说成是'玩抖音的老何'了"。

（作者为兰州大学新闻与传播学院研究生；指导老师：甘肃广电总台电视新闻中心主任杨德灵、甘肃省广电总台驻武威通联站站长卢昕；带队老师王晓红、韩亮为兰州大学新闻与传播学院教师）

苏武沙漠新景观

——夜游民勤天文科普基地"摘星小镇"

王珍　王莹

晚上八点半，摘星小镇的灯光准时亮起。

"好美啊！"身后的人群中发出一阵惊呼。

倏然亮起的灯光点亮了暗夜中的沙漠。向下俯瞰，点点灯光灿若星辰，与夜空中的璀璨群星遥相呼应，远远望去宛如一片光的圣殿。空气已经不那么炙热，但脚下的沙石还留有白天的余温，偶有干燥的风吹过时，还可以感觉到温热的细沙拍打在脸颊上。

这里是甘肃民勤的苏武沙漠大景区，在我们脚下的，就是于2018年10月开始建设，目前处于试运营状态的摘星小镇。2020年7月22日，兰州大学新闻学子第十届重走"中国西北角"接力采访活动武威—民勤小分队一行四人来到这里，体验了这片以"沙漠观星体验"为主题，以"银河"为中心主线的特色景区。

绿色让沙漠不再单调

摘星小镇虽位于沙漠，但环绕在其四周的植物园林给这片沙漠平添了几分生机，使得这里的色彩也丰富润泽了起来。

负责摘星小镇的景观园林的设计和维护工作的，是甘肃省城乡规划设计研究院的设计员张双能，周围人都喊他老张。老张四十出头，肤色黝黑，墨镜戴在头顶，坐在吊椅上直盯着沙漠里的点点绿意，黑色的短袖被沙漠上的风吹得皱皱巴巴。他告诉我们，摘星小镇的园林规划项目是从今年"五一"开始的，植物的选择主要借鉴了武威沙漠公园，栽种了沙棘、芦苇和马兰花等固沙效果较好的沙生植物。

老张有多年的景观园林工作经验，但在沙漠里做设计还是第一次。当被问到在沙漠里的工作有什么不一样时，他眯着眼睛直摆手："那可难得多了。"

在沙漠作业，首先的困难就是定位问题：一望无垠的大沙漠没有参照物，难以进行精准定位，因此需要GPS等技术支持，这也使施工的程序更为复杂。因为沙子的流动性，刚挖好的地形很快会被新沙覆盖。"一方土，八方沙"老张伸出两只手比画着解释，沙漠中的工作量大约为泥土中作业的八倍，更不用说在沙漠中工作还需要对抗巨大的风沙了。

在园林中，有几处自动旋转的植物喷灌头，正源源不断地喷出细小的水柱。老张告诉我们，这些喷灌装置需要二十四小时不间断地工作，所用的水都是来自沙漠的地下水——这里虽然是沙漠，但地下水并不是很深，向下2~3米就可以挖到。在一丛丛小树苗之间，还可以看到鸟雀扑腾着翅膀的身影。老张说，他还见过在沙漠中狂奔的野兔，遇到过沙漠洞中的狐狸。

张双能为记者讲解摘星小镇园林设计理念　王莹　摄

小镇的建筑大多使用地桩式地基，小屋建在地桩上的平台之上。这样的设计可以在保证稳固的同时，尽量降低对生态的破坏；如果以后需要拆除这些建筑，留在地上的只有几个小洞，恢复起来速度相对较快。在将摘星小镇打造得更具观赏性的

摘星小镇特色建筑　　　　　　王莹　摄

同时，也要顾及对当地生态环境的保护，这是整个小镇设计的重要思路。

在沙漠的生态环境之下，植被的成活率远低于正常水平，有时游客环保意识不强，就有可能对他们小心维护的绿化造成伤害。说起这个，老张心疼得脸都皱了起来，"有一次，一个老师带着大概两百多个中学生来玩，一大群小伙子兴奋得不得了，奔跑着就从植被中间横穿过去了。"来不及阻拦，老张他们赶过去时不少植物已经被踩踏得东倒西歪。

"对游客的引导和教育，也是未来小镇发展中要做好的一门重要功课。"老张总结道。

沙漠景观的守护者

遇到摘星小镇的保安陶吉鑫时，他正在园区各处巡视，口罩和帽子将他包裹得严严实实。看见我们到来时，他主动走近，与我们攀谈了起来。

陶吉鑫五十多岁，是当地的农民，家住附近的苏武镇。"我是在网上看到招聘信息，就过来应聘的，现在就在这里做安保工作，已经做了快三个月了。"

民勤三面环沙，可耕作面积少且常年缺水。近几年，当地开始实行土地流转，把土地集中在少数人手中发展特色产业，村民家中可耕作的土地较少，年轻人开始大量外出务工，像陶吉鑫这样年龄较大的村民，除了农忙的时候，其他的时间都闲着，没有工作，也没有收入。

自从来到园区上班，陶吉鑫的生活开始变得忙碌了起来。每天早上七点半，他的身影就开始出现在园区里，对建筑设施进行日常的巡视和检查，同时也对三三两两前来游玩的游客进行引导，避免园区内刚栽植不久的绿植遭到践踏和破坏。中午，他会到离小镇两公里左右的公司食堂去就餐，在项目部的宿舍午休一会儿之后，继续回到园区进行巡视，直到夜晚游客都走后，完成对园区最后的巡查才离开。

陶叔叔告诉我们，景区目前还在持续进行招聘。虽然现在园区内人员较少，但到正式运营之后，这里将需要更多的工作人员。园区的建立一方面使民勤的外来游客越来越多，另一方面也为他们这些留守当地的人员提供了工作机会。

闷热的沙漠里，陶叔叔为我们抱来了好几个民勤蜜瓜，还主动帮我们联系到了晚上回县城的车，提醒我们注意安全。当我们表示感谢时，他只是挠头憨厚一笑："都是应该的嘛。"

沙漠里的夜晚格外荒凉，风沙也大，但是陶叔叔说，每天工作时都会遇到形形色色的游客，这样充实的生活让他的内心感到无比满足。

科普让小镇更具趣味性

摘星小镇主打天文科普的启蒙，同时也兼具科研功能。基地的建设得到了中国科学院以及国家天文台技术支持，园区内设置了大量天文设备，中国科学院的工作人员每月都会来到此地对设备进行维修，对数据进行检测。游客也可以在专业人员的指导之下，通过天文望远镜等设备进行天文观测，体验大漠观星的乐趣。

天文学是国家重点支持的学科，国内外也有众多的天文爱好者。摘星小镇的项目负责人刘鸿霞告诉我们，打造这个项目的目的在于满足更多天文爱好者的需求，同时使其成为科普教育的研学基地。今年上半年，公司已经成功将此项目上报，并通过了审批，成为市科学协会的一个社科研学基地，希望可以通过这个平台吸引更多的中小学生、高等院校学子及天文爱好者前来参观体验。摘星小镇在进行天文知识科普的同时，也是当地经济创收的巨大引擎。

摘星小镇项目的成功建设当然也离不开当地政府的大力支持。刘鸿霞补充道："在推广和宣传方面，政府更是提供了巨大的帮助。"在本地新闻网站和微信公众号上，可以看到不少关于摘星小镇的相关宣传信息。

尽管此时摘星小镇还未正式对外开放，景区内已经有许多慕名而来的游客了。除了本地居民，许多来自外地的游客也会选择在假日到此游览，在放松心情的同时也可以了解一些有趣的天文学知识。

目前，基地的建设已经进入了最后的收尾和完善阶段，并准备结合流星雨等天文景观举办开馆仪式，打造出属于民勤的独特名片和城市形象。

民勤作为中国西北的一个城市，在不断借助自身地理优势和发掘自身自然资源的同时，将生态保护、增加就业和发展经济紧密结合，着力发掘城市发展的内在动力，为城市增添生机的同时，实现经济上的创收。

（作者为兰州大学新闻与传播学院学生；指导老师：甘肃广电总台电视新闻中心主任杨德灵、甘肃省广电总台驻武威通联站站长卢昕；带队老师王晓红、韩亮为兰州大学新闻与传播学院教师）

詹全民三年干出三件大事

——走访民勤苏武缘现代农业创新园

赵永旭　张娜娜　邢颖溢

民勤县有个詹全民，名气大，邻近各村无人不知，无人不晓。今年49岁的他，从2017年开始，三年来一共干了三件大事：其一是建造了31座日光温室大棚，其二是带来了人参果脱毒组培技术，其三是催生了韭黄"戴帽"新技术。

2020年7月23日下午1点，第十届兰州大学新闻学子重走"中国西北角"接力采访活动民勤小分队到达了民勤县苏武镇。

刚刚下过雨的苏武镇生机盎然，五名农工正在一望无际的百亩韭黄地里弯腰锄着草。"今年的韭黄长势强劲，过几日这茬又能收割了。"从地里隐约传来一个磁性浑厚的声音，说着，手机铃声响起，穿着白T恤、黑裤子的一位高大健壮的中年男子——詹全民——从地里走了出来。电话是洽谈韭黄生意的顾客打来的，从詹全民脸上喜悦的表情来看，这单生意又成了。

过去，这样的生意，在这个季节是不会有的。

"农业，是我一直想做的"

2000年，詹全民开始收购农副产品，辣椒、蜜瓜、洋葱、葵花籽等都是詹全民接触的农产品，从那个时候开始，詹全民逐渐地知道了老百姓真正需要什么。

164

2008年詹全民搞起了种业公司，收购、经销，后来还搞自主研发。这一干就是近十年。"到现在回头看，这一切都是天意。不过，农业也确实成了我现在一直想做的事情。"说完，詹全民拿起刚放下的半块蜜瓜，又大口大口地吃了起来。

2017年，詹全民流转村民土地500多亩，开始了他的农业创新园发展之路。

从民勤县东门大桥出发，往东四公里，就是詹全民一手筹建的民勤苏武缘——现代农业创新园。在他成就了这片土地的同时，土地也成就了他的农业梦想。创新园从2017年开工建设，如今已经基本具备了日光温室种植、人参果脱毒育苗中心和砂罐四季韭黄种植基地三大板块。

民勤县人参果脱毒育苗中心　　　　　邢颖溢 摄

詹全民的"三板斧"

在过去，温度难以控制是日光温室种植的一大弊病，受此影响，大棚种植长时间以来难以实现其真正的经济效益；人参果种植也受到种了问题的影响，僵果、畸形果降低了产量和销量；而韭黄种植只能在冬天用麦草覆盖进行培养，一年当中也就只有在冬天才能收割一茬。一心想搞好民勤农业的詹全民突然意识到，想要发展，这些棘手的问题是绕不过去的。

"建造民勤人自己的大棚"

詹全民打破以往政府投资建造大棚的模式，开始自己设计建造。詹全民知道自己的大棚里面缺什么，需要什么，又该如何去考虑设备上的设计，如何才能付出比较小的劳动强度。棚内运送轨道车、喷灌、控温等设备都是结合生产应用的实际建造而设计的。"当年搭建，当年种植，一年的时间就完成了，和以往不一样。"这些都是詹全民多年种植经验之后得出的结论，只有作为一个地道的农民才能知道问题在哪里，困扰在哪里，才会想办法解决。

2017年，现代农业创新园建造日光温室大棚31座。建成后，詹全民把大棚承包给当地20多户农户，一座棚，农户可以实现4～5万元的年毛收入，虽然离预计的8万元毛收入还有一段距离，但在詹全民看来，只要不断地提升技术的优势，不断地降低劳动强度，用不了多长时间就能实现预计的目标。

沙漠边长出致富果

在开始种植人参果的两年时间里，不断出现僵果和畸形果问题，这让詹全民又有了新的担忧。

连续两年，詹全民尝试用不同的管理方法和不同的苗子，结果都无功而返，最终詹全民把视线瞄准了果苗。过去，民勤没有自己的人参果苗，大多是从青海、云南培育之后运输过来再进行种植的，由于水土不服，这些种子让农户每年都难以达到相同的产量，僵果、畸形果的问题也成了最大的困扰。

寻求多部门的技术支持无果后，詹全民在青海农林科学院购买了1万株脱毒果苗。本着发展民勤农业的目标，当时的詹全民向青海农林科学院承诺，如果他们的果苗有效益，会资助他们百分之三十的科研经费。但是受到环境条件的影响，问题依然存在。

第二年，新的转机出现了。

詹全民到云南学习的时候认识了昆明市农业科学研究院的高级农艺师张丽芳，她给詹全民提供的人参果脱毒组培技术真正解决了果苗存在的问题。当年，詹全民就搞起了民勤县人参果脱毒育苗中心，实现了民勤人自己组培种苗的梦想。"如果你能把这个做好的话，就是给老百姓造福了。"从搞农业的那一天开始，这样的"种子"就埋在了他的心里，现在它们终于开花了。

2019年，民勤县人参果脱毒育苗中心基地建成，年育苗规模达208万株，到2020年，预计能达到1500万株，可供应全县约5000座日光温室人参果种植。

韭黄"戴帽"新技术

2018年，詹全民开始种植韭黄。

长期以来，民勤传统的韭黄种植依靠麦草覆盖，后期经多次霜冻营养回根，一年四季只能产一茬。

在贵州学习考察的时候，詹全民发现他们的韭黄都是用一种塑料桶套着的，这样可以实现多茬韭黄的生产。回到民勤之后，詹全民马上尝试把这种技术用到自己的地里。但由于民勤的自然环境条件与贵州相差较大，风大、光线强，塑料桶容易被风蚀破坏，詹全民便想到了将塑料桶通过石灰和沙制作成砂罐的解决办法，一来不容易遭到风蚀破坏；二来还可以保证韭黄的品质。一时间，韭黄"戴帽子"成了民勤的农业热词，而砂罐韭黄种植也逐渐成了民勤的特色农业生产方式。詹全民灵活多变的思路又一次得到印证。

另外，生产砂罐的韭黄遮阴桶生产机器也是詹全民自己设计构思，找人做出来的，"缺什么就造什么。"在詹全民看来，想要因地制宜发展农业，这是最好的办法。

从第一代砂罐韭黄到第四代砂罐韭黄，从最开始的10亩到现在的100多亩，詹全民的种植技术不断成熟，

詹全民和他设计的砂罐韭黄种植基地　赵永旭　摄

规模不断扩大，目前已经实现每年三茬采收，每年亩生产韭黄6000多斤，收入48000余元，预计将带动全县5万亩韭黄产业基地的发展。

要让下一代爱上农业

在詹全民的心里一直有一个担忧——下一代的"农民"该如何培养。

走进詹全民的创新园，在走廊的墙壁上贴着种子的配置表和果苗的培养操作流程，这些属于"技术机密"的内容，在这里几乎都开放共享，在詹全民的观念里，这是一件互惠互利的事。"我的理念就是让大家知道我在

167

做什么，对于产品的推出也是有好处的，大家也可以和我共享，我是这么做的。"

立足民勤，放眼全国，詹全民想的绝不仅仅是个人利益，更是要让整个民勤人民的生活条件能够得到改善。为此，创新园专门成立了实训基地，为本地职业学校的师生们提供了实践锻炼的地方，"为下一代做准备，要让他们热爱农业，从科技创新的角度发展农业。"这是詹全民建立实训基地的初衷。

詹全民有一对双胞胎儿子和一个女儿，三个孩子能考上大学是詹全民最欣慰的事情。儿子不喜欢农业，詹全民只好转向女儿这边。女儿理解父亲，随着父亲去到昆明，在昆明农科院学习了三个多月的农业科技，最终圆满地把技术带回了民勤，在一定程度上成就了詹全民，也成就了创新园。每次说到这一点的时候，詹全民的脸上都是掩不住的笑容。不过谈起人才问题，詹全民还是不由得叹起了气："曾经我的四个'得力干将'都去考村文书了，有两个还考上了。"在很多人的观念意识里面搞农业是没有面子的事情，考个文书，找个正经工作才是正道。

不仅人才流失严重，招聘也是问题。

就在去年，四个面试者中，詹全民招了一个家里条件最差的，心想着或许这个是最能吃苦的，可以坚持下来。然而干了一段时间之后，小伙子没有打招呼就走掉了，詹全民总是想不明白。即便到了现在，他还想找那个小伙子问问清楚，为什么不告而别。

31座变100座

受到詹全民的启发和引领，在创新园继续向东十公里的地方，苏武供港蔬菜基地成立，建成了100多座大棚，它的兴起瞬间让詹全民的31座棚显得"微乎其微"。"我现在真的成了没娘的孩子了，我就是个'末代农民'。"詹全民哭笑不得。

31座变100座，这是詹全民没有想到的，但这也是他打心底里想看到的。

2017年至今，詹全民不断突破农业发展的瓶颈，因地制宜，一年一个变化，为民勤现代农业的发展做出了自己应有的贡献。今年，创新园季节性用工生产队已经有了80多人，乡镇、村里的中老年人均被纳入其中。2020年5月，生产队施工总工时4685小时，实现人均创收3000元。

截至目前，创新园累计带动上百户贫困农户实现增收，户均年收入达万元以上。

民勤，作为传统的农业大县，三面被腾格里和巴丹吉林沙漠包围，发挥地域优势，因地制宜，是民勤农业实现可持续发展的重要措施。韭黄"戴帽子"、蜜瓜"坐凳子"、人参果脱毒组培等一批新技术、新模式的发展，在促进农产品生产能力和品质大幅提升的同时，也增加了农户的收入。以科技创新引领智慧农业，詹全民以独有的方式不断为民勤农业做着自己的贡献。

傍晚七点，离日落只剩一个小时。金灿灿的太阳正悬在不远处的树梢间，韭黄地里的农工刚刚结束了手上的活，从地里出来放下农具，纷纷走上回家的路，我们对民勤苏武缘现代农业创新园的走访也渐至尾声。詹全民送我们离开时，草丛里的蟋蟀唧唧唧地仍叫个不停，他皱了皱眉头，往草丛里瞥了一眼，回身时不经意地说道："我曾经培育过一个向日葵的品种，叫黎莱富，黎莱富谐音'你来富'，寓意你富我富，大家富！"

（文中数据来源：詹全民，民勤县广播电视台微信公众号等）

（作者为兰州大学新闻与传播学院研究生；指导老师：甘肃广电总台电视新闻中心主任杨德灵、甘肃省广电总台驻武威通联站站长卢昕；带队老师韩亮、王晓红为兰州大学新闻与传播学院教师）

在巴丹吉林和腾格里之间以水治沙

——民勤县防沙止漠的独特路径

吕广斌

"干旱的时候民勤的天空是没有云的，所以今天的天气比昨天要好。"森防站的工作人员收起了笑容，"但应该不会下雨。"

今天是 2020 年 7 月 23 日，他站在瞭望塔的下方，面对着西北方眺望。多云的日子里，瞭望塔的影子很淡，看不出太阳的方向，但他依然习惯性地把手遮在眉前，试图越过地平线和梭梭树丛望向远方的雅布赖山。山后，是中国第三大沙漠巴丹吉林沙漠；而他的身后，毫无阻拦的，是中国第四大沙漠腾格里沙漠。

水利局王希鹏股长介绍青土湖的历史情况

吕广斌 摄

这里是甘肃省民勤县，那条流淌在巴丹吉林和腾格里沙漠之间的石羊河，在东北端的青土湖区域便走到了尽头。民勤县以水治沙的努力也随着这条贯穿全县的内流河，从西南的祁连山向更远的东北方延伸。

"确保民勤不成为第二个罗布泊"

"民勤，甚至包括武威，在西汉时期都是浸没在水下的。"民勤县水利局股长王希鹏为我们介绍道。

青土湖是石羊河的尾闾湖。据史料记载，西汉时期县境内有水域面积4000平方公里，史称潴野泽，而当时唯一能与之相比的是长江中游荆江河段以南的云梦泽——洞庭湖。由于气候变迁，它从全国第二大湖泊逐渐变为中华人民共和国成立初期一个70平方公里的内陆湖。1959年，为了缓解农业用水压力，民勤县建起了亚洲最大的沙漠水库——红崖山水库。但这却导致了青土湖完全干涸、水干风起，在两大沙漠的合围下，形成了长达13公里的风沙线和12万亩的流沙。

2001年，时任国务院副总理的温家宝对民勤治沙问题作出批示，首次提出"决不能让民勤成为第二个罗布泊"。2013年2月，时任中华人民共和国副主席的习近平在甘肃视察时再一次强调："确保民勤不成为第二个罗布泊。"

"我们确实离成为第二个罗布泊越来越远了。"森防站的工作人员李志军告诉我们。他站在青土湖边连绵百里的苇丛里，高大的苇丛没到他的胸口，只给视线留下了一点点眺望青土湖的空间。

今天的青土湖已经恢复了26.7平方公里的水域面积，整个地区的旱地面积也增长到了106平方公里。这个数据虽然难以与史书所记载的4000平方公里相比，但是与2010年以前长达51年的完全干涸相比，已经是巨大的改善。

但李志军对此并不抱有过分的乐观："说逆荒漠化是在骗自己，这只能说是暂缓了荒漠化，要做的东西还有很多。"除了防火、观测等森防工作之外，栽种梭梭和草方格沙障也是他平时工作的一部分，红崖山水库持续下泄生态用水也需要治沙造林对水源涵养的配合。他

拍摄小组对治沙造林工作进行采访　　吕广斌　摄

自嘲地表示，这里的森防是一个给自己增加工作量的工作："一是防止树没了，二是防止没树防，不然工作也就没了。"

李志军说："现在的年轻人都爱玩蚂蚁森林，但我估计他们应该想不到自己的树长这样。"蚂蚁森林是支付宝客户端的一款公益行动，用户通过减少碳排放量的消费来在支付宝里养一棵虚拟的树，从而在现实某个地域种下一棵实体的树。而急需防风固沙的民勤，在周边地区共拥有十个种植点。

不同于支付宝页面中显示的参天乔木，这里种植的梭梭树从观感上看更像是一种低矮的灌木，但它确实是货真价实的乔木，一棵成年的梭梭树，可固定十平方米沙漠。梭梭树又称盐木，也正是指他们耐盐耐旱，这是能在沙漠里生存的重要指标。"种别的树不现实，这种环境根本活不下来。"李志平说，"他们能长很高，只是你们看到的这些（梭梭树）很多都还刚刚栽种没有多久。"

他认为近几年人们对于防风固沙有些过于"热情"了——许多梭梭树仅齐膝高，防风固沙的程度有限。但这份过度的"热情"却是绝对必要的。"每年政府安排种植的面积是五万亩左右，民间组织自发的种植大概是一万亩左右，但这里有将近一百万亩的荒地啊！再多种也不为过，总有一天能长起来，总有一天能帮上忙。"

"这是我们民勤的命运河"

村级"河长"叶立福带着我们走向"属于"他的那五公里石羊河。

石羊河国家湿地公园地处民勤县的西南端，但这里的绿意和水声很难让人想象到这是一个距离下游青土湖区域仅有80公里的地方。相比青土湖区域里梭梭这种不及人高的小型乔木，这里的树木几乎是清一色粗壮的大型乔木。

叶立福边走边捡起落在地上的指甲盖大小的沙枣塞进我们手里："这些好多都是沙枣树，九月份果子就长好了。"他笑着说我们来得不是时候，要赶在五六月沙枣花开的时候来，十几公里外都能闻到花香。

从2018年到2019年，民勤县在这里连续举办了两届沙枣花节，它为这个沙漠边陲的小城带来了超乎想象的目光。叶立福怎么也想不到这些为了改善盐碱地、防风固沙的沙枣树会吸引这么多人来到这里，"都是操着不同口音的人，都是全国各地的车牌子，外面的停车场五六十辆车根本装不下"。由于疫情原因，今年的沙枣花节没有办法正常举办，但湿地公园内依然细心管理得没有一点缺乏打理的痕迹。

"这就是我们民勤的命运河。"叶立福走到石羊河边对我们说："这是唯一流经民勤的河流，没有这条河别说经济无法继续，我们根本没有办法生存。"对于民勤来说，"水"是从村民到村长每天挂在嘴边重复的字眼。他半开玩笑半认真地说："要是把你们南方的水都弄到民勤，就不会有撂荒的土地了，经济不一定会比南方差！"

最初他们能为石羊河做的保护很有限，只能依赖避免开荒、关井压田、避免抽取地下水来防止造成进一步的破坏。但 2010 年 4 月 24 日那场全国有气象记录以来最强的沙尘暴让他们彻底意识到了这是不够的。"那是真正的伸手不见五指，我们眼睁睁地看着黑风从西边卷来，能见度是绝对的零。"他一边说着，一边做了一个夸张的"卷"的动作。

工作人员对环境进行打理　　　　李晓乙 摄

单独对河流进行治理是不够的，这是一个"全域的工作"，需要整个地区的所有人一起才能对环境造成改变。从 2011 年开始，在民勤周边集中统一的种植梭梭和草方格压沙的工作开始走向正轨，从那以后他再也没有见过如此恶劣的环境问题。

2017 年，叶立福成了石羊河的村级"河长"，尽管他的管辖河段只有五公里，但他仍然尽职尽责。最初，他并不懂自己应该做些什么，只能靠着步行把这五公里的河段来来回回地巡视；最初，能遇到在这里放牧、用火的民众，但在沟通过之后也再没有出现过。叶立福很少提及对违规行为的处罚，他认为百姓的意识提高了，强制措施并没有什么意义。

这里是衔接石羊河和红崖山水库最关键的段落，而红崖山水库又是民勤保证下游农业用水最重要的水利枢纽。虽然说这里专业的管理人员有十几人，但是平时负责日常巡河维护的也还是附近野马泉村的百姓们。如有必要，他们甚至会亲自下水，走到河中央，进行清污、清理垃圾等工作。

不同于南方，这里今年的汛期尚未来临，面对水流冲击和超过 20 厘米的上涨，他们早已用石头在拐弯处完成了加固工作，其余的位置也将加装木桩。但他坦言，作为百姓的他们力量其实很有限，一些技术上的问题他们唯一能做的只是"观察、发现、上报"，但他们依然会将那些百姓能为石

173

羊河做的事情做好。

7月24日，离开石羊河湿地公园的下午，多云数日的民勤下起了雨。

这场雨很简短，却不敷衍。地面铺上了一层薄薄的积水，水中没有一点与沙土混合的浑浊。夜市广场的民勤居民们举着伞，绕过护着拍摄设备的我们匆匆向前。天上，一道横贯东西的彩虹架在巴丹吉林和腾格里沙漠之间。

雨还在下，水依然在巴丹吉林和腾格里之间流淌。民勤县以水治沙的独特路径让他们告别了黄沙肆虐的岁月，这数十年与风沙艰苦卓绝抗争的硕果也将继续染绿这片希望的沃土。

（作者为兰州大学新闻与传播学院学生；指导老师：甘肃广电总台电视新闻中心主任杨德灵、甘肃省广电总台驻武威通联站站长卢昕；带队老师王晓红、韩亮为兰州大学新闻与传播学院教师）

燕归来：再回文庙讲一次

梁婧　许旻宁　王翔

武威城东南一隅，暖阳下，绿树衬着红墙，成群的飞燕占据一方天空，在这座文庙之上久久盘旋。

文庙之内，雕梁画栋，檐牙高啄，牌匾林立，古树参天。文庙内并无红墙之外的废气杂味与喧嚣，弥漫着些许泥土的气息，只听得虫鸣鸟叫。朱檐碧瓦的建筑中，也有部分屋舍楼阁，抵不住岁月沧桑，褪去鲜艳亮色，尽显古朴雅致。

"我们现在所在的呢，是以桂籍殿为主体的文昌宫建筑群，中院是以大成殿为主体的孔庙，在过殿这里整理衣冠，我们进入正殿。"一众人随着这道声音的指引，移步往前。这清晰又详细的讲解，来自此次文庙游览的讲解员——纪春梅。

纪春梅，甘肃省人大代表、武威市政协委员，她曾是武威文庙景区讲解员。而今天，她依旧是一名讲解员。

武威文庙景区入口　　　　　　　　　许旻宁　摄

"我是本次文庙之旅的讲解员"

春梅身着白色蕾丝花边衬衣、一袭简约黑裙，脚踩一双黑色高跟鞋，一头卷发披于肩，脸上妆容精致，笑容明艳如花。春梅一早便站在门口处作准备，和同事交流事项，继而把头发细微的毛糙抚平，接着面对调试的镜头微笑，测试手里的扩音话筒，一切准备就绪，等待迎接今天的要客。

"欢迎来到武威文庙，我是本次文庙之旅的讲解员纪春梅。"这句开场白春梅不知讲了多少次，不知多少游客在春梅带领下，走过一道道厚重的门，走进文庙悠长的历史文化。今天，春梅如旧淡定开场，为今天的贵客——知名企业家俞敏洪进行讲解服务。

纪春梅讲解结束后与俞敏洪合影　　　　许旻宁　摄

这是一场再熟悉不过的讲解，春梅声色温柔，话音婉转，语速收张有度，把文庙每一个部分、每一座建筑甚至每一件文物，都介绍得井井有条，详细而不失生动。讲话、弓腰、抬手、微笑，春梅表现得沉稳自如，不显一丝差错。

众人簇拥着俞敏洪走出门口，春梅顺利完成了今天的讲解。春梅知道，这也许是她人生中最后一次讲解。

"她是我们退休了的讲解员。我们返聘来的。"握手谈笑中，随行的领导指着春梅对俞先生解释。

"已经退休了？怎么可能退休啊，这么年轻。"俞先生语调上扬，笑着问道。

"啊，我——我已经四十九了。"春梅难得有失态，两手捂嘴向后退了几步，继而呵呵笑着弯了腰。

"我再过来帮帮忙"

送走了游客，春梅也就完成了今天的工作，和同事一路闲聊着回到了院内。在郁郁葱葱的树下有几间红墙矮房，最靠南的一间房，门旁挂牌白底红字：讲解部、志愿者服务站。这间红砖木门，只容有三张木桌的小屋，就算是讲解员的办公室兼休息室了，没有讲解服务的时候，她们就在这里值班和休息。

春梅跨进屋子，入眼的是几张年轻漂亮的面孔，穿着统一的白衣黑裙，笑盈盈地跟她打招呼。年轻的讲解员都围上来，一个个问候春梅，一起翻看俞老师赠送的书，小小的屋子倒是显得热闹。

"我也干了20多年了，现在已经退休快一个月了。我今天是来给人家帮个忙的，因为之前一直在这个单位干着呢，当然感情还在。再一个就是因为俞老师知识渊博嘛，就怕在讲解过程中问一些题外话，害怕回答时出差错。"春梅又恢复了工作时的认真，两手托在身前，站得笔直，对答如流。春梅说她退休了，今天再回到文庙是因为重要接待工作。春梅话锋一转："其实我们新的讲解员也都很优秀的。她们都是刚参加工作的，来也就一个月左右的时间吧，就怕在介绍当中，有一些相关的问题，解答不上来的。所以今天我再回来讲一次。"

准确算起来，春梅在文庙承担讲解工作已经二十三年了。春梅讲述起工作的缘起，脸上也显着笑意。在她们那个年代，上大学是很难得的，用春梅的话来说，"考上大学的人，凤毛麟角。"本是学习经济管理的春梅，因为会说普通话，被领导调来文庙景区，做起了讲解员。

会说普通话，但说得好不好就是另一回事了。春梅显得有些惭愧，摇头否认自己的普通话说得好。但无论怎样，春梅就在这机缘巧合之下，开始了一名文庙讲解员的生涯。

"这是我最大的荣幸"

对于这个工作，春梅很是自豪，"当时啊，我就觉得能在市里这样的单位工作，很荣幸，这是我最大的荣幸。"在当时那个旅游经济还不是很繁荣的武威，景区讲解员这样一个比较轻松的工作确实是个好差事。春梅是幸运的，但幸运并不是资本，春梅知道，再轻松的工作也需要努力。

"我也是在一直不断地学习。在讲解的过程中，我觉得游客就是我最好的老师。'三人行，必有我师'嘛。在讲解的过程中我也在不断地被激励，不断地去学习，提升自己。"春梅深知自己的基础不好，因此对于学习，她十分积极且坚定。在每一次的讲解中，面对不同的游客、不同的问题，都要通过学习来充实自己，今天无法回答问题的尴尬，终会成为明天新知识的增加。

就像文庙中年久失修的老建筑需要修缮一样，讲解员口中的讲解词也要不断地完善补充。"在讲解过程中会出现很尴尬的场景，我也是出现过，不是没有过，"春梅攥了攥掌心，继而坚定地回答："但是很好，学无止境，遇上这种情况，才会更加去努力，更会提高自己。"

不仅如此，作为西北最大的文庙，武威文庙也吸引来很多名人名士，每一次接待对于春梅来说，都是荣幸的，也是开阔眼界的机会。二十多年的锤炼，春梅不论是普通话，还是历史知识与眼界，更是这温婉端庄的气质，都有很大的提升，这些都是她满满的收获。

春梅喜欢这个工作，更喜欢这个环境，"文庙绝对是养文气之地，育人才之所。"在繁华都市能有一方土地古朴静雅，能够瞬间让人静下心来，确实属一乐事。环顾四周，红墙绿瓦，松柏青翠，低头是红砖润土，抬头可见飞燕轻旋，春梅脸上笑开了花。

"专程而来的游客"

回忆二十三年的讲解工作，究竟是怎么坚持的，春梅表示真正梳理起来竟然没有头绪，但春梅讲述了一件在职业生涯中很难忘的事，一个游客的故事。

"是在十多年前，来了一个女士，这位女士从新疆来到兰州去开会，从行程的安排当中，要到河西走廊来一趟，第一站就来到了武威。"作为武威的一张名片，文庙当然是一个不可错过的地方。当时，正是春梅接待了这位远道而来的游客。

在文庙，有一个传统的习惯——孔庙祈福：学子要在文庙拜孔子像，过状元桥，系红丝带，以求成绩优异、金榜题名。春梅讲解到状元桥，就顺便指引那位女士走走桥，替即将考学的孩子许个愿。

许愿的游客不少，来还愿的也不少，在文庙里，这都是极普通的事。但时隔五年的还愿，让春梅深深记在心里。春梅语气一下子激动起来，音量也随之提高："哎，没想到这个孩子还真的考中一所985院校。"春梅难掩喜悦，但随之解释道，"当然这个孩子学习也挺好的。但是在这方面呢，我觉得得有一个信念作为支撑嘛。"春梅微抬手，把视线引向前方架于泮池之上的状元桥——那座承载了无数家长和学子心愿与梦想的石桥。

更让春梅惊喜的是，远在新疆的游客，想来也是很难有机会再来文庙了。但机会总是那么巧合，很幸运，那位女士又一次到兰州。她争取了名额，开完会之后，就自己专程坐火车再一次来到武威，来到文庙，并且找到了当年为她讲解的春梅。"没有想到，真的没有想到哦，算起来时隔五六年了，她来了，还把我找见了，在这个地方专门来还了一个愿，她是专门来的。"春梅有些语无伦次，但话语里满是收不住的欣喜。随后春梅沉默了，稍偏了偏头，抿着嘴角的乐意，眯着笑眼，似在回味那年的那段奇妙的经历。

"我年龄大了，我就不讲了"

尽管不论面容和心态，都无法从春梅身上看出"老"气，但春梅总是强调自己的年龄："我这已经退休了，我没什么好采访的。还是建议采访在岗人员，我的同事们很优秀的，她们比我想说的要多些。"谈及正在进行的文庙另一传统——研学活动，春梅摇摇头，语气轻柔地解释，这些该让年轻人去讲了，年轻人能够更好地交流，让"小姐姐"们去讲可能更好。远处桂籍殿前，孩子们正齐诵《三字经》，稚嫩童声穿过一堵堵厚墙，回响在院内。

文庙新招的三位讲解员"小姐姐"，都是年轻的"90后"，张婕是其中之一。张婕在文庙承担讲解员工作仅一个半月，但业务已经很熟练了，讲解流利详细。比起春梅的端庄，1997年出生的张婕更显活泼，有着靓丽的面容和清脆的笑声，也会直率地表达出一丝对不文明游客的抱怨。

"还是希望各位游客出门在外，对于别人要有基本的尊重。我们不能决定来景区参观游客的素质修养，所以我们尽量提高自己的专业知识。"张婕是这样说的。

"每次讲解，内容是一样的，但是每一次不同的游客提不同的问题，所以需要不断完善和补充自己的讲解内容，每一次讲解都是再上一个台阶。"年轻，意味着更大的活力和更强的学习能力，张婕在学习方面，可并不落后于老一辈的讲解员。

"因为施工，好多燕子

工作中的张婕　　　　　　　　　　　　许旻宁　摄

都飞走了，现在又飞回来一些。"张婕看了看天空说。

文庙内，游客依旧络绎不绝，讲解员一轮又一轮地带领游客游览。

就是不知文庙墙角的数枝梅花，会在什么时候再开？

那些在最美好的季节里，以最美的姿态，用蔚然粉嫩去映衬了这文庙的古砖古瓦，与匆匆游客相遇的梅花。

（作者为兰州大学新闻与传播学院学生；指导老师：甘肃广电总台电视新闻中心主任杨德灵、甘肃省广电总台驻武威通联站站长卢昕；带队老师韩亮、王晓红为兰州大学新闻与传播学院教师）

行走的武威文物守望者

——记武威市博物馆老馆长黎大祥

丁瑾文　游萱萱

"每一件文物背后都有一个故事，每一个故事，都能给你们讲上个几天几夜。"黎大祥爽朗的笑声回荡在我们耳边。

黎大祥今年63岁，退休前在武威市博物馆工作，已经干了整整40年的文物保护工作。岁月在他的脸上留下了痕迹，花白的头发，米白色的灰竖条纹衬衫扎在裤腰里，手里提着一个印有"武威市博物馆"字样的布袋子，给人一种亲近的感觉。

2020年7月23日下午，兰州大学第十届新闻学子"重走中国西北角"接力采访活动武威小分队的两名记者来到了武威市西夏博物馆，见到了黎大祥老馆长。

对于学生记者的采访，黎大祥有点意外。但当聊起文物时，他一下打开了话匣子，精神焕发，如数家珍，越说越有劲儿。

"没有毅力，那地方是蹲不住的"

1978年，刚从武威师范学院毕业的黎大祥被分配到了武威市文管会工作。对于学文科专业的他来说，在文物保护方面还是个"门外汉"。怎么办呢？只有虚心向老文物工作者请教和学习。

当时没有报纸和电话，他学习文物发掘、清理等知识全靠自学。在老

181

文物工作者的带领下，黎大祥坚持用笔记本记录哪怕是最微小的细节——哪个墓葬出土了些什么文物，文物摆放的位置，等等，学习了一段时间后，他逐渐掌握了相关知识。

后来他又跟着省博物馆的考古队在武威市凉州区韩左乡的五坝山松树乡旱滩坡发掘了两年墓葬。"基本绘图，发掘什么的都会做了"，黎大祥皱着眉头说："那时候生活非常艰苦，没有毅力那地方是蹲不住的。"

1980年7月，正值盛夏时节，为了摸清弘化公主的墓葬是否有遗留的文物，黎大祥和武威市博物馆原馆长党寿山决定前往武威市南营乡青嘴湾再次清理弘化公主的墓葬。当时去南营乡的路没有修好，还是坑坑洼洼的砂石路，也没有交通工具。他们坐着武威县水电局的大轿车，轿车棚子上放着他们的帐篷和挖掘的工具，一路颠簸，前往墓葬。

墓葬在武威市南营水库对面的山头上，车无法驶入。到了水库大坝，他们只好下车找村民赶驴车拉他们进去。他们在山坡底下安置好，住的是帐篷，睡的是行军床，吃的是自己带的挂面、小米、鸡蛋、蔬菜和一些蒸好的馒头。"那里天气热不热？我们去的时候买上的蜡烛，晚上用来照亮，结果都化成了一团咯！"在这样艰苦的条件下，黎大祥等人一待就是三个月。期间，他们共清理墓葬7座，整理出土文物100多件，其中光一级文物就有30多件，现在全部在武威市博物馆收藏展出。

"一辆自行车，一双破布鞋"

"黎馆长就骑着一辆自行车，穿的就是那双破布鞋子，到处进行文物普查和发掘的工作。"武威市西夏博物馆馆长张有国说道。

1980年的冬天，原武威县县委书记刘尔能在塔儿湾与村民聊天时，得知有考古发现，第二天一回来便叫黎大祥前去查看。黎大祥下午就骑着那辆飞鸽牌加重自行车从武威南门出发，经过磨嘴子，骑了三十多公里到上河一位支部书记家里。支部书记一刻没停，拿了几双雨靴就带着黎大祥出发。黎大祥清楚地记得："到那个地方就已经黑乎乎的了，河里水就大得很嘛，都到膝盖上面这个地方了。"支部书记带着黎大祥摸黑蹚过河水到达村子后，黎大祥挨家挨户地收文物，"一晚上征下了五六十件文物呢！"第二天一早拉了一驴车，送回文庙，其中的一部分被定为一级文物。从那以后，黎大祥每年都要去一次塔儿湾，雷打不动。

1981年，黎大祥骑着自行车进行文物普查时，在武威磨嘴子墓群的袁礼德老人家里，从厕所缝中取出了袁礼德在山上取土时发现的26枚汉简，是汉代皇帝颁布的"《王仗诏书令》册简"。它的出土引起了考古界的轰动，又经历多次出国展出，后被定为国宝级文物。

1984年，黎大祥得知跟王仗十简一起出土的还有一件汉代的王仗鸠鸟，被武运司司机陆进祥拿走。黎大祥先后4次到他家和单位寻求，最终才将它取回，这件珍宝后来被定为一级文物。这之后在磨嘴子出土的木马、镇墓兽等文物，都是黎大祥骑着加重自行车用装化肥的蛇皮袋子驮回来的。"都是国家一级文物嘞！"黎大祥骄傲地说道，"特别是木马，被用来印过门票的那个，都是我拿回来的。"

"那时候做工作还是非常硬手的"

"我们那时候做工作还是有股硬劲儿的，不硬，工作根本干不好。"黎大祥目光坚定地说道。做文物保护工作需要非常有耐心，正是凭着这股"硬手"劲儿，黎大祥才能取得今天的成绩。

1982年，黎大祥参加了"中国古代史读书班"，经过半年时间系统全面的学习，做了四五本笔记。又因为之前参加过弘化公主墓葬的清理、塔儿湾文物的整理等工作，黎大祥被中国历史文化的魅力深深吸引，"哎呀，这个中国历史不得了，四大文明古国，特别是在汉唐时期，在世界上来说影响多大！"从那时起，他的心里就埋下了文物保护的种子，下决心要好好地干。

1987年，黎大祥参考发掘的墓葬中，出土了一对绿松石镶嵌的金耳环。当时有一只耳环找不到了，黎大祥又将所有发掘过的土用细筛子细致地过了一遍，才将它找到。被定为一级文物的西夏天鹅纹绘花六耳瓷瓮，也是黎大祥花费了半年的工夫，三次上山用细筛过滤发掘过的土才将瓷片找回。

黎大祥的这股"硬手"劲儿不仅让同事敬佩，也让工程队拿他没办法。"黎馆长发现哪个东西非要拿过来，对工程队不依不饶。墓葬清理量大，有前室、后室，需

黎大祥翻看文物图册　　　　　　游萱萱　摄

要清理半个月。有时候我们感觉差不多了，已经塌陷了，可是黎馆长坚持要挖到底，工程队请吃饭，让他不要再挖了，黎馆长坚决不去，还说反正你得给我清理。"张有国激动地说道。

40年的坚守，40年的研究，黎大祥靠着肯吃苦的精神取得了丰硕的成果。他在国家级、省级各类刊物上发表考古研究论文百余篇；调查、清理、征集了大批珍贵文物，极大丰富了博物馆文物藏品；参与修复的雷台汉墓，现已成为发展武威旅游业的重要文物景区；亲自参与主持西夏博物馆的陈列大纲的编写、陈列设计及布景，得到了全国名牌大学以及西夏学专家的高度评价和肯定。

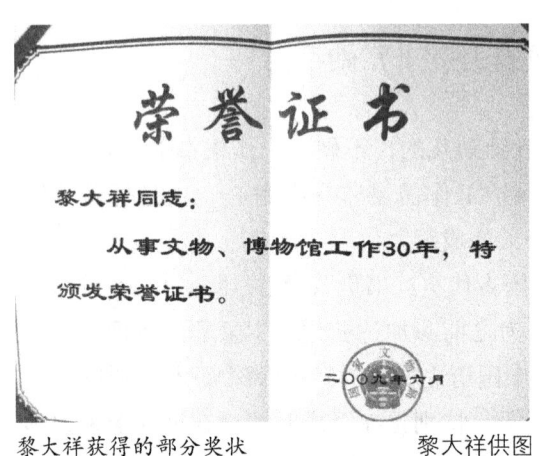

黎大祥获得的部分奖状　　　　黎大祥供图

黎大祥曾任武威市文管会办公室主任、博物馆副馆长、馆长，文博副研究馆员，兼任甘肃省钱币学会理事、学术委员，甘肃省历史学会、博物馆协会常务理事。获甘肃省钱币研究优秀成果一等奖，2009年获国家文物局文物工作30年荣誉奖，甘肃省爱国主义教育工作先进个人。1998年他所在的武威市文管会办公室还获得了"郑振铎—王冶秋文物保护奖"。

退休后的黎大祥虽然已经不在文物保护工作的一线，但他依旧行走在他所热爱的工作道路上。

（作者为兰州大学新闻与传播学院学生；指导老师：甘肃广电总台电视新闻中心主任杨德灵、甘肃省广电总台驻武威通联站站长卢昕；带队老师韩亮、王晓红为兰州大学新闻与传播学院教师）

外村帮工的女人们

——民勤收成乡瓜果交易市场侧记

朱秋蓉　智义娜　张茜茜

2020年7月23日，甘肃省武威市民勤县收成乡瓜果交易市场，小雨、大风。路边卖餐食的商贩说："我们来得不是时候。下雨嘛，人相对来说比较少一点。再有一个是学生，小学生、初中生都没放假呢，你们再晚一点，28或29号来，人可多了。"

但即使是这样，放眼望去，市场内还是熙熙攘攘。

2020年7月23日收成乡瓜果交易市场门口

智义娜　摄

"去那边看看"

王娟系着粉色头巾，穿棕色短外套，口罩随意挂在耳朵上。

收成乡瓜果交易市场每天只有两百名左右的女工能找到工作，而今天，年近六十的王娟正是这二百分之一。此时，她已经忙完了上午的包装工作，

185

坐在台阶上和其他人闲聊，打发这短暂的等待开饭的时间。但她对面的大棚里，女工们仍然忙个不停：套袋、装箱，金黄的蜜瓜在她们手中快速地传递着。

"我们是早上六点多就到了，晚上几点结束不一定，有时候活多了，干到晚上十一二点；有时候活少，晚上六七点就回去了。这些瓜就是运出来又运出去——有的车大，能装七十多吨，有的车小，也就十多吨。"王娟一边说，一边望着驶离市场的载满瓜果的大卡车。

吨，一个巨大的计量单位。在这个瓜果交易市场里，以"吨"为单位的大货车随处可见。然而无论是十吨还是七十吨，这些瓜果多是由像王娟这样的五六十岁的女性来包装，她们甚至还负责一部分的搬运工作。

王娟告诉我们，像她这个年纪的包装女工，一般只能拿装了四个瓜的小箱子，因为"（装）十几个瓜（的箱子）我们摞不上，只能做小瓜，六七十斤的（箱子）我们拿不动。"

"这么重的瓜，怎么都是你们在做啊？男的呢？"

"男的也有呀！只是我们这里好多都是种地的，男的在家种地，女的就出来做点散工，维持家用。"王娟说，"老板要是说有人啦，我们就再找，要是有我们的活，我们就跟着干。"这些散工是自己来到民勤县，主动向老板要来的工作。

就这么干——凌晨五点到晚上八九点，除了吃饭和上厕所，女工们几乎将所有的时间都用在蜜瓜的包装和装箱工作上。在长达一个半月的收瓜季里，这是她们维持生计的唯一途径。

王娟告诉我们，她家里不种瓜，而是种葵花的，眼下葵花籽还没到收的时候，她就从东镇过来做散工。

"我是东镇的。这边打工的全是东镇的，人家种瓜的正忙呢。"话说到一半，屋里的人探出头告诉王娟，饭已经煮好。她起身往屋内走去。在她进去之前，我们问她待会是不是还要去装箱。

"装箱的活，我们找了一阵，没找好。现在饿了，先去吃饭，吃完饭再找。现在这儿没活了，都说有

瓜果交易市场的女工正在包装蜜瓜　　　张茜茜　摄

人啦——"

粉色头巾消失在门帘后，屋内碗筷相撞的声音此起彼伏。

约莫半小时后，我们和王娟在交易市场的侧门又相遇了。这时她已经吃过午饭，口罩也戴好了，正准备坐上离去的电动三轮车。

"这边已经没事做了，我们要去那边看看，去那边看看——"说着她跨上了车。

中午一点刚过，王娟没有休息，也不回东镇，而是直接去找下一份包装瓜果的工作。早上下的雨这时已经停了，风一卷，尘土飞扬。三轮车朝着她所指的方向驶去，带起了一片沙——王娟离开了收成乡。但明天早上，后天早上，直到葵花籽成熟待收之前，她还会来的。

"卖完就走"

刘四姐熟练地把煎饼翻了个面，放上火腿、生菜，有人说多要些辣子，那么她就多放些。她说，这饼她摊了五年了。

"我不是收成乡的人，我们是东镇的人。"

交易市场内大多数的电动三轮车载满了蜜瓜，和那些"大多数"不一样，刘四姐的三轮车上只有一个煎饼锅。她告诉我们，从东镇来到收成乡，这辆红色电动三轮车是她唯一的交通工具，也是她在每年收葵花籽之前的营生——煎饼小摊。

和收成乡不同，东镇人家里种的基本都是葵花。刘四姐告诉我们，九月才是葵花籽收获的季节，这个时间和七八月收成蜜瓜成熟的时间正好错开。这意味着收成瓜果交易市场里人流量最大的时候，东镇人正好有时间来到市场寻找工作机会，挣些钱，为家里补贴家用。刘四姐看准了这个时机。

但实际上，她并没有在这里待很长时间。刘四姐说，她原先是在学校附近开的煎饼摊子，最近学生陆续放假，少有人光顾她的生意，她这才来到这个熙熙攘攘的市场继续这份工作。

刘四姐正在做煎饼　　　　　智义娜　摄

此时正值中午一点，午饭时间已经过去，人们零零散散地出入市场，路过煎饼摊时，只有少数人会停下来买一份煎饼。生意冷清，塑料袋里的食材所剩无几，刘四姐却没有要离开的意思。见此情景，我们便询问她打算什么时候回家。"一点多"她数了数袋子里的火腿肠回答道："一点多就走，这些卖完就走。""这些"是她每天早上购进的食材。

这个忙碌的市场在凌晨五六点时就已经完全活跃起来，再加上从东镇到收成乡的路途，刘四姐需要几点起来准备她的火腿和生菜呢？

我们还来不及问，她就先把装好煎饼的袋子递了过来——那是一双有着明显分界线的手，一面是黄色，一面是黢黑。交易完成，她收回的双手往围裙上随意擦了擦，便继续摊下一个饼，没有停顿。

有人来买煎饼，刘四姐顾着和他们交谈，我们便离开了煎饼摊，在交易市场里继续行进。再回到市场门口已经是中午两点了，那辆红色电动三轮车依旧停在那里，刘四姐还没离开市场。

此时，一阵大风刮过，刘四姐赶紧把自己的三轮车往后移了移，离门口远了些——她担心黄沙混进她的食材里。

她还没走，还要在那儿待上一些时间。

"笑看明天"

"瓜？我可收不来。他们收瓜的，可有一定的'道道子'呢！你没有，你还不会收呢。但你说我这个小店，我弄了十年了，他们弄不来吧？"当我们问起为什么不去和大家一起收瓜卖瓜时，肖敏笑着回答道。

爱笑，是我们对她的第一印象。

肖敏边打电话边制作里脊扒饼　　朱秋蓉　摄

肖敏不是收成乡的人，她是从别的乡镇来交易市场打工的，以一家小型餐车为生，专做里脊扒饼。市场入口处有六个餐铺，和大家一样，肖敏每天凌晨五六点开门营业，忙活到晚上八点，中午累了、困了，就趁没人的时候用帽子挡在脸上，在餐车后面的小躺椅上小憩一会儿。但只要餐车前来了人，一句"要个饼"便把肖敏从躺椅上拽下来，火腿片、土豆丝、辣酱，还没完全清醒的肖敏仍然能有条不紊地往饼里加食材和调料。

这样的日子，肖敏过了三年。但和同样来收成乡打工的女性相比，肖敏仍然算年轻一辈：她的头发乌黑顺直，笑起来时眼周没有多少皱纹，而且大部分外镇务工女性的孩子已经成家立业了，但她的大女儿刚高中毕业，小儿子今年也才初中毕业。

"我孩子，她也在这里面打工。她放假了，过来打工。我们这边的小孩，像你们这么大的哦，特别是男孩子，都骑着三轮车送纸箱。我儿子今年初中毕业，16岁，也装车着呢！前天晚上他们一直装到凌晨三点多呢！"谈到孩子，肖敏笑眼弯弯，语气轻快，说话的尾音也上扬不少。

"16岁就让他打工，舍得吗？"

"咋舍不得嘛。"笑着笑着，她低下了头，"可能你们也不敢想象，你们过的是什么生活，民勤孩子过的是什么生活。"

短暂的沉默后，她又抬起头，弯起眼角："不过现在好了，有这种车车"肖敏的手在空中随意点了几下，顺着她的视线，我看到她无名指上的银戒指，和那些在她眼里象征着"好"的满市场奔跑的电动三轮车。

这时，有人来买里脊扒饼，肖敏立刻把口罩拉过鼻尖，拿刀，切饼，夹菜，放上辣椒面和辣酱，几个动作一气呵成。那人问他收款码在哪儿，肖敏往上一指——收款码贴在"里脊扒饼"的招牌底下，我看到了她的微信名："笑对人生"。

离开收成乡的瓜果交易市场时，已经是下午三点半了，我想起早上商贩和我说，今天下了雨，人少，过几天再来的时候正好遇上学生放假，人会更多。

是吗？我想，即使下了雨，人也足够多了。

（由于受访者不愿意提供真实姓名，本文中出现的姓名皆为化名）

（作者为兰州大学新闻与传播学院学生；指导老师：甘肃广电总台电视新闻中心主任杨德灵、甘肃省广电总台驻武威通联站站长卢昕；带队老师韩亮、王晓红为兰州大学新闻与传播学院教师）

张掖篇

裕固族歌舞：祁连山下的文化接力

明鎏　杨梦甜　乔思颖　莫牧

"裕固族姑娘就是我，姑娘我心中歌儿多"这是裕固族姑娘巴玉姗很喜欢的一首裕固族民歌《裕固族姑娘就是我》的歌词。聊起这些，她有说不完的话。

今年（2020年）35岁的巴玉姗已经跳了二十年舞了。她身材高挑，一米七左右，比我们想象的更年轻漂亮，谈话间始终挺直着腰板，散发着舞者的独有气质。

巴玉姗现在是一名舞蹈老师，教授裕固族舞蹈。

裕固族是甘肃独有的少数民族。主要聚居在甘肃省肃南裕固族自治县和酒泉市肃州区黄泥堡裕固族乡。

在巴玉姗办公室的书柜里，陈列了很多她获得的奖牌奖状。出生在艺术世家的巴玉姗，似乎天生对艺术有

巴玉姗（右一）在接受采访　　　　明鎏　摄

着与常人不同的向往，但父亲巴九录对她更深远的影响，在于让她有了坚定艺术之路的热情和决心。

193

两代人的文化坚守

1970年，巴九录是肃南县文工队的乐队成员，同时还兼着文工队的会计一职。那时，人们把活跃在草原农舍和蒙古包之间的红色文化工作队叫作"乌兰牧骑"。"乌兰牧骑"的队员都是一专多能，巴九录擅长演奏大提琴，会二胡，也是当时非常新潮的贝斯手。

父亲对艺术的追求在巴玉珊心里种下了艺术的种子。巴玉珊从小就在歌舞团的院子里长大，"小时候就看着歌舞团的大哥哥大姐姐跳舞，我自己也是裕固族，所以就特别喜欢裕固族舞蹈。"

儿时的爱好变成了巴玉珊一生的追求。耳濡目染下，13岁那年，她如愿以偿进入了肃南县民族歌舞团。

在进入肃南县民族歌舞团的第三个年头，一个偶然的机会，十六岁的巴玉珊被甘肃省民族歌舞团看中，成为这个省级艺术团体的一员，这一跳就是八年。

随着年龄的增长，巴玉珊渐渐地意识到了裕固族舞蹈的尴尬处境，由于裕固族是人口很少的民族，民族文化传播的力量薄弱，舞蹈尤其如此。

就在她舞蹈之路的黄金时期，巴玉珊选择了辞职。经过两年的考察与筹备，巴玉珊创办了自己的舞蹈培训学校，教授裕固族原生态的舞蹈。

"其实这中间也有父亲对我的影响吧，父亲从我小时候就希望我一直坚持走这条路，也是父亲的影响告诉我做人要不轻言放弃。"

对于女儿辞职创业，巴九录没有怨言，而是选择继续发挥余热，支持女儿追逐自己的梦想。年过古稀，早已退休的他又坐回电脑前，为女儿重新编写整理裕固族原生态曲子。

父亲的恒心让巴玉珊很是感慨："我的父亲在裕固族歌曲的研究方面下了很大的功夫，是我们现在的年轻人没有办法想象的。那个时候他买了一台作曲机，说明书是全英文的，然后他就买了一本很厚的英汉词典，一个单词一个单词的查，硬生生地把说明书给翻译出来了。"

有了父亲的帮助，巴玉珊如虎添翼，不仅不断尝试创新，还吸收了藏族、蒙古族舞蹈的精华，为古老的裕固族舞蹈加入了新的元素。

路在何方?

巴玉姗在肃南县民族歌舞团当舞蹈演员的时候，舞蹈内容表现得自然是裕固族同胞的生活。甘肃省民族歌舞团作为甘肃省唯一的民族歌舞团体，也把裕固族舞蹈作为重点之一。因此巴玉姗多年来一直和裕固族舞蹈保持着"亲密接触"。

如今，在巴玉姗自己的舞蹈学校里，她教小孩子跳裕固族的儿童舞蹈，这些很多都是巴玉姗小时候学过的，小时候跳过的。

巴玉姗做这些的初衷，就是"把古老的民族音乐加工修饰，把古老的裕固族舞蹈教给小孩子，让小孩子也喜欢裕固族舞蹈，把这门艺术传承下去"。她一直都在这条路上探索。

想让更多的人走近裕固族，喜欢裕固族的舞蹈，这个过程艰难又漫长。巴玉姗说："我有一个小小的愿望，就是希望裕固族舞蹈被更多人知道，但说起来很容易，做起来却非常难。"

裕固族被称作"逐水草而居的民族"，伴随着民族的几次迁徙，裕固族形成了独有的民族舞蹈特色。它虽然是甘肃独有的少数民族，但了解这个民族的人太少了。

而且，今天有很多裕固族的年轻人已经不会讲本民族语言了，语言沟通不畅给裕固族歌舞传承带来了很大困难。

"我觉得首先就从小的地方开始，让我们张掖的孩子们去认识裕固族，学习裕固族舞蹈，大的方面呢，就是想让更多人知道，了解裕固族。"

青年一代的文化延续

巴玉姗参与了多次裕固族舞蹈的编排和表演。她特别喜欢在肃南歌舞团表演过的一个舞蹈，叫"裕固婚礼"。

"裕固婚礼"是通过舞蹈的形式呈现裕固族婚礼风俗的一支舞蹈。"在肃南歌舞团的时候是领舞演员嘛，我扮演新娘子，对这个舞蹈情有独钟。"巴玉姗笑着说。

裕固族还有很多类似这种讲述风俗人情的舞蹈，可以称之为一个系列。比如："迎亲路上"描述的就是迎亲路上发生的故事；接下来就是"裕固婚礼"；婚礼过后有"剃头歌"，刻画的是给三岁小孩子剃头的过程。

"现在我所做的可能就这么多，我的主要事业就是舞蹈教育。我身边做有关文化传承事情的人，我都会义无反顾地去帮助他们。"巴玉姗非常热衷于这些事。"比如说我们裕固族的服饰只有春秋装，没有夏装，像现在我的朋友就在进行裕固族服饰的改良，设计适合夏天穿着的服饰。"

二十年过去了，裕固族文化传承早在巴玉姗心里扎了根。

巴玉姗曾经参加过纪录片《祁连山下》的拍摄，这部纪录片是由中共张掖市委宣传部、张掖市广播电视台、肃南县非物质文化保护传承中心、甘肃巴尔斯文化传媒公司联合出品。该片分别从民俗、服饰、语言、祭拜四个方面呈现真实的裕固族，传播裕固族文化。

这部纪录片的拍摄在肃南县完成。肃南县昼夜温差大，"早上去拍摄的场景需要穿比较薄的衣服，当然早上又比较冷；下午又是大太阳，特别热"。一次在沙漠中拍摄，出于拍摄效果的需要，在炎炎烈日下，巴玉姗要在一个沙丘上爬上爬下许多次。"拍完衣服都湿透了。虽然有很多辛苦的地方，但如果能为裕固族文化传承献出一份力，那也是值得的。"

在巴玉姗看来，现在裕固族文化的传播正在往积极的方向发展。像萨尔组合，作为从牧区登上央视一号演播厅的第一支民间艺术团队，已经把裕固族歌舞带向了全国各地，让更多的人知道了甘肃有个全国独有的民族——裕固族。

2019年，巴玉姗编排了一支少儿舞蹈《祁连山下裕固娃》，参加了甘肃省少儿春晚，获得了创作金奖。2020年，她编排的舞蹈《搓鱼儿飘香》在张掖市少儿春晚中获得金奖。

裕固族舞蹈演出　　　　　　　　　　　　巴玉姗供图

"我所做的就是把裕固族的少儿舞蹈多琢磨一些，在传承小舞蹈的基础上自己再去创新，编排一些比较新的舞蹈，让孩子们更加喜欢。"当提到裕固族舞蹈，这个语调柔软的裕固族姑娘眼神中充满坚定，她坚信裕固族文化会得到更好的传承。

巴玉姗把青春年华献给了裕固族文化，让我们看到民族文化传承离我们并不遥远。她从父辈手中接过了文化传承的接力棒，面对裕固族文化的未来，巴玉姗说："我们只是平凡的人，但这些事情总要有人去做的。"

（作者为兰州大学新闻与传播学院本科生；指导教师张华、张春为兰州大学新闻与传播学院教师）

197

崔书记的罐罐茶和浆水面

王建珍　　　张霄

崔荣琪离开家乡已经整整三十年了。

"这茶叶还是过年的时候我回老家通渭县买的，背回来了整整两大箱，一千五百多块钱。"说着，他从茶几下面掏出了一大包茶叶，抓了一点，小心翼翼地放进杯子中，感叹道："还是我们以前喝的味道，没变！"

给我们介绍他的茶叶时，崔荣琪的眼睛里闪着光。

崔荣琪是瞭马墩村的党支部书记。

瞭马墩村位于张掖市甘州区沙井镇以北12公里处，与临泽县鸭暖乡相邻，是1990年响应国家"三西"建设而建立的，以定西市通渭县和白银市会宁县移民为主的整建制的移民村。

沸腾的罐罐茶　　　　　　　　张霄 摄

事实上，在这个移民村子里，依旧固执的保留着喝罐罐茶习惯的人不在少数。罐罐茶是甘肃部分地区古今相沿的一种独特的品茗风俗习惯，因其使用小罐子煮茶而得名。如今却深深地扎根在了沙井镇瞭马墩村。

荒滩上的新家园

1990年3月13日，第一批移民入住"新村落"。与其说是"新村落"，不如说是在荒滩上的几个突兀的土坯房。该村离黑河比较远，土质沙化严重，人均耕地面积少，基础设施和发展基础都处于劣势。然而通过移民村的老乡们整整三十年的努力，以前贫瘠落后的移民村嬗变为了如今全区有名的"四化"示范村。

我们到的时候正值大暑节气，中午的街道上没有多少人，眼前是一条笔直又整洁的水泥路，路两旁是一排排整齐的白墙红瓦房，统一用蓝色栅栏围起来的小菜园分布在房子的两侧。小菜园里有的种了开得正艳的花儿，有的种了西红柿和辣椒，而种的最多的是葡萄，葡萄藤架在家门口，长成了绿色的环形门廊。

崔荣琪为我们讲解村子的历史　　　　张霄　摄

罐罐茶中的思乡

崔荣琪是1990年从定西市通渭县什川乡移民到瞭马墩村的，那时候全乡十几个村庄，只有7个名额，虽说是背井离乡，但"树挪死，人挪活"，再加上国家的好政策，报名的人很多，能选上就极其不易。当时还不到20岁的"小崔"获得了村里唯一一个名额，于是一个人背了碗筷、被褥和半袋子炒面就出发了。

"刚来的时候将近一年都吃不饱饭，多亏了政府给的苞谷（即玉米），自己磨细了就成了口粮。我们第一批移民过来的有60多户人，当时只有四五个小棚子，大家都住在一起，炕上、地下都睡着人。"崔荣琪一边说一边往茶碗里添蜂蜜，"这罐罐茶刚喝的时候苦，估计你们喝不惯，多给你们放点蜂蜜吧。"崔荣琪笑着说。

199

那时候的瞭马墩村附近还都是荒滩、盐碱地，移民过来的村民们只好相互依靠、鼓足干劲。挖沙、换土、平整土地，用手拾，用编织筐一筐一筐的去装土，就这样硬是把荒滩变成了耕地、把荒野变成了家园！

"那时候大家什么都没想，挖个地坑窝窝就能做饭，搭个草棚就能住人，精神都好得很，也不觉得有多艰苦。"崔荣琪笑着说，余光还瞟着炉子上咕咕嘟嘟沸开了的罐罐茶，于是停下话来添茶、加水。

"第二年日子就开始变好啦，国家给打了几口井，地也能种了，政策和帮扶项目都很好。后来村子发展成了种植和制种基地，我们种西红柿、培育玉米种子交售，日子就这样慢慢好了起来，最近这几年富起来就是搞养殖，一头三个月大的小牛就能卖一万多，家家都赚了钱。"崔荣琪喝着茶悠悠地给我们讲述瞭马墩村移民老乡们的奋斗历史。

看到我们在拍摄罐罐茶的照片，崔荣琪笑着起身打断我们说："别拍这个，这个不好看，等我给你们拿个好的。"然后转身去柜子里拿出煮茶的工具，托在手心里让我们拍照，神采奕奕地跟我们介绍："这才是我老家那边真正用来煮罐罐茶的东西，现在都买不到了，而且这电炉子也不行，没有以前的火炉煮得香。"

浆水面中的思亲

崔荣琪是一个人过来的。

"我们那批过来的都是二三十岁的，可能还属我最小，哈哈。"崔荣琪笑着说道，"直到1996年在这边成家后才觉得安定了下来，后来日子好了，才把老母亲也接了过来。"

"今天在我家吃浆水面吧，正宗的浆水面！"崔荣琪接着说道。

其实闻着香味我们一早就看到了厨房里忙忙碌碌的身影，那是崔荣琪的母亲和他女儿正在做浆水面，他的爱人一早就去镇上交白菜种子了，原本计划上学的女儿推迟了一天，在家帮忙照顾牛羊、做些家务、招待客人。

"这边本来没有浆水面，都是我们后来迁过来的才吃，拌着咸韭菜吃，香得很。"崔荣琪笑着跟我们说。

离家在外的人，魂牵梦绕的就是家里母亲做的一碗饭。

吃完饭，崔荣琪给我们看了村子里近几年的照片，有危房改造前后的对比照片，有帮扶单位送化肥、分小鸡的照片，照片中大家脸上的笑容，深深地感染了我们。

下午走的时候，看到街道上几户人家正在摘梨吃，老人们坐在葡萄藤的树荫里，妇女们搬着椅子、踮着脚在树上摘梨，树下两三个小孩在嘻嘻笑笑着打闹。

三十年弹指一挥间，移民村的后代们也逐渐成长了起来，人们摆脱了贫困，个个生活富裕，这个当初的移民村也成了全区有名的"四化"示范村。

在这个时候，我们却想起之前采访崔荣琪的场景，"我来的时候才二十岁出头，老家那边还有人，当然会经常回去看看。"当问起崔荣琪的女儿是这边好还是老家那边好，崔荣琪的女儿腼腆地笑着跟我们说："那边都是大山，我从小在这边长大，还是这边好。"崔荣琪沉默着，没有接话。

（作者为兰州大学新闻与传播学院研究生；指导老师张华、张春为兰州大学新闻与传播学院教师）

李家墩村"扶贫车间"：
打工有了好去处，农民增收有奔头

周红敏　庄艺洁

2020年7月21日下午3点，张掖市甘州区大满镇李家墩村扶贫车间的育苗棚里，一大片绿油油的青笋苗、西蓝花苗和番茄苗井然有序地生长着，系着彩色头巾，穿着花衣服，戴着手套的8名工人围坐在一起，正在剔除多余的种苗。

近年来，甘州区把扶贫车间建设作为就业扶贫的重要抓手，明确扶贫政策，让村民们打工有去处，脱贫增收有奔头，不再返贫。

就业脱贫新路子

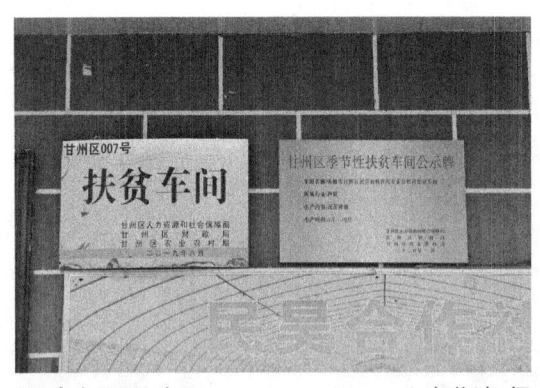

"扶贫车间"的牌匾　　　　　　庄艺洁 摄

在政府文件下来以后，符合条件的合作社就可以申请扶贫车间。扶贫车间推行股份经营、统一管理和利益共享，为建档立卡户配股、鼓励村民入股，以制种产业提质、蔬菜产业扩容、草畜产业上档、节水灌溉增效、劳务产业增量为发展思路，推动产业扶贫。

"大棚用的土地是村民自己的，我们和村民签订协议，每年支付他们固定租金。"李家墩村的第一书记，同时也是甘州区民昊农牧农民专业合作社理事长韦政德说。

扶贫车间有一座4000平方米的育苗中心，有108座钢架拱棚以及4个高效日光温室，总占地面积300亩。育苗中心在3月份开春育苗，8月育苗成功后移植到钢架拱棚。

截至2020年3月，扶贫车间的育苗中心已培育新品种大蒜幼苗13亩，娃娃菜幼苗150万株，其中100万株娃娃菜幼苗以订单培育的方式向周边乡镇、村专业合作社出售，剩余50万株娃娃菜幼苗用于满足本地合作社70个钢架大棚栽种需求。

政府给予相关政策扶持，但并不干涉车间的运营。"采购种苗和销售都是我们自己去联系企业。"韦政德说。

车间建成到今年，提供了多个就业岗位，已吸纳李家墩村建档立卡户16人、其他群众180多人，贫困户月均增收2000元左右。

"不用交钱就有工作，收入还能增加，好！"

"好着嘞，有了这个车间好啊！"杨秋香说，"要不然像我们这样的妇女很难找到工作啊！"

杨秋香家在黑城子村，距李家墩村有4公里。她的老伴卧病在家，两个孙了一个在读大学，一个在读小学。儿了在做农活之余，会去附近的工地打零工。疫情缓和后，她和儿媳妇都到车间来工作。

"去年我就想来，但是当时活少人多，没做成。"今年夏天杨秋香正式"上岗"了。她几乎每天都和同村的人一起来工作。

在接受记者采访的时候，杨秋香正坐在小板凳上用工具挑着育苗筐里多余的青笋苗。这样的工作简单不费力，育苗棚里多是女性在工作。她们埋头挑着小苗，偶尔聊聊天放松一下。

在一个种植辣椒的钢架拱棚里，村民张学成正配合着一个小腿上绑着细绳的工人给辣椒丛"上绳"。"你给每排辣椒的两边都绷上绳，这辣椒就不会长歪了。"张学成蹲在地上转动手里的细绳团，根据搭档走的速度缓慢放绳。

张学成今年54岁，初中学历，由于没有技术特长，年轻的时候就一直在外打工，老了以后就没再出去过。

张学成正在工作　　　　　　　　庄艺洁　摄

韦政德说，"张学成的老伴从来没有打过工，车间建成以后两口子都来这儿工作了。"对于能在车间工作这件事，张学成抬起头说："不用交钱就有工作，收入还能增加，好！"接着又低头转动手里的细绳团了。

疫情防控和生产两不误

"新冠疫情防控期间，工资也是按照平常的标准来发。"韦政德说。

在新冠疫情期间，甘州区为扶贫车间提供经营指导、用工推荐、项目对接等服务。

春耕生产时节，扶贫车间实行分散干活、分区劳作、机械化作业等方式，韦政德表示，"近期，我们合作社一方面搞好疫情防控；另一方面积极复工复产，让贫困户到我们合作社来务工，保证他们在经济上不能倒退。"

疫情期间的政策补贴对象为人力资源中介机构、乡镇的劳务站和输转出去的建档立卡劳动力。同时，疫情防控期间，扶贫车间吸纳本地贫困劳动力且稳定就业半年以上的，按每人3000元的标准给予生产经营主体一次性奖补；稳定就业1年以上的，按每人5000元的标准给予生产经营主体一次性奖补。经认定的扶贫车间（含东西部帮扶省市在我省创建的扶贫车间）跨省区调用原料和成品的运输，对其运输费由省、市、县三级按50%给予补贴。

李家墩村是大满镇唯一的精准扶贫村，有致富带贫的能力，能够吸纳更多的劳动力，再加上该车间运营不久，规模较小，受疫情影响较轻。"我们扶贫车间是三个车间里运营得最好的。"韦政德一脸自豪地说。

（作者为兰州大学新闻与传播学院本科生；指导教师张春、张华为兰州大学新闻与传播学院教师）

"巧手"带动脱贫,"非遗"传承文化

贾雪纯　侯珏昊　李慧娟

2020年,张掖的七月,下午两三点的太阳直逼着人躲到房檐下的小片阴凉处。"我们到里面坐吧。"身着藏蓝色无袖连衣裙的贠燕琴一边说着一边打开了巧手坊的大门,我们走进了她的办公室。

一股浓郁的中药材的味道扑面而来。十平方米见方的办公室里摆着一张放满各种手工制品的办公桌,一个陈列着书籍和奖杯的书架,一张茶几和三张沙发。办公桌旁边有一个衣架,上面挂着一套米白色的正装。进门的角落处的桌子上,还摆放着一台小型缝纫机和一些绣线以及未成形的绣品。

这里安静凉快,燥热的夏天似乎被挡在了门外。张掖市甘州区巧手文化艺术有限公司,坐落于甘肃省张掖市甘州区甘州府城,2019年12月被授予成为"甘肃省非遗扶贫就业工坊"。目前,公司经营着多种手工制品,产品在多个平台上进行了宣传,产品的质量和品位得到不断提升,销路也越来越广。

迈出柴米油盐的生活,走向风云变幻的社会

贠燕琴,张掖市刺绣传承人、张掖市甘州区妇联执委,同时也是张掖市甘州区巧手文化艺术有限公司董事长。但在获得这些身份之前,她曾是

一个相夫教子的家庭主妇。

贠燕琴讲话的语速很快，讲起自己的创业经历更是坐得直直的，整个人都透着坚定和自信。讲述中她渐渐讲起了家乡话，并且总是得双手比画着辅助语言来表达自己的意思。

贠燕琴来自张掖市甘州区明永乡。贠燕琴曾做过函授课程的老师，2004年，本想考取教师资格证的她，在爸妈的催促下成婚，教师生涯也止于女儿和儿子的相继出生。

孩子出生后，贠燕琴发现自己完全成了家庭主妇，每天的生活就是带小孩和给丈夫做饭，她觉得很不甘心。她想起小时候从母亲那里学过些刺绣，"就在家里开始绣花，耐住性子，我就自己绣，绣鞋垫啊，绣十字绣啊，家里面那些花全是我绣出来的。喜欢啥我就自己去绣啥，去琢磨怎么绣，怎么干。"

贠燕琴和她的刺绣作品　　　　　　　　贠燕琴供图

儿子两岁的时候，贠燕琴去找在湖南上班的妹妹玩，第一次看到了串珠做的包，了解了串珠的销售情况，她觉得利润可观。回到张掖后她开始学习互联网，并于2013年开起了淘宝店，开始卖串珠制品。缺少电商经验的她，走了些弯路，生意也没有什么起色。

从无到有，妇联扶持创业

2014年，贠燕琴在丈夫的支持下开了一间只有15平方米的工作室。

2015年，为贯彻落实中央扶贫开发工作会议精神，全国妇联决定在贫困地区妇女中推动开展"巾帼脱贫行动"。这时候，贠燕琴的工作室开了不到半年，村里的书记注意到她的手工作品，建议她拿着手工品找政府。她拿着手工品，辗转找到县里的妇联，而妇联恰好在找这种有技艺的人。

妇联的工作人员参观了工作室后，推荐她参加甘肃省举办的"陇原巧手妇女展销会"。那次展销会，贠燕琴动员了全家来帮助自己赶制要展销的产品，她的手工产品在展览会上大获全胜。"第一次会展，我的东西销量是最好的。"

展览会结束后，甘州区妇联出面帮助她组织相关的培训，负燕琴渐渐成了带动妇女创业的领头人。妇联会出全资支持她带妇女出去参加培训学习，而她的工作室也被纳入了小微企业。

2017年3月，由甘肃省张掖市甘州区政府和妇联牵头，负燕琴在甘州区西来寺巷的门面店挂牌成为甘州区妇女创业创新基地。同年5月，巧手坊在张掖市湿地博物馆的200平方米左右的店铺开业。

也正是这年，巧手坊因为运营不当，产品积压问题严重。房租费用、员工工资和绣娘工资加起来，负燕琴赔了近20万元。她一度有过放弃的念头，但丈夫始终在精神上和生活上支持着她。"但凡是我外出培训，他就不上班了，专职带孩子。"最长一次培训负燕琴走了一个月，家里和店面里的事情都由丈夫打理。

虎头鞋零件刺绣和甘州八景手绘木片　　贾雪纯　摄

甘州区妇联也一直支持着负燕琴的巧手坊，为巧手坊进行宣传，拓宽巧手坊产品的销路。

在负燕琴的努力和甘州区政府的支持下，2018年巧手坊的生意渐渐有了起色。现在，巧手坊拥有甘州府城和西来寺巷两个店铺。

从一到百，带动农村妇女脱贫

巧手坊主要以手工制作带动脱贫，扶持的对象主要是区里建档立卡贫困户的妇女以及身有残疾的妇女。

蒲丽来自张掖市甘州区长安乡，在巧手坊做串珠刺绣工作已经三年了。她说来巧手坊前，她一直在家带孩子，"感觉出不去，出门就是接送孩子，一天就在家也不出去。接触的人也比较少，不愿意出门，是不愿意跟外面的人接触的那种。"

杨爱珍来自张掖市甘州区，她是退休后来到巧手坊学习刺绣。蒲丽成为绣娘是为了能重新融入社会生活，刺绣会让她心情好一些，而杨爱珍是为了修身养性，打发时间来到了巧手坊。绣娘们来到巧手坊有着各自的原因，巧手坊为她们提供了一个交流和赚钱的平台。

巧手坊绣娘的工作时间和地点都十分灵活。针对身有残疾的妇女，巧手坊会到其家中安排绣活，收拿绣品。而针对家庭特别困难的妇女，巧手坊也会特别照顾。

甘州区妇联主席魏冉说："我们想通过这种手段或者说能形成一定的影响，能让更多的闲散妇女做巧手，能通过闲暇的时间做手工挣一点钱，让自己的生活好一点。"

在张掖，尤其农村家庭里，男人多半在外打工。巧手坊带动妇女在家就业，也能减轻留守儿童问题的负担，这也是对妇女权利的维护，扶贫的同时，保障妇女家庭地位的平等。

"非遗+扶贫"

2019年11月，响应国家出台的"非遗+扶贫"的政策，在负燕琴积极地申请下，巧手坊转为省级非遗工坊。2020年5月，负燕琴本人也从张掖市甘州区区级刺绣传承人，"升级"为张掖市市级刺绣传承人。

如今，负燕琴正积极推动巧手坊向非遗工坊的身份转变，对妇女们的帮扶形式也由"手工带动脱贫"转化为"非遗+脱贫"。

负燕琴说，非遗让很多会刺绣的老人知道自己的作品是有价值的，同时巧手坊更加注重对"80后"的培养，促进非遗传播年轻化。这样在帮助妇女们脱贫的同时，也传承了中国优秀文化。负燕琴的大女儿正在上初二，已经可以进行简单的钩织。她希望自己的女儿以后可以继承自己的刺绣手艺，把刺绣文化传承下去。

现在，负燕琴正计划把甘州府城这边的店面改造成非遗手工博物馆，一楼做博物馆展厅，二楼做制作加体验工坊。

尽力而为，奉献社会

疫情突发的头几天，负燕琴一直考虑手工行业怎么支援武汉的战"疫"行动。看到相关报道后，负燕琴决定制作装有冰片、藿香、白芷和佩兰四味中药材的药包捐给武汉的工作人员。

"我们初八开始到初十，做了六百个，经济价值是一万块钱。然后我们就以公司的名义，捐到政府去了。我们这个手工么，只能出这么点力，再大的力我们也出不了。"她爽朗地笑了一下，指了指沙发后面的角落里堆放的蓝色药包。

贠燕琴的书桌前立着一个用于直播的支架。受上半年疫情的影响，巧手坊手工制品的销量不如之前。贠燕琴带领年轻的女工们在网上直播带货，同时甘州区妇联也在帮助巧手坊推广它的产品和非遗文化。

（作者为兰州大学新闻与传播学院本科生；指导教师张华、张春为兰州大学新闻与传播学院教师）

大学生村官李雪：
飞在田间、扬在地头的青春之歌

侯珏昊　李慧娟　贾雪纯

土生土长的山丹县姑娘李雪是一名大学生村官。1993年出生的她，2017年从西北师范大学毕业后带着"为家乡事业发展做贡献"的想法，报考大学生村官并成功选聘，成为张掖市山丹县位奇镇汪庄村村党支部书记助理。

选聘应届全日制普通高校本科及以上学历毕业生到村任职，是我国为更好地支持"三农"工作、培养新农村建设骨干人才及党政干部队伍后备人才而做出的一项重大战略决策。自1995年江苏省实施"雏鹰工程"开始，截止到2013年底，全国累计选聘41万名大学生村官，其中在职"村官"超过22万名，覆盖全国1/3以上行政村。大学生村官是一个颇为庞大、不容忽视的群体。

"你一个小丫头片子啥都不懂"

初到农村工作，李雪满是迷茫和不适。从小一直生活在山丹县城的她，农村生活经验颇为匮乏。而乡村与城市截然不同的社会形态也给她带来巨大冲击。"我一直生活在县城里，对村的概念了解不深。村算是一个集体，一个村过来过去感觉都是亲戚。"李雪说。

相比其他生在乡村、长在乡村的大学生村官而言，李雪对工作"上手"很慢，还因为"女生"和"外乡人"的身份颇受质疑。村里人觉得一个刚大学毕业的小姑娘不可能把工作做好，甚至有人说"你一个小丫头片子啥都不懂"。李雪坦言，刚开始工作时受到很多质疑。

李雪所在的汪庄村是一个由三个自然村组成的行政村，村与村之间的关系较为复杂。三个自然村的姓氏、风俗、习惯各有不同，平日里纠纷和矛盾时有发生，这也给李雪的工作带来不小的挑战。

2018年迎接全国脱贫攻坚工作检查的时候，李雪负责整理自己所在的汪庄村所有贫困户的扶贫资料。汪庄村是山丹全县14个贫困村之一，贫困户数量颇多。最多的时候李雪一个人要负责48户贫困户——而其他村一般只有十几户贫困户。这些资料内容非常详细，包括贫困户户籍人口信息变化、年平

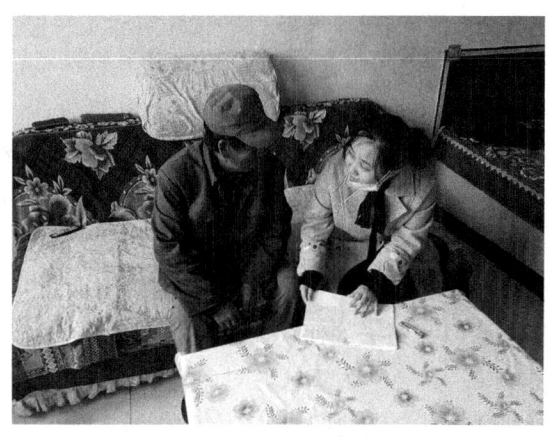

李雪在村民家中走访　　　　　　　受访者供图

均收入、耕地状况、住房面积、帮扶措施等，还需要定期修改、更新，工作量极大。这些资料都是李雪每天晚上熬夜整理出来的。最忙碌的时候，李雪每天晚上都要加班至凌晨两三点，而第二天还要照常上班，"周末和假期要么在镇上待着，要么在贫困户家里了解情况。"

那段时间为了研究一个贫困户的帮扶措施，李雪甚至熬到了凌晨五点。那户贫困户的帮扶措施李雪写了不下十遍，从内容、文字再到标点符号，一遍一遍地修改。"我整个人都感觉要垮掉了，要崩溃。"李雪说起来有些辛酸和无奈。

"这就是我姑娘"

虽然在下乡之初颇受村民质疑，但李雪凭借认真负责的工作态度赢得了村民的信任和好感，逐渐和村民打成一片。谈及如何融入村民时，李雪表示：多去村民家走走。

李雪加了村里所有贫困户的微信，也经常到贫困户家中沟通、摸底，和贫困户关系很好。村里贫困户有问题总会想到李雪，并找她帮忙，有好的消息比如收入提高了的时候也会主动向李雪分享。谈及听到这些消息的感受时，李雪说道："我就感觉特别开心，觉得自己帮到了这一户人。这些

贫困户好像有出路了。"

山丹县是劳务输出大县，很多农村地区70%以上的人口都在外打工，主要务工地点为新疆，所从事的行业多为建筑业和运输业。汪庄村也不例外。很多远在新疆的村民和村子里的老人一样，一有问题都会主动找李雪帮忙。最近新疆新寇疫情反弹之后，一些在新疆务工的村民纷纷赶回山丹县，不知道应该在哪里进行核酸检测和隔离的村民，就会给李雪打电话。

村民打电话时间并不固定，很多时候早上5～6点就会打电话，有时候晚上11～12点也会打电话。李雪甚至在大年初一还收到过村民的来电，当时一对在新疆务工的年轻夫妇在新疆生下宝宝，但由于两口子之前没有交过医疗保险，面临宝宝的医疗费没法报销的问题，就给李雪打电话询问如何补交保险。大年初一的时候很多部门都已经放假休息了，李雪颇费周折地帮他们问到了如何补交医保。最后，4000多元的医疗费，两口子只负担了40%，省了一大笔钱。对此，李雪坦诚地表示："他们有事找我，只要我能帮到的都会给他们帮。"

李雪真诚的服务态度换来了全村人的支持和喜爱。在村子里，村民会称呼李雪为"小雪"或"雪雪"，一见面都会热情地说"雪雪又来了"。而村里的村主任更是表示："这就是我姑娘。"

"我会在我力所能及的范围内提供帮助"

李雪的正式身份是汪庄村村党支部书记助理，也就是所说的"大学生村官"，要负责村里的各项工作，担子非常重。"乡镇工作比较复杂、比较全面，涉及各个方面的工作。脱贫攻坚和党建工作是重点，还有村两委班子选举、农业、医疗救助、养老保险、户籍人口等。"李雪说。

以扶贫工作为例，李雪除了经常去贫困户家走访之外，每年年关返乡潮的时候还会去和打工在外的贫困户沟通，了解这一年的收入情况、政策落实情况、孩子受教育情况等。农村扶贫工作中有一项是产业扶贫，体现在村里老人身上的就是养殖家禽家畜。村里有贫困户想养殖家禽家畜，比如养殖兔子的时候，村里就会利用扶贫资金为老人买好种兔送到家里，以此增加一些额外收入。

村子里的梁国义老人已经70多岁了，也表示希望养一些兔子。但这可让李雪犯难了：老人年纪已经不小了，而且还患有慢阻肺，身体条件并不好，而养兔子又是一项烦琐的工作，李雪怕老人身体再出什么状况。最后和老人沟通之后，李雪理解到老人希望提高收入的迫切愿望，还是帮老人购买了种兔。

村里还有一户贫困户，在李雪帮助下购入50只鸡，每天都能收到30~40个鸡蛋。这些鸡蛋会被送到老人女儿开在县城的商店售卖。每次见到这位贫困户李雪还会主动询问鸡的情况：每天下多少蛋、能卖多少钱。当听到好消息时，李雪会从心底感到喜悦和满足，"我就会感觉特别好。"

最近全国正在开展第七次人口普查工作，李雪挨家挨户查看户口本，核对有无新生人口、死亡人口。在鉴定村民住房是否安全时，李雪会戴着手套，提着油漆挨家挨户做标注。很多村民对医疗保险报销流程不了解，李雪会告诉他们应该准备哪些材料，怎么去申请，来帮助村民省一些钱。对此李雪说道："我会在我力所能及的范围内提供帮助，让他们尽可能享受到最大的福利。"

"我不再好高骛远，眼高手低了"

在基层工作的三年时间里，李雪收获了很多，也成长了很多。刚下乡时，李雪对农业几乎一无所知，"我五谷不分，地里长的东西，除了麦子，其他作物我都不认识"。而在村里待久之后，李雪不仅可以准确识别各种庄稼，如枸杞、土豆、葵花，还认识了黄芪、红花等中药材。同时，土地如何使用化肥、怎样混合、用量是多少，李雪都了然于胸。

在村里，李雪有很多新奇的体验，很多时候也颇有大开眼界之感。以前的李雪以为小羊羔都是食用母羊奶长大的，进村后才知道原来村里的小羊羔和人一样，也是用奶粉、牛奶一点一点喂大的。以前在城里的时候李雪看到的都是收获后的蔬菜，而在农村，李雪则近距离地观察到了蔬菜生长的全过程，了解到各个阶段的形态。李雪不无感慨地说道："我感觉人的基本需求在农村真的是体现得淋漓尽致。"

回首三年来的基层工作，李雪表示："大学的时候我还比较理想，想着做很多事，在村里磨砺三年之后，我觉得只要是我能做的（工作）我都会尽量去做，不再好高骛远、眼高手低了。这三年我从一个学生转变为一个为社会服务的工作者、一个基层干部，为村民提供了帮助，也确实学到了很多。"李雪这样总结自己的大学生村官生涯。

（作者为兰州大学新闻与传播学院本科生；指导老师张春、张华为兰州大学新闻与传播学院教师）

李自鹏的牡丹创业路：
探索农村新产业的发展之道

卢牧远　刘潇鸿　王浩然　肖俊豪

今年是李自鹏的万象牡丹园建成的第六个年头。万象牡丹园位于张掖市沙井镇东五村，占地220亩，全名是"张掖万象天成农业科技发展有限公司种植基地"。在经历了创业初期的挫折后，如今万象牡丹园的发展逐渐稳定，园内已有30万株牡丹，170多个品种。

走进牡丹园中，只见一片望不到边际的花田，屋舍俨然，小路两旁生长着金黄的向日葵，在小雨中显得生机勃勃。

起步多波折

种牡丹的头两年，李自鹏是挺着急的，"这是周期性比较长，但是回报比较慢的一个产业。"他说。

2015年，国务院发布了《关于加快木本油料产业发展的意见》，指出要大力发展包括油用牡丹在内的十二种木本油料植物，力争到2020年建成800个油用牡丹、山桐子、油茶等木本油料重点县，木本油料种植面积从现有的1.2亿亩发展到2亿亩，年产木本食用油增长到150万吨左右。李自鹏当时正想着从部队转业，看准了油用牡丹这个国家政策支持的创业项目，于是一口气租下了220亩地，"一头扎进来，就干这个活。"

"我觉得这是个朝阳产业，以后肯定有发展的。但是真正做起来，不像

214

说的那么简单。"李自鹏说道。

起初，李自鹏把220亩地全部用来种牡丹。他选择的是西北紫斑牡丹，这类牡丹具有结籽率高、抗旱、耐寒的特点，与常见的中原牡丹相比，外形上像一株株长在西北土地上的小树。李自鹏对它们寄予厚望，一开始就投资了330万元进去。

牡丹种植之路远远没有李自鹏最初想的那么顺利。在度过了创业初期的难关之后，他又面临着漫长回本期的煎熬。

油用牡丹果实　　　　　　　　　　　肖俊豪供图

紫斑牡丹每年九月种到地里，三年以后长成小苗，五到六年才能开花结果，这几年里，李自鹏是没有任何收益的。与此同时，园子里一年的基础投入就在60万左右。"现在政府推广大面积种植比较难，难的原因就在这儿。像农民种地，一年一亩地挣一两千块钱，一年收入就够了。但是你把牡丹栽进去，没有收入啊！农民就靠种地来吃饭，没有收入是不行的！"李自鹏向我们解释着，"像我这样大面积地经营，一般人肯定还是不愿意投资的。"

副业初尝试

李自鹏很快开始调整自己的经营策略。他把牡丹种植面积砍了一半，另外110亩改种单年收的作物，"长短结合，总年收入在40万左右，就可以赚得开了"。此外，在政府推广"林下经济带"的政策影响下，他发展了一些副产业，栽一些花果树，既可以给牡丹遮荫，也可以卖果树、果子获得收益。在屋后，他又养了许多生态土鸡和兔子。

聊起自家的鸡，李自鹏神态自怡："我这里的鸡，从今年一月份到现在生长了七八个月了，全吃的是草和虫子，这地里面又不打农药。现在周边农户都知道这鸡，都来买。"中午吃饭时，他邀我们品尝自家刚宰的鸡，肉质鲜香肥美，骨架大，连鸡爪都比普通鸡的爪大上不少。李自鹏想给这些鸡打造一个专有品牌，叫"万象牡丹生态鸡"，以后和园里的其他农产品一起，通过电商销售。他说："现在张掖每个村子都有电商了，电商是必走的一条路，下一步肯定要走这条路。"

2018年，李自鹏又生起了把产业园与旅游观光相结合的念头。离牡丹园不远的地方，有一座灵隐寺，他注意到每到农历四月初八，来灵隐寺参加寺庙活动的人很多，于是去年四月初七的晚上，他发了一条宣传万象牡丹园的朋友圈。没想到第二天果有奇效，"一天就来了几百人"。

让李自鹏烦恼的是园子的基础设施不够完备，"留不住人"。附近通往牡丹园的312国道正在修路，尘土飞扬；园子里也多是土路，一到下雨天便泥泞难行。他打算等路修好了，再做一个"爆发式"的宣传。"在还没有完善的情况下做宣传的话，得不到想要的，反而负能量比较多。"李自鹏说。把基础设施修建好以后，他计划打造一个农家乐，大力宣传，供外面的游客来这里赏花、烧烤、娱乐。

"打铁还需自身硬"

李自鹏军人出身，是个扎实稳干的性格。对牡丹花进行深加工可以赚钱，但只要还不够深加工的条件，他就不做，也看不上所谓"套品牌"的做法。

他此前参观过一个"万亩牡丹园"。据李自鹏说，那个牡丹园种植的牡丹很少，窄窄一条约有200米，其他地方则被一个巨大的展馆占满了，展馆内出售各种类型的产品，如：牡丹油、牡丹花茶的延伸产品。小小一瓶牡丹油，就能卖到300多块钱。"我说你这产品怎么来的呢？全是从菏泽、洛阳批发回来的，套上自己的品牌。"说到这里，李自鹏的语气有些激动，"你做都没做，主导思想已经偏离了正常轨道。你现在就想着盈利，就想着通过其他手段来把你自己的企业做大——我觉得还是应该先把基础做稳当。"

兰州一家公司提出要给李自鹏报一个高新技术产业的国家补助，补助资金有40万，李自鹏拒绝了。他不乐意自己申报的盈利额是"纸上谈兵"。

"没有实实在在地做，我拿着这40万，我心里面也不心安呐！我以前就带兵的，你不能糊弄，我把你拉上去，你能打仗吗？你首先要自己做实在！'打铁还需自身硬'，自己不硬了，光吹牛你能干点啥？"

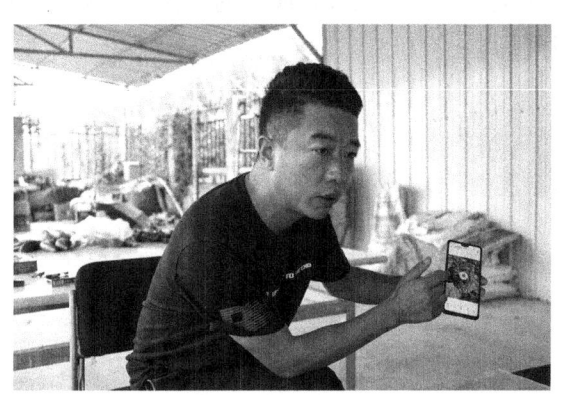

李自鹏向记者介绍园中的牡丹品种　　肖俊豪供图

李自鹏不喜欢弄虚作假。所有留作宣传的材料，全部是他在基地里实景拍摄的，有牡丹花盛放时的五彩缤纷之景，也有收获后晾晒干花的灿烂缤纷之象。他出身农村，对土地有一种特殊的信任的感情："有土地，是你的一颗定心丸，只要你肯干，地里面肯定会出东西的。这是很实在的。"

"实在"，是他频繁提到的一个词。

"一年肯定比一年好"

万象牡丹园所在的沙井镇东五村，2015年被列为张掖市65个贫困村之一，经过政策扶贫、土地流转，村里一些农民的土地被承包了，便有了剩余的劳动力。为响应政府的脱贫政策，李自鹏跟合伙人一起，让工头把这些剩余劳动力集中起来，到他的牡丹园里做工，工资比较高，一人一天在150～200元之间。"说实话，农民打工肯定要到像我这儿大一些的地方，有实力的，付得起工资的，不然他干了半天活，要不上钱啊！有些地方不要的，上了六十岁的人，我们这儿也完全都可以用。"能为当地的脱贫攻坚贡献一份力量，李自鹏也十分自豪。这几年，东五村在产业脱贫的助力下，正发展得越来越好。

经历了创业初期的焦虑，现在李自鹏对牡丹园未来的发展很有信心："去年我心里面就稳当得多了。刚开始想回本，比较着急。但换个角度来想，怎么做长、做大、做强？循环经济怎么循环？就慢慢摸索呗，一年肯定比一年好。"

牡丹花田的入口处有一块未经雕琢的石头，是李自鹏前几天刚运过来的。他打算在石头上镌刻"万象牡丹园"的字样，待游客到这里观光浏览，可成为一个醒目的标志。

（作者为兰州大学新闻与传播学院本科生；指导教师张华、张春为兰州大学新闻与传播学院教师）

过路客的"充电站"：丁叔和他的"新"餐厅

郑星月　詹玉姣　张文青　田然

2020年4月，甘肃省张掖市普家庄的丁叔在村子里新开了一家餐厅，主卖卤肉和西北面食。但事实上，新店不"新"，这锅老汤，已经"熬"了四十多年。

事情还得从丁叔的爷爷说起。丁叔的爷爷是城里人，为了生计迁到离张掖城二十公里的普家庄，在路边卖起了卤肉和面食。具体是哪一年，丁叔已经记不清了。"我那时候年纪太小了，记不住事儿，只记得还没开始大包干呢！后来，爷爷的手艺传承给了父亲，我便开始打下手。从14岁就开始帮忙，我今年快五十了，干了半辈子。"丁叔看着卤着肉的大锅，回忆起过往，不免感慨。

"老汤"遇上"新建设"

这口锅在丁叔的手里就换了三个地方。

丁叔的第一家店在张青公路上，当年这条公路穿村而过，丁叔说，这是通往青海的唯一一条路。后来修建227国道，餐馆也就跟着路走了。丁叔站在店门口，指向村头，"我第二家店就在那里，就是前面你们来的地方，现在建成了博物馆。"那家店时间也最长，从1990年开始经营一直到去年才关掉。

2018年普家庄吹响了建设新农村的号角，进行人居环境改革，丁叔的店这才第三次搬到了现在的地方。丁叔告诉我们，他是村子里第一批带头进行村容改造的人。"房子破了，政府补贴帮着你盖房，这不是一举两得的事吗？"

新开张的餐厅门店不大，但内置却像模像样。餐厅共有两层，一楼用来营业，被分成了大厅、隔间和包间三个部分。二楼则用来居住，这样工作生活为一体的设计，也使丁叔一家的生活起居变得更为便利。

丁叔扬了扬下巴，示意我们看向楼上："尤其是新改的这个厕所，干净整洁，像我们小娃子，以前的旱厕都不乐意上了，嫌苍蝇多得很。时代变了，不能光想着赚钱，要想想以后的生活。"丁叔说笑道，"现在村子里环境这么好，以后养老还是舒服得很。"

"能帮一把是一把"

要说起来这家餐厅最独特的地方，是它的地理位置。普家庄依傍在227国道边上，司机们把这儿当成歇脚的地方。也正因此，比起村子里的食客，丁叔店里的客人大多是过路客。丁叔扳着指头数着，"青海的、山西的、河南的、四川的，最远的还有厦门的。"

丁叔说，这些过路客不停地在路上奔波着，有不少还是大车司机，运菜、运粪便，运什么的都有。这么多年过去了，有一位过路客仍然让丁叔记忆犹新。

这位过路客来自青海，从张掖运了大量的蔬菜准备返回时发现钱包丢了。"当时没有手机支付，他着急得很呐。"丁叔二话不说，没要任何的欠条或票据，给这位客人提供了饭菜，临走时还打包了点肉带走。

丁叔没打算要这笔账。谁料，不到一个星期这位食客就找来了，如数付给了丁叔饭钱，还送了丁叔一个录音机。"那可是当时的宝贝！"丁叔咂了咂嘴，"事实上，他们也很艰辛。"

这些司机常年在路上奔波，类似的事情有很多，丁叔说能帮一把是一把。有时候走得匆忙，过路客们的东西也时常落在店里。"但凡我看见了，我都给收起来。不管隔多长时间回来找，都在。"也因为这样，丁叔的家里珍藏着许多锦旗，都是过路客们送的。

"我的店回头客很多"

晌午，原本冷清的小店人气突然旺了起来。吃客大多是西北汉子，操着一口方言，"老板，一碗炒炮，半斤卤肉！"

"好嘞！"丁叔应了一声，利落地从锅里夹出一大块肉，放在秤上称了称。确认过重量后，用刀切成五毫米左右的厚片，一股脑儿地把肉撮进案板边上的小铁盘里。

没几分钟，面也上桌了。西北人豪放，一碗面，一碟肉，几瓣蒜，一餐饭就结束了。

丁叔的餐馆没几样菜，只有基本的西北面食和卤肉，但回头客却特别多。"但凡路过，只要车进得来，他们绝对会进我的店里吃上一口。"说到这里，丁叔有点骄傲，"饭菜多不重要，精才行。我只有十种菜，十种菜都好吃，这才留得住人。"

丁叔给客人夹肉　　　　　郑星月　摄

丁叔每天早上六点起来煮肉，到中午差不多就能吃了。一天能卖三四锅，有的过路客觉得好吃，经常给家里人带点回去。"面食可能有人吃不惯，但你一说新沟卤肉，大家都爱吃。"

至于这锅老汤还熬不熬得下去，丁叔不强求。"娃们都有自己想干的事，开心就行。"

（作者为兰州大学新闻与传播学院研究生；指导教师张华、张春为兰州大学新闻与传播学院教师）

校地共建助力地方发展
产学研融合解开牧草"密码"

汤文婷　李秉霖　崔宝月　王耀军

2020年7月22日，大暑时节。兰州大学新闻与传播学院"重走西北角"活动的部分学生记者，慕名走进兰州大学临泽草业科学观测研究站，探访驻站研究人员改造当地盐渍化土地、成功种草养畜的"秘密"。

河西走廊，自古以来便是沟通中原地区与西域的咽喉要道。东西长1200千米，南部的青藏高原阻挡了来自印度洋的暖湿气流。这里大片的戈壁和沙漠中，有一片由黑河水系冲积形成的绿洲农业地区——张掖市临泽县。

自1988年起，临泽县就已经是全国粮食单产"冠军"县，畜牧业发达。然而，全县处于荒漠包围之中，极大限制了临泽县的农业发展。当地政府近年来一直在试图解决土地荒漠化和盐渍化带来的生态危机。

在这一进程中，扎根西北的兰州大学也做出了贡献。兰州大学临泽草业科学观测研究站（以下简称"研究站"），海拔1390米，于1989年由草地农业科学领域的专家——中国工程院院士任继周率团队建立。研究站建在临泽县的盐渍化草甸上，有证土地267公顷，其中栽培草地100公顷。这里是兰州大学的本科生实习基地，常年驻站研究生10余人。师生们坚守在这里，为当地生态问题寻找解决方案。

退还是进——与土地盐渍化的斗争

走进研究站，满眼生机，到处都是一片绿。这里原先大片的盐碱地，如今，在兰大师生们的努力下，一方方草地或田地整齐排列。

"土地盐渍化会对河西走廊地区，乃至全国的生态环境产生严重的不良影响"，在研究站已经从事研究工作5年的郭雅蓉告诉我们。如果不能妥善解决河西地区土地盐渍化问题，将会导致全国生态环境发展不平衡，造成更多土地荒废。在干旱少雨地带，荒漠化程度会逐渐加剧。

郭雅蓉是兰大草科学院博士二年级学生，通过她的介绍我们得知，任继周先生当时选择在临泽县建立研究站的主要原因，就是为了解决当地土地盐渍化问题，发展当地经济。

由于降水量和蒸发量常年"收不抵支"，以及一直以来落后的"漫灌"方式，河西地区的土壤呈现盐渍化，制约着农业生产和畜牧业发展。百姓认为盐碱地里种不出粮食，大量盐碱地被荒弃。被荒弃的土地会逐渐加入沙漠的队伍中，这些都影响着粮食安全与畜牧业发展。土地盐渍化作为当前土地退化及荒漠化的主要原因之一，严重影响着生态与环境安全。

在这种背景下，兰州大学临泽草业科学观测研究站建立在了临泽县境内的盐渍化草地上。只要对研究站内盐渍化土地生态背景进行系统研究，就可以认识和了解河西地区盐渍化土地的基本特征，从而改善河西地区土地盐渍化现状，进一步也有助于解决盐渍化土地向荒地发展的问题。

在30多年研究和试验的过程中，研究站推动了当地土壤含盐量不断下降的进程，有效改善了土地耕地盐渍化。目前，研究站在河西走廊盐渍草地综合改良中已经取得了很大成果，使土壤全盐含量下降14.8%，有机质提高23%。

研究站里的试验　　　　　　　　　汤文婷　摄

223

禾本科还是豆科——温室气体减排的秘密

除了解决临泽当地的实际问题，研究站的发展越来越与国际接轨。现在的研究站，会利用临泽这个天然样本，为解决全球变暖问题贡献自己的一份力量。

温室效应引发的全球气候变暖已成为全世界的共同议题，而温室气体的产生不仅仅源于工业排放，农业和畜牧业同样也会制造出温室气体。

"河西走廊地广人稀，畜牧业是当地经济的重要组成部分。以牛、羊为主的反刍家畜会产生大量嗳气，而嗳气的主要成分——甲烷和二氧化碳，是温室气体的主要组成部分。"因此，放牧家畜成了重要的农业温室气体排放源，但这还未引起人们足够的重视。

为解决这些问题，研究站里进行了栽培草地放牧研究。通过栽培草地，控制家畜食草量，不仅可以有效提高栽培草地中牧草的可持续增长，并且牛、羊粪便形成的自然肥料可以增加牧草的蛋白质含量。此外，利用栽培草地，可以人工搭配牧草比例，降低反刍家畜的温室气体排放量，可谓一举三得。

栽培草地放牧是世界农耕区最主要、最经济、对环境友好的家畜生产方式之一。这也是郭雅蓉在这里主要从事的研究，"每年盯着牛羊吃草，从草地长到8厘米的时候开始让牛羊进食，在草地20厘米的时候就要停止吃草了。"

研究站里的栽培草地，主要是禾本科植物和豆科植物。春季，禾本科植物生长速度较快，可以为家畜提供早春饲料。豆科植物可以为家畜提供优质蛋白质，但过多的豆科植物会导致反刍家畜产生大量甲烷气体。在研究站的试验中，必须将豆科植物和禾本科植物按照一定比例进行喂养，尽可能减少牛羊反刍时的温室气体排放量。

试验站里的羊群　　　　　　　汤文婷　摄

学子的呈现——2020年新闻学子重走『中国西北角』新闻作品选

合理的豆禾牧草配比不仅能有效减少动物的温室气体排放量，而且能够促进家畜生产效益。然而，最佳配比却不易得。在这一过程中，需要研究人员记录动物每次的甲烷排放量，从而得到牧草的最佳配比。

郭雅蓉带领我们走进动物喂养实验室，实验室内一个个小隔间将动物隔开。研究人员们在这里，数十年如一日地记录着反刍动物的温室气体排放量。实验室内充斥着家畜粪便的味道，我们纷纷戴上了口罩，而郭雅蓉对此习以为常。

自然还是人工——给土壤一个低碳环境

会呼吸的不只有家畜，还有土壤。土壤不仅会呼吸，还会产生温室气体——甲烷、二氧化碳和氧化亚氮。

"氮肥和磷肥中含有更多速效的成分，可以及时地补充作物所需的营养，但过量施肥不仅会给土壤本身增加负担，还会使土壤排放出温室气体。"郭雅蓉说，科学施肥才能即使农作物产量增加，又不会破坏土壤的可持续发展。自然肥，也就是动物粪便，有自然发酵的作用，其实更有利于土壤恢复或是有机质增加。

从土壤健康发展的角度而言，自然肥带来的好处更多，过多的人工肥会让河西走廊地区土壤盐渍化加重。

然而，对于土地产量而言，人工肥见效更快。在实际操作中，为了更多经济利益，农民种地　定会选择见效更快的人工肥。如何控制人工肥的使用比例，又能够使农作物产量增多，也是研究站正在解决的问题之一。

此外，研究站还在想办法尽可能延长草地青绿时间，为当地畜牧业提供更优质的饲料。

兰大草科院的师生们不仅在科研成果方面居于全国前列，而且他们种地施肥除草样样不在话下。研究站里，每个学生在除草季节，每人每天可以完成两亩地的锄草量。要想

草地呼吸测量仪　　　　　　　　　　汤文婷　摄

225

让土地产量更高，给土壤施肥是必不可少的一个环节。在这里，这些农活都需要师生们自己完成。

"道法自然，日新又新"，这既是兰州大学草地农业科技学院的院训，也是任继周院士对研究站师生们的寄语。在远离繁华和喧嚣的地方，偏居一隅的兰州大学临泽草业科学观测研究站，一代代草科人用接力传承和不断求新的精神感染着我们。他们呵护和守护着这片土地，守护着祖国河西走廊生态的重要一环。

"甘农3号"苜蓿，"陇春30号"小麦，站里的研究人员为当地农民选出来的种子比农民自己选择的性价比更高。"做科研的意义就是更好地推动实践应用"，这是郭雅蓉和其他驻站人员的共同目标。

（作者为兰州大学新闻与传播学院研究生；指导教师张华、张春为兰州大学新闻与传播学院教师）

小鱼儿追出大事业

——乡村旅游新产业"追梦人"张军

莫牧　明鎏　杨梦甜　乔思颖

2020年7月。乌江镇的中午，强烈的太阳光照过去，"渔夫山寨"鱼池里的鱼闪着金色的光，很是耀眼。

走进"渔夫山寨"的大门，鱼池周围种满了密密麻麻的胡杨树，一座小吊桥横跨鱼池，好几座稻草亭架在水面上，金黄色的鱼成群结队地在水里游动，俨然一副"归园田居"的美好模样。

"渔夫山寨"是甘肃省张掖市甘州区乌江镇的一家农家乐，以养金鳟鱼、虹鳟鱼而出名。金鳟鱼通体金黄，在鱼腹部两侧有两条红色的长条纹路，虹鳟鱼则是黑色的，腹部两侧也有两条红色纹路，这两种鱼都属于冷水养殖的鱼类。

"渔夫山寨"大门　　　　　　　　明鎏　摄

这个特色农家乐的经营者叫张军。接待我们的时候，他穿着一件普通的黑色短袖衫，中等个子，脸上挂着朴实的笑容。

227

虹鳟鱼养殖的开始——大胆的尝试

张军一家一直都是农民，以种地为生。1989年，张军的父亲张志文决定要养虹鳟鱼的时候，张军还是个小孩子。那时张掖还没有人养殖这种鱼，张志文打听到邻近的只有金昌市永昌县在培育，规模也比较小。

虹鳟鱼是一种冷水鱼，能在死水里生活，还可以高密度养殖，一平方米池子可以产出七八十斤鱼，6池子就可以产出约五万斤。所以张军的父亲选择了这种鱼进行培育。张军坦言一开始只是试试看能不能养成功，所以鱼池刚建起来的时候仅有80平方米，大约1800条鱼。

那时候，观赏性强的虹鳟鱼还是个稀罕物，但它肉质鲜美，渐渐就有人找到张志文，想尝尝鲜。张军的父亲嗅到了商机，觉得养鱼是条出路，决定正式转行，进军养鱼行业。张军则跟着父亲，开始了他的事业。

养活虹鳟鱼并没有张军父亲想象的那么容易。周围没人养过，有什么问题也不知道问谁，只能自己摸索。不过，通过不断尝试，最终张志文父子还是总结出了一套养殖经验。

1996年，"渔夫山寨"的养殖面积扩展到了1800平方米。

虹鳟鱼养殖生意困难重重——理想与现实的差距

鱼池经营的过程出现过很多坎坷。1996年，张军和父亲破釜沉舟，花了30多万元扩大了鱼池养殖面积，架电修渠。但是理想与现实是有差距的，现实给张军父子上了一课。

事实上，当时人们消费水平不高，很少有人千里迢迢跑到乌江镇买一条鱼。并且乌江镇交通不便利，张军父子缺乏有效渠道进行宣传销售，3年过去了，"酒香也怕巷子深"，他们赔得一塌糊涂。张志文想把鱼池以36000元的价格卖出去，但谁都不买。"当时送给他们，他们都不要哩。"张军笑着说。

然而，重重困难之下，张军还是舍不得放弃。他说："就像一个学习不行的学生娃，回家没事干，又不想认输，总想自己钻研出什么。一辈子的心血都耗到这个地方了，扔掉也可惜得很。"

虹鳟鱼养殖事业的转机——发展农家乐

2000年，张军在甘肃省兰州市永登县学到了"农家乐"式的经营方法，寻思着把养殖业和餐饮业结合在一起。

当时，张军意识到，单纯养鱼、卖鱼赚不了多少钱，因为鱼的价格相对便宜，没有附加值。但"如果把餐饮带上，十块钱的东西经过加工就可以卖到五十块，养殖、加工，实际上就把利益最大化了。"张军认为，养鱼卖鱼"产业链"的最后一个环节才是最能赚钱的。

因为虹鳟鱼的观赏价值高，食用口感好，张军就琢磨着开始了农家乐的初次尝试。2003年前后，张军就和父亲母亲、姐姐在自己的"农家乐"周围栽上了树。2005年，张军结婚后，就和媳妇俩一起经营着这家"农家乐"。这一年，渔场也开始有了真正的收益。

"那时候从张掖市区来农家乐的人几乎没有，就是附近的。继续搞了两三年，树也长起来了，一天来个七八桌客人，一条鱼能卖到三十块钱。"

在张军的农家乐里，食客可以自主选择想要的鱼和烹饪方式，现杀现卖，三斤的鱼还有两种烹饪方式可以选择：炖汤和红烧，为食客提供了更多的选择。

到了2010年，"有时候一天有30多桌客人，最高时一天的营业额达到了10000元"，张军笑着说。

虹鳟鱼事业腾飞——张军的"伯乐"

张军说，他和"渔夫山寨"这几年的快速发展，离不开"伯乐"陈晓东的帮助。

陈晓东在陇南经营餐饮业，他有专业的餐饮团队，有资金、有经验，能把握市场的需求与客户的喜好。2012年，来吃鱼的陈晓东一眼便看到了此处的商机。

那时张军的农家乐里还只是搭建起了几个简单的稻草棚。张军回忆道："他年龄大一些，经验丰富，我和他聊了聊，就商量着说要合作。"一周后，陈晓东请来了设计师，把简陋的草棚拆除，代之以小桥流水、稻草亭等。所有的建筑物改造加上硬件超过了三百万，但陈晓东不曾犹豫。幸运的是，这次的放手一搏迎来的是事业腾飞。

2012年以前，"渔夫山寨"一年最多能卖一万多斤鱼，但2012年一年就卖了十万斤鱼。从这时起，"渔夫山寨"才算是走上了品牌化的经营之路。

如今，"渔夫山寨"集旅游、餐饮、养殖于一体，提供全方位服务。小桥流水的农村建筑成为"渔夫山寨"的特色，在钢筋混凝土的高楼大厦住惯了的城里人对这种优美清新的建筑格外喜爱。

张军说："大部分人是为了虹鳟鱼、金鳟鱼来的，但是还有一部分城里人就是为了周末在农村里享受慢节奏的生活。他们有些人就点些排骨、小菜，然后坐在亭子里看鱼、看风景。"

在张军的"渔夫山寨"取得成功之后，周围也纷纷开始效仿张军进行虹鳟鱼养殖和农家乐的经营。这也促进了当地乡村旅游业的发展。

虹鳟鱼发展未来——重要的还是口碑

"渔夫山寨"把金鳟鱼和虹鳟鱼的观赏性和食用性很大限度地结合在一起。现在"渔夫山寨"在五六月的时候一天的营业额能达到八万多元，平均一天有一两千人，在平时也能有约七八百人来游玩。

很多人会因为这种特殊的鱼慕名前来。游客可以走在摇摇晃晃的吊桥上，坐在稻草亭里吃饭，就能看到金色的金鳟鱼、黑色的虹鳟鱼在木板下游来游去，还能吃到当地特色的烧烤。听着潺潺水声，呼吸清新的空气，满眼翠木，颇有"悠然见南山"的闲适之情。

说起自己的农家乐，张军也忘不了政府部门对他的帮助："我们毕竟是个体，还要靠政府支持。当地政府每年都帮我们打广告，不光是乌江镇政府，张掖市旅游局也有宣传资料。"

"宣传很重要，但最重要的还是自己的口碑。"张军认为，把鱼养好了，大家都喜欢来看，喜欢来吃，这是最重要的。在抖音上，也有很多有关"渔夫山寨"的短视频，游客们很愿意把这里分享出去。在乌江镇政府的"鱼米之乡"的宣传和游客的口碑宣传下，"渔夫山寨"的名气越来越大。

"渔夫山寨"到现在，已经发展了近二十年。和以前一样，张军依旧衣着朴素，脸上带着和善的笑容。张军对未来有着美好的畅想，他想多搞点绿化，菜品再创新一些，服务再体贴一些，他的"渔夫山寨"就能越做越大。

（作者为兰州大学新闻与传播学院本科生；指导教师张华、张春为兰州大学新闻与传播学院教师）

普家庄村的三次"革命"

詹玉姣　田然　张文青　郑星月

从牧羊倌到超市老板，吕奶奶的身份转变也不过短短几年。

站在张掖市甘州区碱滩镇普家庄村的村口向里望去，宽阔笔直的柏油路穿村而过，路两侧的黄色小楼整齐划一，而正对着村口的是一间小小的超市。70多岁的店主吕爱凤时而在超市门口与往来顾客大声谈笑，时而动作娴熟地穿梭在货架间。提到村里的变化，她停下手中的活笑着说，"那可就话长了哩！"

就在这几年间，一家超市从吕奶奶家的小院中拔地而起，而普家庄村也从脏乱破败走向了干净整洁，这一切都要归功于发生在普家庄村里的三次"革命"。

吕奶奶和她的小超市　　　　　田然　摄

231

风貌"革命"

2014年，当普家庄村的村干部带着改建房屋的提议走进吕奶奶家门的时候，吕奶奶一口答应，做了普家庄村第一批参与房屋改建的"吃螃蟹的人"。

吕奶奶站在自家利落整洁的院子里回忆道，"我们的房子是20世纪80年代建起来的了，刮风也怕，下雨也怕。树上的干枝子掉下来都能把屋顶砸个窟窿，怎么能睡得踏实呢？"几十年风风雨雨挨过来，自家房屋的破败越来越让吕奶奶耿耿于怀，因此当村里提出改建计划的时候，吕奶奶几乎是立刻响应了。

"又给优惠又给奖励，这可是件好事！"吕奶奶高高兴兴地算了一笔账，承担第一批房屋改建的工程队都由村里招标，一平方米的价格为1058元，自家180平方米的院子加二层小楼一共花了21万元不到，比起亲自装修节省了好几万，改建完成后，吕奶奶还收到了奖励——2万块钱。

在普家庄村响应张掖市深入推进农村人居环境整治工作要求的过程中，吕奶奶这一批"吃螃蟹的人"开了个好头。

"风貌改造的最开始，压力的确很大。"普家庄村第一书记韩巍不由感叹道。尽管吕奶奶担忧的问题是普遍存在的，但是在普家庄村最初开始宣传房屋改建时，只有五六户人家响应了号召。

丁佰年家就是全村第一户响应房屋改造号召的人家，村干部费尽口舌，也不如让大家亲眼看一看新房子是怎么取代破院子。当第一批二层小楼拔地而起后，村民们的心思开始活络起来了。

2018年11月，普家庄村正式吹响乡村振兴风貌改造的号角，两个生产队的106户人家都被动员起来，投入了自家房屋的升级改造中，村里更是趁热打铁，在原来的政策基础上加大了奖励力度。

"修得越好，奖得越多，只要是通过验收的房屋我们都会给予5万块钱的奖励。"韩书记介绍道，此外村里也会通过项目招标的方式给予一部分地砖、门墙等的基建支持。

"我们的房屋盖得早，等后面的房子开始改建时，就都是照着我们的设计来的了。"谈到这里，吕奶奶非常自豪地说。

完成了对房屋主体的改造，普家庄村又在整体风格上花起了心思，普家庄村专门请来了设计院进行把关，无论是屋顶的青瓦还是门前的花坛都经过了精心设计，而对于部分希望保留自家装修风格的人家，村里也给予了充分的尊重。

"我们的屋子1990年才盖起来，住得好着呢！说实话不想改。"村民陈老伯摆摆手，"但是屋前屋后的花坛、路灯都是政府一车车拉过来种好、摆好的，确实变漂亮了，还不用我们操心。"

拆旧房、建新房、改风格，一栋栋错落有致的古朴小院就这样出现在道路两侧，普家庄村的风貌也焕然一新。

厕所"革命"

拆掉破破烂烂的屋子，盖起崭新整洁的院子，吕奶奶的心里只踏实了一半，还有一半心仍然悬着，这就是自家的排水问题。

"院子还是无法排水！雨点大了我们就得拎着桶往外倒，一晚上都不得消停。"几十年的排水问题梗在吕奶奶心头，实在是叫苦不迭。

院子里的水为什么排不出去？就是因为没有下水管道系统。这个问题在2019年找到了解决办法。普家庄村将目光盯上了村民家里的厕所，于是一场轰轰烈烈的厕所"革命"开始了。

"吃喝拉撒住的问题必须首先解决。"韩书记这样说道，厕所改造之所以在普家庄村人居环境整治工作中被提到重中之重的位置，首先是出于改善卫生环境的考虑。以前的普家庄村家家都是露天旱厕，既不卫生也不文明，现在房了是整洁起来了，卫生环境又成了村民们担心的问题。

"原来从后面那条公路经过村子，一眼望去全是厕所和垃圾，太脏了！我们自己都住不下去。"村民闻大叔这样回忆着，现在生活条件好了，用上卫生干净的厕所是全村人的愿望。

2019年5月，在张掖市农业农村局关于全市农村人居环境整治工作的部署安排下，普家庄村正式开启了大刀阔斧的改厕工作，第一步就是将106户人家家中的旱厕全部改为水冲式厕所。

改造是好事，可是钱从哪儿出？对于村民们的疑虑，韩书记给出了定心剂："我们厕所改造的资金由政府提供，一个厕所补3000块钱！"

到2019年10月，全村的厕所改造基本完成，吕奶奶家也推掉了自家的土厕，修起了一层一个的水冲式厕所。"补贴全部都到位了，老早就打到了卡上，我们也很安心。"吕奶奶笑着说。

光改厕所还不够，吕奶奶挂念的排水问题也在厕所"革命"中被彻底解决。普家庄村铺设了总长3.8千米的给排水管网，确保每家每户的下水道畅通，从此院子积水的情况成为了历史。200吨的污水处理站也在普家庄村建设的规划范围内，污水通过管网集中输送到污水处理站中进行处理，全程实现无污染排放。

普家庄村还修建了两座高标准水冲式公共厕所，以配合乡村旅游发展战略的实施。据普家庄村妇联主席王晓玲介绍，村里的公共厕所安排了专人负责，每天都及时清理打扫，"村里的人都很爱惜，厕所干净了大家心里也舒坦嘛。"

从此，简陋的旱厕在普家庄村彻底退出历史舞台，用厕难、排水难、排污难的问题也被一举解决。谈到厕所改造带来的变化，吕奶奶第一个感觉就是干净了，卫生了，以往苍蝇、蚊子乱飞的问题再也没有了，"晚上坐在院子里乘凉，美得很！"

后院"革命"

房子建好了，厕所也改好了，村里的下一个决定却让吕奶奶大吃一惊：拆掉所有后院，把所有畜禽都从后院搬出去！

"前些年我都在养羊，就在后院用草喂着，突然村里不让养在这里，我就把十几只羊都卖掉了。"吕奶奶指着后院说。前院住人，后院养牲畜曾经是普家庄村村民家中的常态。

"以前家家后院都是猪圈、羊圈，牲畜粪便臭气熏天，农机柴草乱堆乱放。"韩书记描述着，"这样既不卫生又不美观，所以后来我们就计划着重新改造后院。"

为了解决后院问题，普家庄村做出了一系列整改措施，一方面把每家每户养在后院的牲畜都迁到新修建的养殖小区里统一管理；另一方面则将堆在后院的农机、农具都存放到"农机超市"的小仓库里。

"最大的难点还是在动员群众，群众愿意干，什么就都顺利了。"普家庄村村委会主任刘吉福这样说道，村里为发动群众是磨破了嘴皮、踏破了家门。等到牲畜安了"新家"，农机进了"超市"，原本脏乱差的后院一下子就干净了起来。

空出来的后院做什么呢？普家庄村也有自己的一套方案。首先把对着马路的后院围墙全部拆掉，换成了统一设计的墙和防盗门，而这些都由政府免费提供给村里，"光是这个门都要3000多块钱哩！"吕奶奶感叹道。

而院内则交给村民们"自由发挥",想种菜的、想办烧烤的、想做民宿的,都可以一一实现。郭志诚家就是后院"革命"中的标杆,在村里的积极争取下,他家修起了水池、秋千、凉亭,完完全全打造成了集休闲、度假、餐饮于一体的"郭家小院"。

整齐划一的后院　　　　　　　　张华　摄

吕奶奶家也不例外,原来装满杂物的小院空了出来,闲不住的她就开始筹划着建一个自己的小超市。2019年11月,小超市正式开始营业,吕奶奶对此很满足,"我一个老婆子,也不求挣多少钱,有个店忙着,还能有人说说话,好着呢!"

后院"革命"带来的不只是环境的变化,还有道不尽的安心。"以前羊还在后院的时候,天天都要担心小偷,"吕奶奶说,"但是现在防盗门装上了,路灯也有了,到处亮堂堂的,晚上睡觉都踏实多了。"

从"革命"到下一次"革命"

从牧羊倌到超市老板,吕奶奶对自己的身份转变显得十分满意。

"小的们都到镇上去打拼了,我们这些老的留在村里,养羊也费劲。"卖掉羊之后,吕奶奶跟着女儿去了镇里照顾外孙,但是看着村里在修马路、盖房子、建广场——一步步变化着,吕奶奶也决定回来跟上变化的步伐,于是小超市将她又留在了普家庄村。

环境在变,人的思想也在变。"政府把村子给我们弄得这么好,我们要是把垃圾扔得到处都是,这哪能行?"正说着,吕奶奶忍不住探出头去看了一眼超市外干净的地面,满意地回头笑道,"各扫门前雪嘛。"

也正是因为还有105户跟吕奶奶一样亲眼看着,也亲身经历着普家庄村次次"革命"的人家,共同维护着来之不易的环境,普家庄村的街道才能这样整洁。对于这一点,陈老伯也深有感触,"政府把房子盖得再好、把路修得再好,咱们住在里面的人不去保护也没用,说到底环境还是由人创造的嘛!"

235

人居环境的改善，也为普家庄村的发展提供了无限契机。

随着对村容村貌的改造，普家庄村积极利用自身的区位优势，发展特色农业和旅游业，一步步打造了丹凤花海、见龙曲溪等文化景观，还有新沟排骨、柏年餐厅等特色餐饮。

"我们的初心始终是把村民的事情办好、办实。"普家庄村党支部书记卞喜说，下一步普家庄村将继续利用乡村振兴示范点建设的绝佳时机，发展民宿、餐饮、休闲、旅游、采摘于一体的旅游文化产业，进一步拓宽村民的增收渠道。

吕奶奶掰着手指盘算着，自打小超市建起来后，每天都能有个两三百元的收入，等普家庄村的旅游产业完善起来以后，自家超市的生意只会越来越红火。

忙完了店内的生意，吕奶奶又重新坐回到超市门前，看着眼前这条从南到北贯穿全村的柏油路，它穿过村里整齐划一的楼房，通往大片大片的特色产业大棚，将一车车饱满的玉米、柿子、油杏从这里运到全国各地，也将慕名而来的游客从全国各地带来这里。

干净整洁的街道　　　　　　张文青　摄

而在道路两边，秸侯驿美食城和金日磾文化展馆的建设在如火如荼地进行着，韩书记将普家庄村打造成"小型旅游集散中心"的憧憬正在稳步实现。

（作者为兰州大学新闻与传播学院研究生；指导教师张华、张春为兰州大学新闻与传播学院教师）

"肥仙女"代言"金张掖"：
张小妹和她的创意民俗插画

田然　张文青

"我从小就想当画家。"

张小妹说出这句话时，就坐在自己的画室里，摆满整间画室的作品就是这八个字最好的印证。

张小妹是张掖本地人，艺名张小妹儿，2018年在张掖市中心广场的边上开了家画室。周一到周五用于自己创作，周末和寒暑假用来开办美术培训班，教不同年龄段的孩子们画画。谈起这个，张小妹打趣道："当画家也得吃饭，'画家'也得开个培训班！"

《张掖肥仙女》　　　　　　　张小妹供图

正值七月，地处西北的张掖也开始闷热起来。"有点热，扇一扇吧。"张小妹一边拿出两把扇子，一边说道。

扇面上印着张小妹创作的"七仙女与丹霞合影图"。胖乎乎的小圆脸，笑得弯弯的眼睛——张小妹笔下的仙女们透露着一股"萌感"，让人看了不禁直呼"可爱"。

"张掖肥仙女"

"我们这边的人都有仙女情结。"

据张小妹介绍，在张掖市肃南裕固族自治县的马蹄寺，有比敦煌"飞天仙女"更早的仙女壁画，加上自己从小就耳闻的七仙女传说，便在插画中创作出与张掖本土文化相结合的"仙女"的形象。

至于仙女为何"肥"？张小妹在"张掖肥仙女特色美食系列"的文案中写道，七仙女在去向王母娘娘祝寿的路上，飞天路过祁连山下的张掖，被此地吸引，便下凡一游。一连数日，品美食赏美景，"贪恋张掖美食后变成了肥仙女——"

张小妹的民俗插画总是创意十足，同时带着点儿自己的幽默。

"炒炮"是张掖的一大特色面食，因"寸段面条，形似鞭炮"而得名。在介绍这一美食的插画中，肥仙女捂着耳朵，一只小猫咪谨慎地点燃了炒炮碗边挂着的一串鞭炮，这样巧妙的设计让"炒炮"的得名缘由不言而喻。

"炒拨拉"是张掖又一特色美食，因其制作过程而得名。炒——以油炒羊杂；拨——炒制过程中拨入洋葱、青辣椒、蒜苗等以佐滋味；拉——将炒熟的美味拉至食客面前。制作使用的铁鏊子和炉火一方面使食材不易变冷而失去美味，另一方面方便多人共同享用。

在张小妹的插画中，肥仙女以辣椒、番茄和大葱为头饰，正在炒制铁鏊子中的食物，而她的同伴们正一边吃一边用自拍杆拍照，地上还摆着两瓶啤酒。此插画在

《张掖肥仙女》　　　　　　张小妹供图

还原了"炒拨拉"特色的制作工具和烹饪动作的同时，与自拍、喝啤酒的现代生活方式相结合——烟熏火燎的"炒拨拉"配上啤酒，再和朋友们自拍两张，简直美哉！

看到自己的插画，张小妹也"觉得很有意思"。这样的插画受到很多年轻人的喜欢，张小妹希望能通过自己的画让更多的人了解张掖、喜欢张掖。

不只有美食，在张小妹的创作中，以"张掖肥仙女"为形象的民俗插画还包括了张掖的景区、特产、民风民俗等其他不同系列，"张掖肥仙女"成了张小妹笔下的"张掖代言人"。

猪八戒的另一面

"猪八戒可是我们张掖的女婿。"

谈起张掖本土的特色文化，张小妹如数家珍，尤其是讲到"张掖版本的《西游记》"时，张小妹更是来了精神。

张掖是历代高僧去印度取经路过的地方。有史志明确记载，高僧玄奘于贞观三年从长安出发，经天水、兰州、张掖，出玉门关，逾葱岭去印度取经。至贞观十九年，东经敦煌、酒泉、张掖、武威、兰州，回到长安。

"《西游记》的故事就发生在河西走廊。我跟吴承恩干了同样的活——搜集民间传说后进行整理创作。"张小妹截取了《西游记》中与张掖地名相关联的故事，并结合当地的神话传说，绘制成创意插画。

与名著《西游记》中猪八戒好吃懒做的形象不同，在搜集了当地神话传说之后，

《张掖肥仙女》　　　　　　　张小妹供图

张小妹认为，"在张掖版本的《西游记》中，猪八戒勤快、忠厚，对高小姐一心一意，虽然跟着玄奘取经，但对张掖和高小姐都念念不忘。"

在张掖还遗留着很多"西游元素"，张掖市甘州区的大佛寺的壁画上生动地描绘了《西游记》的故事，《西游记》中出现的很多地名和张掖的地名十分巧合，比如高老庄、流沙河、牛魔王洞等。

"但都没能被很好地宣传。"说到这儿，张小妹的语气中不免有些遗憾，"张掖的民间传统文化历史资源非常丰富，但最出名的是七彩丹霞，很多人奔着这个地质公园来到张掖，看完就走了，难以真正地了解张掖的文化。所以我希望能够通过我的画扩大张掖文化的影响力。"

张小妹认为，将创意插画与地方文化相结合，会让一个地方的宣传更具吸引力。她将《西游记》中的人物形象进行现代化改编。在她笔下，唐三藏会举着扩音器的大喇叭指挥大家干活，猪八戒是要常常给高小姐打视频电话的"宠妻狂魔"，牛魔王则变身常常举着哑铃健身的"大力牛魔王"。

"我不想做网红"

大学毕业之后，张小妹就回到了张掖。

刚毕业时，在大学主攻美术学水彩画的她并没有从事这一专业，直到2018年才继续画家梦想，开办画室。"一开始就是纯艺术，画水彩，后来发现比较困难，独特性比较差。加上我对地方文化非常感兴趣，就摸索了插画这种形式。"张小妹说。

而对于民俗插画的创作，则是源于张小妹对家乡的感情。自身对于美术的热爱和对于当地文化的兴趣，成为她不断搜集资料以获取创作灵感的原始动力。张小妹坦言，自己在创作时会"有意识地传播本土文化，也会在这方面引导来上课的孩子们。"

"张掖在节日方面有很多习俗和其他地方不一样，本土的张掖人或许脑海中有这些印象，但时间久了，传统文化就在嘈杂的城市中淡化了。"张小妹介绍道，"比如过年之前要扫房、祭灶，惊蛰时要吃面蛋子，正月二十为纪念女娲补天要吃家里自己做的煎饼——这些张掖人都知道。"

张小妹借用"张掖肥仙女"的形象，展示了传统节日中张掖特色的各种民俗活动。这些插画也勾起了很多张掖人儿时的回忆。

当前，张小妹的插画受到越来越多的关注。"有自媒体行业的人找我，可我不想当网红，我都拒绝了。"除了画室的经营，张小妹将更多的时间用于插画创作。新冠疫情防控期间，她以张掖红色文化的代表——高金城烈士的生平事迹为创作源泉，完成了90集的连载插画。

谈及未来，张小妹表示，希望能和志同道合的人一起，将张掖的文化资源以更多有创意的形式表达出来，传播出去。

（作者为兰州大学新闻与传播学院研究生；指导教师张华、张春为兰州大学新闻与传播学院教师）

再访普家庄村：乡村振兴之路"内外兼修"

张洁琪

2020年盛夏，时隔一年，我们再次走进普家庄村，呈现在我们眼前的是一幅"产业兴旺、生态宜居、乡风文明、治理有效、生活富裕"的美丽乡村画卷。

普家庄村位于甘肃省张掖市甘州区碱滩镇，西接张掖市区，东邻甘州机场，南至国家沙漠体育公园，北抵屋兰古镇，具有得天独厚的发展优势。2018年11月，普家庄村响应乡村振兴战略，吹响人居环境改善的号角。

2019年7月，初次到访普家庄村，村委会正从村民致富、产业发展、乡村环境三个方面发力，稳步推进乡村振兴建设。一年之后再次拜访，普家庄村多措并举，推动乡村振兴建设取得新成效。

村容改造显成效

再次推开普家庄村第一家小院的大门，俨然看到了一幅画卷。有谁能想到，一年之前，这里的改造仅仅初见轮廓。

院中的凉亭为粗木和茅草搭建而成，人们可在此处解暑纳凉；数十种小花开在院子的一角，为小院增添了一丝温馨之感；墙上的彩绘名为《记忆中的乡愁》，展现了溜铁环、吃老北京冰棍等儿时的记忆；玉米和茅草堆砌而成的谷仓上写着"五谷丰登""秋收冬藏"的字样，祈求来年的丰收。

242

这家小院只是普家庄村村容改造的一个缩影。自2018年11月以来，普家庄村村民的农用机具统一归置到农机超市，新建成的养殖小区对村里的牛、羊等畜禽进行统一管理，村民柴草乱堆的后院也进行了风貌改造，房顶造型与墙壁粉刷颜色由村委会统一规划。普家庄村村委会开展了轰轰烈烈的环境整治，以提升村容村貌。

如今的普家庄村，宽敞的柏油路串联起错落有致的小院，路旁高大的绿树与红色的党旗相映成趣，"丹凤花海"与"见龙曲溪"景观带已经建成，金日磾文化展馆

小院一景　　　　　　　　　　郑星月　摄

与美食广场正在打造，党建广场、大型停车场等基础设施配备齐全。普家庄村正持续推进人居环境改善工程，回应村民对美好乡村生活的向往。

文明新风进乡村

乡风文明是乡村全面振兴的重要保障。建设美丽乡村需要"内外兼修"，在改善村容村貌的同时不忘开展精神文明建设活动。

在实现"畜禽进小区、后院变庭院"的目标后，普家庄村村委会实行人居环境改善与精神文明建设"两头抓"的方针。村委会不定期抽查各家各户卫生，表现优秀的家庭将获得"清洁家庭示范户"称号。"'孝老爱亲'示范户"称号也会依据村民表现发放，以树立榜样，弘扬美德。

走在宽阔的柏油路上，新建的巾帼家美积分超市吸引了我们的注意。"巾帼家美积分超市"项目的引进是普家庄村进行精神文明建设的关键一步。2019年，为了充分发挥妇女在

巾帼家美积分超市内景　　　　郑星月　摄

243

推进全省全域无垃圾、建设文明家庭和美丽庭院中的独特作用，甘肃省妇联决定在全省深度贫困村实施"巾帼家美积分超市"示范点项目。普家庄村村委会依据本村实际情况，将环境卫生整治、孝老爱亲、邻里互助等工作均转为积分，作为超市里的"流通货币"。积分兑换的这一方式使村民形成了互相监督、互相促进的良好氛围，成为普家庄村推进社会主义新农村建设步伐的重要一环。

路边张贴的"普家庄村办红白事参照标准"格外显眼。为形成良好风气，普家庄村于2019年7月1日起正式执行"办红白喜事参照标准"。办红事原则为"理智对待，量力而行"，提倡举办仪式简朴、氛围温馨、富有纪念意义的婚礼；办白事原则为"简化治丧仪式，简化丧葬方式"，提倡树立厚养薄葬的观念。诸多措施一同形成了普家庄村"讲文明"的风气，普家庄村正逐步做到"内外兼修"，实现外在美与内涵美的统一。

在勇敢借鉴与大胆探索的过程中，普家庄村逐步成为甘肃省乡村振兴发展的"排头兵"，吸纳众多党员干部前来学习。但普家庄村并未一味图发展，而是以人为本，把村民的幸福感指数放在了第一位。

乡村记忆永留存

在乡村"大刀阔斧搞建设"的同时，往往面临着村民的老旧物件无处安放的问题。如何对二者进行兼顾，即使村庄面貌焕然一新，又使村民的生活痕迹得以保存？

普家庄村新近建设的乡村记忆馆便提供了这样一条两全其美的路径。乡村记忆馆以收藏、展示和传承当地传统文化为主题，主要陈列了反映普家庄村历史底蕴的生产工具、婚房陈设，等等，展品由村民自发捐赠或寄存。这不仅仅是一个展馆，更是一本鲜活的历史教材，能够使村民在乡村面貌改变之际仍然产生情感依托，提升村民的幸福感和归属感。

乡村记忆馆外景　　　　　　郑星月　摄

在乡村记忆馆的一个

学子的呈现——2020年新闻学子重走『中国西北角』新闻作品选

展柜里，新中国成立以来的粮票、化肥票、供销社社员证、党费证规整地排列着，这实则是中华人民共和国发展的一个缩影。"从这里可以看到中国的经济之路、改革与发展之路的变迁。"普家庄村原第一书记韩巍这样介绍道。

普家庄村率先走上了乡村振兴路，但普家庄村的村民从没忘记来时的路。

（作者为兰州大学新闻与传播学院研究生；指导教师张华、张春为兰州大学新闻与传播学院教师）

看甘肃

山丹县非遗传承：始于兴趣 忠于责任

孙畅　秦际镇

　　整洁明亮的山丹县非物质文化遗产研发中心的大厅里陈列着数千件精致的手工艺品，有在木板上用高温烙器烙印出各色山水鸟兽的山丹烙画，有雕刻得栩栩如生活灵活现的山丹木雕，有在鞋垫上绣出花鸟鱼虫的山丹刺绣，有反映了山丹县人民生活的山丹剪纸——几位山丹非遗手艺的艺人坐在一张大方桌前，认真细致地做着自己擅长的手工艺品。

　　几位阿姨戴着老花镜，用布满皱纹的右手捏着绣花针，左手固定着鞋垫，细小的银针在她们手里飞快舞动，沿着用黑笔画出的简易花样子，一针一针准确且细密，各式的花朵逐渐在鞋垫上绽放；"咔嚓咔嚓"剪刀在几位剪纸阿姨的手中灵活得像是水中的鱼儿，她们仿佛只是随意剪了几下，红色纸屑掉落，将折纸抖开，漂亮的花样跃然于纸上；一位身着蓝色衬衫的老者手持电烙铁笔，在一块薄木板上作画，木板在高温的烙烫下显现出

几位老师傅围在桌前认真地制作手工艺品

朱亭亭　摄

棕黑色的印记，老者一笔一笔慢慢地勾勒，有深有浅，竹子的形状也随之勾勒出来。

始于兴趣

在山丹县非物质文化遗产研发中心，许多从事着非遗研究的相关人员都是源于兴趣才开始接触到山丹非物质文化遗产的。

张志光从事了34年的山丹烙画制作，他19岁到山丹文化馆当学徒，见了烙画便非常感兴趣，便认真跟着前一辈烙画老师学习。他说，从事烙画，首先要学习美术，有了一定的美术基础后再在木板上进行操作，同时在创作过程中还能进一步学习中国画。从事烙画制作，就是学习、工作，工作、学习，周而复始。

省级非物质文化遗产剪纸项目传承人刘瑰华回忆，她与剪纸之间的缘分还得从小时候讲起，主要是受了奶奶的影响。她小时候在奶奶家，家周边有人做鞋样、枕巾、窗花，奶奶便会用纸板将花样拓下来，回家画下样子再剪出来，受奶奶的耳濡目染，刘瑰华从小就喜欢剪纸，后来她到中央美术学院进一步学习深造，这一剪就剪了30年。刘瑰华骄傲地说道："我不用画花样子，随意地剪就能剪出我想要的图案。"

市级非物质文化遗产剪纸项目传承人毛小燕也是因为个人兴趣，在2013年的时候转行开始从事剪纸。除了她们，也有不少人由于兴趣使然，慕名前来学习非遗技术，在几位传承人的教授下开始接触山丹非遗文化。

困于传承

"喜欢并学习刺绣的年轻人不多。"杜晓丽说出了她的担忧。尽管因为兴趣而慕名前来学习非遗技术的人有很多，但大多是上了年纪的人，并且也只是抱着参加兴趣班的心态来进行学习，少有专门从事非遗工艺品生产和非遗文化传承的人。

寥寥数笔，兔子的形状便勾勒了出来　　孙畅 摄

对于这个现状，张志光

探讨了很多年却依然找不出解决办法："烙画从学习到创作的过程太长了，要想做好烙画，起码得三五年。而且牵扯到经济收入问题，想纯粹地作为爱好也很难。"

据透露，张志光一早上才能做出一幅画，而后续还有加相框等其他工艺制作，因此，一幅烙画的制作过程比较长，但是销量却不容乐观，多是用于文化沟通交流，鲜少有人慕名购买。

许多位从事非遗研究的人同样遭受着这样的问题，搞非遗挣不了大钱，全凭着满腔的热爱在坚持，尽管他们传授非遗技术也会有一些收入，但是这些收入对于他们数十年来付出的巨大努力和为我国非遗传承付出的心血来说，太微薄了。

许多年轻人不愿意在耗时巨大但收效甚微的非遗文化研究上花费时间和金钱，这也导致了非遗传承出现断层现象。

忠于责任

当被问及相比经济收入和技艺传承更看重哪个时，省级非物质文化遗产剪纸项目传承人、市级非物质文化遗产麦秆画项目传承人周玉梅坚定地说："技艺传承。不管多穷都要坚持下去，坚持纯手工制作。"

尽管从事非遗研究收入不高，但是他们满怀对自己事业的热爱，创造了那么多精美绝伦的非遗手工艺品；他们满怀对我国非物质文化遗产的责任，使得我国非物质文化遗产能代代相传。

山丹县非物质文化遗产研发中心举办的"非遗进校园"活动，就是在农村、城区学校内，分批派人入校传授非遗技艺。该活动以兴趣班的模式在校园内开展，旨在让非遗传承从青少年起始，也让学生们更加了解祖辈们留下的文化遗产，通过活动来让年轻人进一步认识、传承和发展非遗文化。

"现在的小孩子们都不认识顶针是什么，他们都问，姨姨这是什么呀？我说这是顶针，然后给他们示范。这些都应该给小朋友们讲讲的。"毛小燕拿起一枚顶针演示，"让孩子们亲身体验、感受制作过程，孩子们非常喜爱，非常好。"

刘瑰华回忆起自己教授孩子们剪纸的情形，笑得合不拢嘴："我教给孩子们十二生肖的剪纸方法，让他们自由发挥，有的孩子剪的小老鼠，特别可爱！"

据介绍，每每做出了新作品，孩子们便迫不及待地把自己的手工品带回家捧给父母看，尽管孩子们的作品仍非常稚嫩，充满了童真、童趣，还谈不上是一件合格的艺术品，但是在某种程度上，"非遗进校园"活动在很大程度上激起了孩子们学习非遗文化，传承非遗文化的兴趣。

不仅如此，山丹县非物质文化遗产研发中心还在社区等地免费传授。但是派遣老师去传授还是不免太过费时费力，针对这个问题，周玉梅提出了一个建议："每周来我们的工作室学习会更方便，不仅老师多，而且有很多展品，学习氛围好。"

近年来，山丹县把保护好、宣传好、传承好中华优秀传统文化作为文化发展工作的重要抓手，不断促使非物质文化遗产工作实体化、形象化、具体化。山丹县非物质文化遗产研发中心也在不断激发公众支持并参与非遗保护工作的积极性和主动性，使中华民族优秀文化得到有效保护、继承和发扬，进一步增强了文化认同，铸牢了中华民族共同体意识。

（作者为兰州大学新闻与传播学院本科生；指导教师周兆瑜为兰州大学新闻与传播学院教师）

山丹牧马人：在"金山银山"上策马扬鞭

孙畅　毛帅清

初入山丹马场，金黄的油菜花星星点点地撒在嫩绿的草场上，远山如水墨泼画，隐隐约约地看不清楚。数匹马儿闲适地在草场上散步，偶尔甩一下浓密的大尾巴驱赶蚊虫，打个响鼻，优哉游哉。

几位身着深绿迷彩服，头戴大檐帽的牧马人骑着高头大马出现在了我们的视野中。他们肤色黝黑，手舞长鞭，鞭子砸在草地上发出"咻咻"的声响，离得近的马匹受了惊，挤进了马群中。空气中清新的草香夹杂着隐隐的马匹的体味，再配上高头大马还有黝黑健壮操着地道甘肃口音的牧马汉子，一股子独属于西北的雄厚、粗犷气息扑面而来。

院天军是坚守在山丹马场的第二代牧马人。或许是在草场经过数年的风吹日晒、雨淋雪埋，他脸上的皱纹深得像是山的沟壑，双手因为长时间握马缰绳而粗糙有力，但整个人看上去非常有精气神和活力。他的双眸和旁边的马匹一样有神，谈及他的马匹，脸上迸发的自豪的神色令人能切身感受到他对马场的热爱。他滔滔不绝地讲述着关于他坚守马场的故事，讲述

院天军接受采访　　　　　　　　　　　孙畅　摄

253

着他的马场环境保护。

坚　守

"作为牧马人，只有两个字——坚守。"院天军伸出两根手指，"山丹马场环境恶劣，海拔高（两千九百多米），冬天冷，夏天晒，没有耐心、热爱，坚持不下来。"

"坚守"似乎是每一个山丹牧马人所必需的品质，尽管山丹马场风景优美，但是冬季最低温零下26度左右还要忍受牧马的煎熬，前期收入低微的窘迫以及地广人稀的荒凉感，着实劝退了一批意志不够坚定的人。而坚守在山丹马场的第一代牧马人，用院天军的话来讲就是"艰苦奋斗，踏冰卧雪"，生活相当不易。

院天军的父亲就是"马一代"，据院天军回忆，19世纪60年代，父辈们牧马都穿着大皮袄，不论晴阴雨雪都要坚持牧马，通常都是早早地走了，第二天牧完马才能回来，有时夜深还能听见狼叫。

院天军从小在山丹马场长大，念完书后出去打了五年的工，这五年期间更加深刻地感受到了自己对山丹马场的不舍，淳朴的人情、自由的环境，无一不激起这个西北男儿的思乡之情，院天军便重新回到了山丹马场，这一干就是30年。

"现在环境好了，项目资金拨款建的网围栏把草场圈住了，我们也不用（像父辈）那样辛苦了，雨雪天可以躲进屋子里，不用一直蹲守在草场上。"院天军笑了笑。

2020年3月份院天军的儿子也同他一样，重新回归了山丹马场的怀抱，共同坚守在这片漫野绿草，骏马奔腾的土地上。

保　护

在院天军眼中，身为一个合格的牧马人，需要做到的不仅是坚守，还有"保护"。他不仅要保护山丹马的品种不在一轮轮的马匹繁衍中埋没，更要保护山丹马场的生态环境。

他回忆他小时候的山丹马场，当真是"风吹草低见牛羊"，草能长到人膝盖高，后来牛马养得多了，都放养在共牧区混牧，久而久之，草场便退化了，他们这才意识到唯有保护生态环境才能可持续发展。

"以前牲畜养得多，每户养到130头左右，从2016年开始减畜，要求每户最多养65头，把畜减下来了。"院天军介绍，在十九世纪七八十年代一个队能养上1000多匹马，但自从减畜以后，他所在的山丹马场一场四队目前只养了500匹马。

虽然牲畜养殖的数量大幅度减少，所带来的必定是收入的锐减，但是与此同时他们也对牲畜进行了精细化的养殖，牲畜的整体质量有所提升，目前牲畜的价格是以往价格的1.5倍。院天军说，收入比以往降了一点，但是降得不多，影响不大。

院天军并不为略有降低的收入而感到不满，他坚定地说："保护生态是为了长远的发展，绿水青山就是金山银山。这一辈把草山坡吃没了，下一辈人怎么办？我们要保护生态，让生态持续发展，以后的人才能继续搞生产。"

不仅是减畜，为了保护生态可持续发展，山丹牧马人还采取了轮牧的方式：每年10月份，山丹军马场将燕麦草收割以后不翻地，留8～10厘米的麦茬供牲畜食用，此时的牲畜从草场上被赶到燕麦草田里，美美地"享用"起留下的美味，而草场经过了几个月的啃食，也终于得到了喘息的机会。第二年的3、4月份，牧马人们再把牲畜赶回到草场上，经过了一个冬天的调养生息，牧马人和草场又开始迎接新的春夏。

院天军认为在他们长达几年的环境保护的努力下，草场植被复原的情况相当不错。"我们就像保护我们的眼睛一样保护我们的生态环境。"他说。

天苍苍，野茫茫，山丹牧马人正骑马驰骋在他们·生挚爱的山丹马场上。

（作者为兰州大学新闻与传播学院本科生；指导教师周兆瑜为兰州大学新闻与传播学院教师）

敦煌七里镇：果香不怕"路远"

沈丹 毛帅清

唐代诗人王翰《凉州词》云："葡萄美酒夜光杯，欲饮琵琶马上催，醉卧沙场君莫笑，古来征战几人回"。著名记者范长江也曾在《中国的西北角》中赞西北"自酿有极佳之葡萄酒"。敦煌鸣沙山下的七里镇，万亩葡萄，千亩桃杏，瓜果飘香。以葡萄、紫胭桃和李广杏为代表的特色林果产业已成为农民增收致富的支柱产业，其中"敦煌葡萄""敦煌李广杏"已获国家地理标志认证。

"外来户"葡萄深受种植户青睐

敦煌地处北纬40度，属于葡萄栽培黄金纬度带。这里四季分明，光热时间充足，昼夜温差大，同时当地特有的沙质土壤特别适合葡萄生长。行驶在七里镇大道上，最引人注目的无疑是一排排整齐的葡萄架和阳光下一层层泛着金光的桃林波浪。

1999年，七里镇引进新的葡萄品种"红地球"，尽管当地有着葡萄种植得天独厚的自然条件，但让这位"外来户"真正安顿下来还是费了不少工夫。

红地球葡萄种植并不是一帆风顺。受传统种植观念的影响，再加上种植技术落后，葡萄总产量小，同时销售困难，新品种引进初期甚至还出现了"春种葡萄秋铲苗"的痛心经历。

敦煌市农业技术推广中心主任刘生虎，就是最早进行探索的第一批开拓者。"每家每户都能通过微信、电话等渠道联系到专门的技术员。许多技术员每个月都会到田间地头察看葡萄的长势情况，跟果农们面对面交流。"

"我们在全市聘用了70个农民技术员，基本上每个村有1个（大村是2个，小村是1个），技术人员保证抓点。从葡萄播种开始，每半个月会下来一次，特别是在4月份抹芽定穗的时候。只有葡萄埋在地里的11、12月份（技术员）才得空。"

经历了早期艰难探索之后，如今的刘生虎在介绍当地的果林种植情况时不仅能够侃侃而谈，对每个种植环节和要点都十分了解，而且从和果农一般黝黑的皮肤、手臂上的许多红斑破皮也可窥见在葡萄地里的工作环境。刘主任说："只要到地头，果农能笑着对他说，这地头里的水果敞开免费吃，这活儿就是成功了。"

刘生虎在葡萄地里介绍葡萄种植、销售情况

周兆瑜 摄

近年来，七里镇又引进了紫胭桃。尽管像红地球葡萄、紫胭桃这样的"外来户"投入较高，但其经济效益已经远远超出了低产出的李广杏"本地户"，因此，深受种植户青睐。

目前，七里镇各类果林的种植面积已经扩展到了2.5万亩，占总耕地面积的83%以上。

"保质"是种植葡萄的关键

刘生虎不仅是葡萄地里的守望者，也是果农们时常挂在嘴边的"虎主任"。三十多年的时间，"虎主任"只干了一件事——那就是怎样把葡萄做好？

"一是要实时开源；二是要分级采摘、分级销售。把这两个方面做好，即使是在市场不景气的年份，也能做到减产不减收。"

257

敦煌葡萄和一般的葡萄不同，它虽然受日照时间长，但近90%的光照时间却是无效地，所以敦煌葡萄变红之后还有至少半个月的"变甜期"。

刘主任边说边随手捻了个葡萄，"这种表面变白中间有凹陷的葡萄，是由于光照太强造成的。在葡萄还青的时候，我们就会去除掉颗粒不均匀和品相不好的葡萄，并进行套袋处理。这样做不仅能防风沙，而且能有效过滤掉大多数无效光照，能够改善葡萄表面光洁度，提高果实品质。"

因为不同品种葡萄的采摘时间不同，果农们为了抢占市场，出现了盲目跟风的情况，扰乱了当地正常的销售市场。七里镇积极实行分级采摘、分级销售的新模式，加上技术人员沟通到户，盲目跟风、以次充好的苗头被扼杀在摇篮里。不做"面子"工程，从而保障了葡萄的质量，稳住了当地市场秩序。

葡萄"走出"七里镇

葡萄种得好很重要，葡萄卖得好更重要。敦煌葡萄颗粒虽小但果肉紧实，味道甜美更受人欢迎。

近年来，七里镇积极地朝着改善运输条件，扩大电商销售的新方向走，按照"品种少而精，规模大而强"的工作思路，一方面不断培育壮大新型经营主体"合作社"，在冷藏保鲜上打翻身仗；另一方面积极与顺丰、华为等企业展开合作，通过完善网络销售平台，建立物流网，将葡萄、紫胭桃从我国西部发往中东部地区，让果香飘出大西北。

七里镇在构建新型农业经营体系方面也提供了自身的有益经验：从技术帮扶、采摘销售、冷藏运输和品牌推广等一系列环节入手，同时争取财政支持全面提升基地基础设施水平，在上游种植、中游管理、下游销售和基础设施等方面发力，开发和培育了一整套较为成熟的产业体系，为促进全镇农产品品牌价值和销售价格"双提升"奠定了重要基础。

果农增收的"幸福果"

果农习忠夫妻两人正在给尚青的红地球葡萄套袋，今年57岁的习忠站在自家的三轮车上熟练地忙碌着。

习忠一家今年种了3亩葡萄、4亩桃子和2亩李广杏子，每年的收入在10万元左右。每到瓜果快要成熟的时节，习忠总是忙碌不已。许多客户天一亮就要到他家收货，甚至还有许多回头客在网上联系买葡萄、瓜果等。和他一样的其他种植户们此时也往往都"甜蜜"地忙碌着。

"敦煌葡萄没有病虫的困扰，村里还专门派技术员指导你一步一步怎么种植。销售这块有公司专门过来收，还有许多老顾客专门预定。不愁卖!"习忠摆了摆手，笑着说。

在果农们满怀希冀的眼神中，一串串饱满圆润的葡萄正在一天天积累着"甜蜜"。

（作者为兰州大学新闻与传播学院本科生；指导教师周兆瑜为兰州大学新闻与传播学院教师）

一针一线讲述非遗传承人的故事

张佳欣

在山丹县非遗研究中心，有两名"绣娘"正坐在桌子前绣着鞋。在一旁的展架上，陈列着刺绣系列的其他产品，有鞋垫，有婚鞋，还有给小孩子穿的鞋子。刺绣非遗扶贫工坊的非遗传承人杜晓丽向我们介绍了她的刺绣经历。

"是热爱让我坚持了10年的刺绣事业"

刺绣，是杜晓丽坚持了10年的爱好。1996年杜晓丽高中毕业，待业在家，一个偶然机会让她接触到编织和刺绣。

张掖市陇原巧手骨干技能提升实训班（山丹县），由左至右第六位为杜晓丽　　　图源今日山丹

刚开始，杜晓丽绣鞋垫、拖鞋，做了两年不景气，就换了个思路，做起了串珠和立体刺绣，产品销售得很好，同时也带动了爱好手工的姐妹。

"是热爱让我坚持了10年的刺绣事业。"杜晓丽说。

2015年省妇联"陇原巧手"项目正式实施，杜晓丽积极报名参加全县"陇原巧手"培训班。后来她成为"陇原巧手"培训班的老师，每年培训100个学员，已经连续培训了4年。杜晓丽开办店铺后，也在店内进行免费培训，"都是爱好刺绣的姐妹和留守姐妹，只要愿意学，我就免费教。"至今，这样的免费培训，杜晓丽已经坚持了8年。

2018年，她注册了"山丹余玲邑工艺有限公司"。2019年研发设计的"马当先"文创产品获得外观专利设计，产品销往全国各地。2019年6月成为"手工编织"非物质文化遗产项目的优秀传承人。2019年山丹县余玲邑工艺有限公司被认定为"甘肃省级非遗脱贫就业工坊"，2020年6月被妇联定为"巾帼扶贫车间"。

"只要身体允许，我就琢磨新产品"

2014年，恰逢大量农民进城，买装饰品的人很多。杜晓丽忙不过来，就让会刺绣的姐妹来帮忙，按做的产品件数付给这些"绣娘"相应的报酬。

杜晓丽表示，忙的时候一天要工作10个小时左右，长时间的刺绣也使她的颈椎不太好。即使这样，杜晓丽还在从事着刺绣事业，并带动更多的人学习刺绣。她慷慨地传授着刺绣技艺，尽心教着每一个学员，帮助当地留守妇女有了稳定的收入。

"只要身体允许，我就琢磨新产品。"杜晓丽说。

余玲邑刺绣非遗扶贫工坊的刺绣产品"马当先"的设计灵感来源于山丹军马场的马，寓意"一马当先"，该产品已申请专利。目前，他们的刺绣产品有7～8种。

不断推出的新产品，受到了很多刺绣爱好者的喜爱。杜晓丽说，利用网络直播进行产品推介，顾客通过微信联系进行下单预订。关于今年刺绣产品线上线下的销售情况，杜晓丽回答道，由于疫情，今年实体店的销售情况较好。

杜晓丽指着一双鞋对我们说，这样的鞋是定制的，大概需要2天完成。使用的是空心线，鞋底是统一批发的牛筋底，一双成品可以卖75

杜晓丽与文创产品"马当先"　　受访者供图

元，本月大概卖出了2000双，"用户评价不错"。

"把刺绣传承下去"

学习刺绣的大多是当地的中年女性。"有好学的姐妹，"杜晓丽说，"喜欢并学习刺绣的年轻人不多。"学习刺绣的人"青黄不接"，这是刺绣技艺传承所面临的困难，也是所有非物质文化遗产传承所面临的共同问题。

"巾帼扶贫车间"的建立让非遗文化成为看得见的扶贫力量，为刺绣的传承发展带来了希望。

学习刺绣技艺需要1年的时间，学员可自愿选择感兴趣的技艺，并跟着杜晓丽学习。"现在有20多个工人，多是留守妇女。专注学一种技艺，5～6天就能学会。"提及政府的相关鼓励性政策，杜晓丽说；"开办展会销售，提供场地，这里的场地就是政府提供的。"

杜晓丽表示，刺绣产品的年收入约8万元，做得多，赚的就多，有空就可以，比较随意灵活。关于未来，杜晓丽还有这样的期待："我希望爱好刺绣的姐妹都加入我们的团队，把刺绣传承下去，希望政府能对传承的姐妹们，给以经济上的鼓励。"

随着山丹县非遗工作向纵深发展，山丹的非遗文化、传统技艺正在"活起来""走出去""火起来"，越来越多的人正在利用一双巧手和一项技艺脱贫致富，非遗文化和传统技艺成为发展致富的新动力。

杜晓丽在教学徒　　　　　　图源今日山丹

（作者为兰州大学新闻与传播学院本科生；指导教师周兆瑜为兰州大学新闻与传播学院教师）

学子的呈现——2020年新闻学子重走『中国西北角』新闻作品选

高台在行动：传承红色基因　讲好红色故事

秦际镇

河西走廊绵延千里，祁连山脉巍峨耸立。1936年10月，中国工农红军第四方面军为完成打通国际通道的重大使命，战士们在艰苦卓绝的环境下浴血奋战，为革命胜利做出了重大贡献。

高台县位于甘肃省张掖市西端，是兰新公路的咽喉要道，自古乃兵家必争之地。1937年元月，西路军与马家军血战高台，红五军军长董振堂、政治部主任杨克明在高台城血洒沙场。

高台是红色的高台，西路军的精神在这里传颂。

丝绸之路沿线，西路军纪念馆、纪念园、遗址诸多，而位于高台县的中国工农红军西路军纪念馆是现今保存西路军历史最全面的纪念馆，这里掩埋着董振堂、杨克明等3000多名西路军革命烈士的忠骨。

2019年8月20日，习近平总书记来到这里，瞻仰了中国工农红军西路军纪念碑和阵亡烈士公墓，参观了中国工农红军西路军纪念馆，

中国工农红军西路军纪念碑　　　秦际镇　摄

263

对西路军给予高度评价。

严格训练讲解员　讲好西路军故事

"我们及时将总书记参观纪念馆时的讲话精神和2020年新年贺词的相关内容充实到了讲解词中。"中国工农红军西路军纪念馆馆长朱德忠向我们介绍道。

为了讲好西路军的故事，馆里会派遣讲解员参加全省、全国的讲解比赛，馆内还会定期进行岗位练兵，借此提升讲解员的讲解水平。

完善西路军的研究也是讲解员们的职责，他们通过不断地阅读、采访来挖掘西路军史料。"冬天，我们集中狠狠地看书。"纪念馆宣教科科长王丽霞铿锵地说道，纪念馆在冬天的游客比其他季节少得多，对讲解员们来说，这是一年中可以用来学习的最宝贵的时间。

西路军的史料越来越难获得了，因为亲历者越来越少，而且在世的亲历者往往由于年龄过大，很难重述当年的历史。因此，他们的采访重心放在了西路军战士们的后代上。

王丽霞刚来的时候20多岁，正值青春年华。那时候这里还叫"高台烈士陵园"。她坦言："那时候蛮委屈的，这儿只有我们讲解员。"讲解员每人分一块地，种树、施肥、除草、打药全是他们自己来；住在铁皮搭起来的值班室里，没暖气，只能架煤炉取暖；在冬天，纪念碑前的雪扫不动，下一天雪要打扫三天。

可是讲着讲着，就有感情了，内心发生了变化："我们现在的生活真的是很幸福的，因为我们站在了前人的肩膀之上。每当自己遇到困难、感到辛苦，就想想西路军老前辈，我们的那些辛苦都不算事儿。"

从2006年到2020年，王丽霞已经在这里讲了14个年头，俨然一名身经百战的"老讲解员"。

每一个新讲解员都要经历严格的训练。新人来了先背词，再由老一辈优秀讲解员进行示范讲解，新讲解员练习试讲，"反复这个过程直到我们觉得合适了，再送去参加比赛，参加市级、省级、国家级的红色讲解员培训班。"王丽霞说道。此外馆里还邀请武装部教官对新讲解员进行军训，规范站姿、走姿。

这支优秀的讲解员队伍，不仅服务游客，还主动走出去。他们进机关、军营、学校、社区，到处都有他们宣讲的影子。

借助新媒介"云上"讲故事

纪念馆在今日头条、快手、抖音等新媒体平台注册了账号，派专人运营，定期宣扬西路军精神。

疫情防控期间，纪念馆开展了云课堂，利用网络直播宣讲西路军故事，弘扬革命传统。

2020年，纪念馆借助甘肃省数字文化展示平台制作的VR全景展，被退役军人事务部列入全国首批5个VR展示烈士纪念设施。清明节期间，超过50万人通过VR全景展进行了"云祭扫"。

馆里的红色故事讲得更好了，越来越多的人知道悲壮无畏的西路军，来访者也就更多了。朱德忠说："今年6月以来，我馆共接待游客23.6万人次，同比增长31.5%，参观游客不断向周边地区扩展延伸。"

中国工农红军西路军纪念馆VR全景展体验
张掖市退役军人事务局供图

建设影视基地　开展红色教育

"血战高台"是西路军革命历史中的一场惨烈悲壮的战役。1937年1月，马家军在大炮的掩护下，以西路军六七倍的兵力袭击高台城。红五军军长董振堂、政治部主任杨克明率领部队顽强抗争，视死如归，最终壮烈牺牲。

在高台县黑泉镇九坝滩，血战高台复原场景项目正在紧张施工中，一个微缩版的高台县城已经雏形初显，城内设置了车马店、醋坊、酒坊、炒炮店、铁匠铺、当铺等具有时代特色的商铺。

"目前整个项目的主体工程已经完工，只剩下里面的做旧和装饰、装修、装潢。"高台县文体广电和旅游局副局长闫志表示，该复原项目建成后，根据西路军"血战高台"战役史料改编的电影《血战高台》将在此拍摄，该电影是"建党100周年的献礼影片"。

拍摄红色电影得到了高台县人民群众的大力支持。"我们和企业联合向全县发了一个征集老物件的通告，然后咱们高台县的很多群众啊，就把他们家里的老物件、坛坛罐罐、旧家具、旧家电，无偿地捐给咱们了。"闫志说，自己也深受感动。

电影拍摄完成后，老县城的复原场景将建设成为一座影视基地，这些老物件将作为固定内容陈列在影视基地。届时，取材于1912年至20世纪70年代期间的电影情节都可以在此取景，影视基地将作为持续讲好西路军故事的环境载体，供给源源不断的红色电影产出。

最近，中央电视台准备和甘肃省委宣传部协作拍摄一部电视连续剧《英雄的旗帜》，主要讲述西路军西渡黄河以后一直到新疆哈密的这段历史。获悉消息后，闫志和同事们到兰州与甘肃省委宣传部进行了沟通协调，最终，甘肃省委宣传部同意把《英雄的旗帜》的拍摄地放在高台县的影视基地。

影视基地建成后还将承担红色文化教育功能，配套建设成为爱国主义教育基地、国防教育基地，面向各机关单位、企业公司开展红色文化宣讲教育实践活动。

挖掘红色文化　传承红色基因

中国工农红军西路军纪念馆和血战高台影视基地仅是高台县"1+8"红色旅游项目布局中的两个细分项目，九个子项目通过旅游的方式来整合。总项目投资79.64亿，高台县耗费巨资，旨在建设一个全国红色文化旅游融合发展的研学基地。

在这个研学基地里，既有四季皆红的中华红叶杨遍布河西长征文化体验景区，又有包含红色记忆博物馆、红色书报博物馆、红色绘画博物馆等六大展馆的红色主题公园，也有客栈、广场、书院、戏楼、体验街等基础设施配套齐全的红色旅游小镇。

在"1+8"红色旅游综合项目之外，高台县政府组织编撰了一套红色高台文化旅游丛书。这套丛书把西路军的一些故事、歌曲、文物，还有高台的风物、美景、美食做了完整、系统的介绍。

影视戏剧作品不只有《血战高台》《英雄的旗帜》，县政府还组织人手编写了其他相关的影视剧本，排了一些歌舞剧和小品。

此外，县政府把8月定为高台县的红色文化月。闫志表示，设立红色文化月是在"向总书记汇报这一年以来咱们所做的一些工作"。

在红色文化月，县政府将和中央党校一起在高台召开红西路军精神座谈会、宣讲报告会。月内，高台县还将举办红色文化艺术作品采风创作展示比赛、红色文化旅游商品（产品）创意大赛和红色专题晚会等活动。

为了讲好西路军的红色故事、传承西路军的长征精神，高台县政府和人民群众撸起袖子，铆足了劲，认真贯彻落实习近平总书记"讲好党的故事，讲好红军故事，讲好西路军的故事"的指导。

西路军精神正在神州大地上传颂，西路军的红色基因，渐渐融入华夏儿女的血脉中。

（作者为兰州大学新闻与传播学院本科生；指导老师周兆瑜为兰州大学新闻与传播学院教师）

"枸杞村"脱贫致富记

毛帅清

瓜州县双塔镇金河村是整建制移民村。村子多为盐碱地，板化严重，条件艰苦，种植作物杂，收益低。近年来，在村委会、党员干部的引领下，金河村不断探索枸杞的种植与产品开发，如今成了远近闻名的"枸杞村"。

把党员聚在产业链上

"要把基层党组织发动起来，把党员们的枸杞卖出去，调动起他们的积极性，让他们帮助更多的枸杞种植户销售枸杞"，双塔镇金河村党总支书记杨生祥说。

金河村有73名党员，这73名党员在村内枸杞种植、加工车间的建设和帮助村民脱贫致富上发挥了先锋模范作用。

2016年3月，瓜州县祥龙生态枸杞农民专业合作社成立，村委会鼓励农户加入

瓜州县祥龙生态枸杞农民专业合作社外貌
毛帅清 摄

268

合作社，集中农户建立规模种植基地，以枸杞产业为龙头，培育无公害绿色枸杞。同时，村委会充分调动金河村党员的积极性，成立了非公经济党支部，党员带头联系产业发展户和贫困户，从资金上、技术上、劳力上支持全村经济发展，让群众富起来。

杨生祥介绍，全镇共有23.3平方千米土地用来种枸杞，枸杞销售主要是以外商企业为依托，但前些年当地的销售和加工市场的不足成了制约瓜州枸杞业发展的短板。

为稳定客源，解决湖北、广东、新疆等地客商餐宿问题，这里的集镇上建立了瓜州枸杞交易中心，设立30间客房和标准化餐厅，此举不仅稳定了客源，也带动了当地餐饮等消费，经济效益明显。

金河村的党员齐心协力带动富民以及当地党建经济共荣的成功实践，不仅壮大了当地枸杞产业，也为周边乡镇发展产业提供了经验。

把品牌树在产业链上

瓜州枸杞肉质肥厚、糖分多，色泽鲜艳、口感好，近年来广受好评。2012年，"瓜州枸杞"地理标志证明商标注册成功。当前，双塔镇种植的枸杞带动周边乡镇辐射种植的枸杞地将近46.67平方千米。然而，由于没有统一的加工和自己的品牌，销售渠道受限，深加工也大打折扣。

2016年，瓜州县世纪红枸杞产业发展有限公司成立，注册资金100万，建筑面积5000平方米，种植红枸杞2000余亩，员工30余人，形成苗木培育、枸杞种植、技术推广、销售为一体化的枸杞产业链。

世纪红公司所选用的枸杞均来自双塔镇。这里的枸杞以"无公害、有机农药、绿色健康、零农残"的优势吸引了大批客商。

世纪红公司生产的枸杞已形成品牌效应，销售额不断增长，规模也在不断扩大，管理更加规范，逐步形成了"种植+加工+销售+运输+餐饮住宿"的一体化供产销链条。

让群众富在产业链上

何会明是金河村一位枸杞种植户，2009年从陇南礼县迁来村里。4年前开始自己种植枸杞，现在一共种植了12亩枸杞，年收入能有7~8万元。

"我们老家那里比较穷，是山区，也没什么好土地，刚来这边（金河村）的时候打工每月也就挣个4000（元）多"，何会明如是说。

2016年，何会明在村里党支部的带领下开始自己种植枸杞，并在2018年成功脱贫，同年还翻新修盖了自家的房屋，日子终于有了起色。

他家有五口人，媳妇和他会在农闲的时候去世纪红产业发展有限公司打点零工，两个女儿在上小学，他的母亲有时也能给家里帮点忙，小日子过得也算红火。

金河村共有520户建档立卡贫困户，在世纪红公司中跟着干的有78户，扶贫带动的有521户。在政府的扶持和补贴下，世纪红公司吸收了村内每户的富足劳动力，平均一家出一个劳动力。面对劳动力不足甚至无劳动力的家庭，合作社会租用他们的地，每年支付相应的租金，从而确保了"土地有人耕，群众有报酬"。当枸杞价格走低时，合作社会以高出市场价的价格收购村民们剩下的枸杞，再进行加工、向外销售，从而将村民们的损失降到最低。

目前金河村的贫困人口每人年均收入有1100元，更好一些的能有12000元。

如今的双塔镇已成为"枸杞产业发展""脱贫攻坚"和"创造社会效益"三大项目的产业示范点。杨生祥说："我们下一步要进行更规范化的管理，把我们的标准再提高，把规模再扩大，让枸杞成为瓜州的一张'名片'，将来能走出国门、走向世界。"

（作者为兰州大学新闻与传播学院本科生；指导老师周兆瑜为兰州大学新闻与传播学院教师）

追寻红色足迹　弘扬延安精神

——纪念中央红军长征到达甘肃85周年调研采访活动

红色文化线上的"双生花"：
我们在迭部讲长征故事

亓钰

"当地村民听说毛主席非常喜欢辣子，就特地将一串辣子献给他"甘南藏族自治州迭部县茨日那村的一尊雕像前，身着博拉（注：一种比较简单方便的藏服）、佩戴讲解器的央金拉姆正向大家讲述着长征时的迭部故事——"辣子情缘"。在她身边不远处，好友才让草同样戴着讲解器，准备随时开始下一场讲解。

这是央金拉姆和才让草在迭部做讲解员的第三年，也是她们相识的第十一年。从高中同学到大学室友再到如今的工作伙伴，她们性格相似、爱好相同，宛如一对双生姐妹花。在迭部红色文化讲解中，她们俨然是一道独特的风景。

央金拉姆（右）和才让草（左）　　　　供图

273

红色情缘

2017年，正在甘肃民族师范学院准备毕业的央金拉姆和才让草通过了迭部县旅游局的讲解员资格考试，负责迭部县的红色和绿色文化讲解。

被问及为什么选择做红色文化讲解员时，央金拉姆动情地说，她从小听家里的长辈讲红军长征时与迭部人民的故事，也不止一次地听好友才让讲起与队伍走散的红军战士的迭部生活。"其实，红色文化中有很多不为人知的感人故事。"她不无感慨地说。

红色文化讲解的基本要求是庄重和严谨，需要大量的知识储备和简明的逻辑表达，这对央金拉姆和才让草来说是一种挑战。真正做讲解准备时，她们才发现自己之前的储备远远不够。"比如，对于迭部红色记忆的了解，就只是皮毛。"为了做好讲解工作，她们阅读了《腊子口》《迭部历史话》等数十本红色文化书籍，一有空就在办公室翻阅资料。分享新了解到的红色文化知识经常是她们饭桌上的主题，给彼此讲解，为对方提意见也成了两人相处的常态。

"每次讲解都让我觉得，自己知道得还是太少，讲得还不够好，这督促我不断地进行自我提升。"央金拉姆说道，如今她会在讲解中加入很多自己了解的内容，让讲解更生动、更丰富。而才让草也在讲解中获得了充实感，"喜欢讲解红色文化，也有动力去更深层次地了解红色文化"。

宣讲"双生花"

央金拉姆告诉我们，为了加深记忆和理解，她和才让都有手写一份讲解稿的习惯。"我们会一起回学校买那边的稿纸，觉得学校的稿纸好用，写的字更好看。"她们工作中互相鼓励、一同进步，工作之余，她们还到河西走廊、北京长城和四川九寨沟一起旅行。每每提及和才让的相处，拉姆都显得格外愉快。

对此，才让也有同样的体会："不管中间遇到任何问题，我觉得只要我俩在一起，就没有翻不过去的山。"

这对"双生花"红色文化讲解的初心也很简单："作为迭部人，只是想把自己的家乡介绍给别人，同时，也把迭部的红色文化和一代代迭部人为传承红色精神所做的努力让更多人知道。"在央金拉姆看来，虽然好像只是一件小事，但能够竭尽所能传承这些红色文化，应该是当代青年的义务和责任。

　　红色文化滋养了央金拉姆和才让草这对"双生花"的情谊，而这对"双生花"也会继续传承长征精神，用更鲜活、动人的讲解，让迭部的红色文化焕发新的生机。

　　（作者为兰州大学新闻学院本科生；指导老师李晓灵为兰州大学新闻与传播学院教师）

275

新潮村:脱贫致富有"蜜"诀

马长森　胡美娅　李红军

　　"一路青山绿水看不尽,轻车已过数重山。"车停在了路一旁,两侧的山上林木茂盛,鸟语花香,一旁的小河蜿蜒前行。顺着碎石路往上走,四周的蜜蜂越来越多,一排排蜂箱整齐地排列在院子里。在花丛中,群蜂嗡嗡作响,采蜜不息。

新潮村中华蜂养殖基地的蜂箱　　　　图片来源于中国甘肃网

　　2020年7月17日上午,由甘肃省延安精神研究会主办,中国甘肃网承办的"追寻红色足迹　弘扬延安精神"——纪念中央红军长征到达甘肃85周年调研采访团成员走进两当县金洞乡新潮村中华蜂养殖基地。

　　金洞乡新潮村,位于林海浩瀚的大山之中。因为地处偏僻山区,农业和牧业发展受限，村民们只能外出打工，微薄的收入只能勉强维持生活。可以说是守着好生态，过着苦日子。

但也正是因为独特的地理位置，这里保持着纯天然原生态的状态。这里，森林覆盖率高达79.9%，山中植被丰富，可供养蜂生产利用的野生蜜源植物有多种，还有一条供蜜蜂饮用的清澈小河。因此，这里出产的蜂蜜色泽佳，口感好，具有清热祛火、润肠通便、美容养颜等诸多功效。

新潮村依靠得天独厚的自然资源，以省委组织部组织的省级重点人才项目——中华蜂养殖基地建设为契机，按照"村党支部引领，合作社具体负责实施，带动建档立卡群众发展"的模式，新潮村大力推进中华蜂养殖项目，从2019年项目落地到现在取得了卓越的成绩。金洞乡新潮村党支部书记佘世礼告诉记者："2019年7月建立的中华蜂养殖基地，当时只有8户零星养殖蜜蜂，到现在，已经有38户养殖，共计2400群。"

新潮村的中华蜂养殖培训基地　　　　图片来源于中国甘肃网

正是因为养蜂收益高，所以才能在短时间内带动更多的村民主动加入。村民张晓军说："养蜂比出去打工赚的钱多，今年养了90多群蜂，每年可以收获2吨多蜂蜜，带来近5万元收入。今年我还准备再多养点呢！"

现在，两当县的蜜蜂养殖产业链趋于完善，蜂产品主要有蜂蜜、蜂蜜发酵酒、蜂花粉、蜂蜡、蜂毒，等。蜂蜜的缺口越来越大，养蜂的收益越来越高，而村里把这些机会留给了最需要帮助的贫困户。佘世礼说："从今年开始，每年会引导20多户建档立卡户加入合作社，争取用4年时间，带领全村共86户建档立卡户全部脱贫。"

新潮村养殖基地的蜂蜜　　　　　　　图片来源于中国甘肃网

　　把握今天的发展坐标，标定明天的发展方向。在党中央脱贫攻坚和美丽乡村建设的政策指引下，在当地政府的帮助下，新潮村建设了平整宽敞的马路，村民们也住进了宽敞明亮的现代化住宅。新潮村民的日子越过越甜，他们像一只只勤劳的小蜜蜂，正奔向甜甜蜜蜜的小康之路。

　　（作者马长森、胡美娅为兰州大学新闻与传播学院研究生，李红军为中国甘肃网记者；指导老师李晓灵为兰州大学新闻与传播学院教师）

兰大学子看脱贫·漫画——

——美丽乡村建设：圆梦脱贫

胡美娅

尕秀村——藏族牧民换新居

兰大学子采访进行时

279

宕昌背山罗湾村观景台景色

背山罗湾村富有脱贫美好寓意的对联

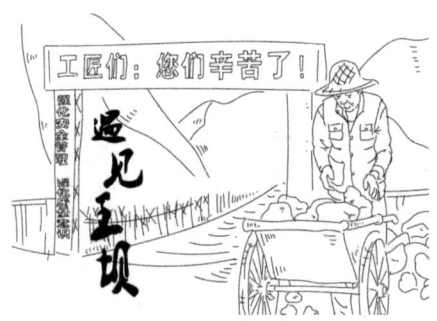

建设美丽乡村的工人

中国最美村镇——大水沟村

（作者为兰州大学新闻与传播学院研究生；指导老师李晓灵为兰州大学新闻与传播学院教师）

碌曲尕秀村真的变了样！

付文宇

85年前，中央红军长征进入甘肃，过境甘南草原，得到藏区人民的拥护和支持。今天，在党中央、国务院的坚强领导和亲切关怀下，甘南藏区人民的生活发生了翻天覆地的变化。

2020年7月13日是我们追寻红色足迹的第一天，我们兰大学子与甘肃省延安精神研究会的领导专家以及媒体记者一行来到尕秀村，感受碌曲第一藏寨的魅力。

碌曲第一藏寨尕秀村　　　　　图片来源于中国甘肃网

想象中，以游牧为生的藏族牧民赶着成群的牛羊，拖着牛车载着的毡房迁徙。房子也许是许许多多的毡房组成的"帐篷城"。然而实际中的藏寨却和想象中完全不一样。

尕秀村虽然没有良田、美池、桑竹，却有蓝天、碧草、小木屋。红黄蓝白绿在天地中交相辉映，五色排水道交织出独特的韵律。眼前的尕秀村欣欣向荣，展现出当地的藏族风情。

具有藏族风情的尕秀村　　　　　　　　　　　　　　　付文宇　摄

穿过独具特色的木雕门，走进小院又是另一番天地。如果有太阳的话，阳光会透过玻璃房洒下一室金黄。在白色的鹅卵石小路上，我们一步一个脚印走向热情的藏族朋友。采访时间紧张，若是有机会再来一次，我定要在榻榻米上打个滚，感受这里的生活气息。

然而，两个月前，尕秀村都不是这个样子的。在一处正在装修改造的民居前，我和正在施工的兰州七建的郭师傅聊了聊。他告诉我："原先这里的旧围墙，我们改造的，地面不平我们重新铺垫。"两个半月的时间里，兰州七建帮助尕秀村改造了14户居民的民房，村委会、中心广场和西部广场。农家乐在尕秀村变成牧家乐，牧家乐将住房和藏式民宿结合，既改善了居住环境，又以民宿的方式为村民增收。

尕秀特色民宿是今年扶贫项目的新工程。"村民自己愿意做的话，自筹3万块钱，政府补贴2万块钱，帮他们改造提升住所。"尕海镇尕秀村农业农村服务中心主任高阳介绍，尕秀村今年先对20户进行提升改造。

现在，尕秀村的牧民大多还是以牧业为主要收入来源，民宿只能在夏季，短短几个月时间，只能实现增收。曾经游走在山坡草原的迁徙者没有定居地，没有什么比拥有自己的房子更让人有安全感了，这是尕秀村人最切身的感受。凤凰涅槃，尕秀村发生了翻天覆地的变化，在新时代获得新生！它是一面镜子，折射了甘南藏区脱贫攻坚、绿色生态的喜人成果。

正在改造中的尕秀村　　　　　　　图片来源于中国甘肃网

原来，牧民们像飞散在草原的蒲公英，如今却聚在一起，在新时代绿色长征路上，开出了绚烂的花。

（作者为兰州大学新闻与传播学院研究生；指导老师李晓灵为兰州大学新闻与传播学院教师）

宕昌山背罗湾村：云上山村脱贫圆梦

黄金镛　　　马长森

　　一座座大山巍峨险峻，一座座石峰高耸入云，汽车随着蜿蜒陡峭的公路盘旋而上，离天越来越近，仿佛伸手就能摸到白云。

　　追寻红色足迹，弘扬延安精神，2020年7月15日上午，我们跟随纪念中央红军长征到达甘肃85周年调研采访团来到了宕昌县山背罗湾村。山背罗湾村海拔近2000米，距离宕昌县两河口镇约13千米，位于大山深处，受制于自然条件，算是贫困程度最深的地方。

图片来源于中国甘肃网

即使是在这样的一个偏远村落，脱贫攻坚和美丽乡村建设成果依然喜人。通向山顶的公路虽蜿蜒陡峭，但平坦整洁；依山而建的屋舍白墙红瓦，错落有致，牌匾"圆梦"仿佛在诉说着脱贫圆梦；在古羌民俗体验区工作的山民热情洋溢，悠然自得——

排列整齐的木板道通向位于山顶的民宿——山湾梦谷，朦胧缭绕的云雾使人难以窥见民宿的全貌。这些民宿保留了早期村民住房的土坯外墙，在土墙内修建宽敞明亮的现代化住宅与庭院的泳池、回廊相结合，呈现一种乡村风情的生活格调。原始的住宅风貌和现代化建筑元素巧妙融合，为山背罗湾村的古羌民俗体验区增添别样魅力。

图片来源于中国甘肃网

就是这样一个深度贫困村，在党和政府精准扶贫政策的帮助下，村民的生活发生了翻天覆地的变化。如今，村民们走出大山，搬进了配套完善，水、电、路、气、网，等，一应俱全的集中安置点。山背罗湾村的旧址也得以很好地保存了下来，作为村子发展的见证。

"以前住土房，一年种地的收入只有几千块钱，现在搬进了新居，政府扶持我们发展养殖、种植，还帮助我们联系到外地去打工，如今收入翻了一番。现在，党的政策真好！"正在修建新居的山背罗湾村村民袁作芳说。

长征精神耀陇原。虽然中央红军长征到达甘肃的历史已经过去85年了，但长征精神在这片红色土地上从未远去，它成为当地建设美好幸福生活的巨大动力。追寻着红军的足迹一路走来，目及之处，一片欣欣向荣，生机勃勃——

（作者为兰州大学新闻与传播学院研究生；指导老师李晓灵为兰州大学新闻与传播学院教师）